Heibonsha Library

変身綺譚集成

平凡社ライブラリー

Heibonsha Library

変身綺譚集成

谷崎潤一郎怪異小品集

谷崎潤一郎著
東雅夫編

平凡社

本書は平凡社ライブラリー・オリジナル編集です。

春陽堂版『人魚の嘆き』大正６年の初刊本より「魔術師」挿絵（名越国三郎・画）

……さて、今晩の大詰の演技として、私は茲に最も興味ある、最も不可解な幻術を、諸君に御紹介したいと思います。此の幻術は、仮りに『人身変形法』と名づけてありますが、つまり私の呪文の力で任意の人間の肉体を、即坐に任意の他の物体――鳥にでも虫にでも獣にでも、若しくは如何なる無生物、たとえば水、酒のような液体にでも、諸君のお望みなさる通りに変形させてしまうのです。

（谷崎潤一郎「魔術師」より）

目次

人間が猿になった話

「さあみんな、梅千代も、照次も、雛龍も、みんな此処へおいで。今夜は少し、いつもと違った風変りの話をしよう。」

こう云って、お爺さんは板垣伯爵の髯のような、長い長い白い頤髯をしごきながら、六畳の茶の間の炉ばたにあぐらを掻いて、例の如く機嫌のよい、にこにこした笑顔を見せました。

「あら、お爺さんが話して下さるの。うれしいわね。」

と、一番年の若い、丸ぽちゃの雛龍が、真白な頰ぺたに愛嬌たっぷりの笑くぼを刻みながら云いました。

「今夜はみんな隙だから、活動へ行こうかと思って居たんですけれど、それじゃ行くのは止めにするわ。」

こう云ったのは、痩せぎすな、姿の意気な、気前の面白い、いかにも芸者らしい芸者だと云われて居る梅千代です。

「活動よりかもお爺さんの話の方がいくらいいか知れやしない。あたし活動は眼がチカチカして頭が重くなるから嫌いさ。」

と、此の土地での売れッ児の照次が、絵に画いたような見事な眉根を神経質らしくひそめました。

三人の美しい人たちが異口同音にお爺さんの物語を歓迎したのも無理はありません。春の家の隠居と云えば、ああああの話の上手な留吉つぁんのことかと、近所で誰も知らない者はないほど、お爺さんの話術は有名になって居るのです。お銭《あし》を出して、寄席へ行って、落語や講釈を聞くよりも、お爺さんの物語を聞いた方が、どんなに面白いか知れないと云われるくらいなのです。

「話してやるから此方へ来るがいい、さあさあ。」

と云って、お爺さんは晩酌の酔のほのかに残って居る赤ら顔をてかてかさせて、自分の周りに集まった女たちを、ぐるりと一順見廻しました。あかるい電燈の下に並んだ其の人たちの風情には、待合や茶屋の座敷で見るのとは違った、別な花やかさとなまめかしさとが、ちょうど初夏の野に咲いて居る撫子のように匂って居て、間に挟まって居るお爺さんの皺だらけな顔に、若い血潮を蘇生《よみがえ》らせるかと想わせる程でした。しかし無邪気なお爺さんはそんな事に気が着く筈はありません。ただ可愛い孫を見るような眼つきで、相変らずにこにこと笑って居るばかりなのです。

「風変りな話ッて、どんな話なのお爺さん。」

と、雛龍があどけない顔に心配そうな色を浮べて云いました。

「ねえお爺さん、風変りな話ッて、お化《ばけ》の話じゃないでしょうね。あたしお爺さんの話なら何でも聞くけれど、お化の話なら恐いから嫌ですわ。」

「でもいいわ、あたしお化の話が大好き。恐いけれどもやっぱり聞かずには居られないの。」

こう云って梅千代は、ほっそりとした撫で肩をわざとぶるぶると顫わせるような真似をして、膝を一段と前の方へ乗り出しました。

「あはあは、わしはお化の話なんぞをしやあしないよ。」

「ほんとうに止して頂戴ね、こんな雨の降る淋しい晩に、お化の話なんか聞かされたら、あたし、ひとりでお小用場へも行かれやしないわ。」

と、照次が、いつも男を欺す時のような、持ち前の甘ったるい口調で云いました。

「お化の話じゃあないから、まあ其の積りで聞くがいい。――こうと、そうさな、もう今から三十年ばかりも前の事だがな。」

お爺さんはちょいと、傍の床の間の方を向いて、何か遠くに霞んで居る物を視詰めるようにして、さて次のように語り出すのです。

「――その時分はまだわしも三十代の男ざかりだった。そうして内のお鶴と一緒に、葭町へ芸者屋を出してからまだ間もない時分、そうよなあ、事に依るとまだあの人形町通りが今のように広くなくって、電車なんぞはもちろん通って居なかった頃だった。考えて見るとあの近辺も変ったものさ。今じゃあ水天宮の向うが土州橋まで突き抜けて居るが、あの辺は随分ごみごみした狭っ苦しいところだったよ。第一昔は土州橋なんてものはありあしない。あの横にある栄久橋を渡った向うが土州様のお邸でな、それからずうッと人形町通りへ来て、竈《へっつい》河岸《がし》の角のところには島田と云う写真屋があったっけかな、それともあれはもうもっと後の事だったかな、――そう、そう、それから今の長谷川町近辺に、ちょうど尾張町の服部のような大時計があったっけが、あれはつい此の頃まで残って居たようじゃないか。親爺橋の通りで古いのは千束屋に蓬萊屋、牛屋の今清なんぞも新しい方じゃあるまいな。芝居でも明治座なんて物はなくって、彼処にはもと久松座と云うものがあって、その小屋が焼けてから今の明治座が出来たんだと覚えて居る。

まあ兎に角其の時分の事なんだが、わしの内は鳥屋の菊水の裏のところ、それ、与三郎の芝居に出て来る玄冶店《げんやだな》にあって、屋号を若狭屋と云ったものだ。わしとお鶴の外に、抱えが五六人もあったか知らん。その中の一人の丁次《ちょうじ》と云うのが、新富座に出て居た先代の〇〇と浮名を流して、後には〇〇侯爵の妾になった有名な女なんだが、それはお前たちも話に聞いた事があるだろう。何でもあの丁次が櫓下《やぐらした》へ住み換えをする少し前の事だったが、丁次とは大そう仲の好い児で、やはり内の抱えにお染と云うのがあってね、ほんとうにあの二人はよく売れたもんだった。お染の方はその時分十八九ぐらいで、丁次よりは一つか二つ若かったろうかな。気象は丁次の方が面白かったけれど、器量から云ったらお染の方が上だったろう。たしか内にも写真が残って居るだろうよ。浅草の十二階で百美人の肖像を陳列した事があったが、お染もその中に這入って居てね、その時に写した写真が何処かにしまってある筈だから、序《ついで》があったら捜して見るがいい。体つきは少し小柄の方で、何となくおっとりとした、色の抜け上るように白い、いかにも娘々した可愛い児だったよ。先ず今の役者で云えば、松蔦と時蔵とを衝き交ぜたような器量だったろうか。生れは何でも霊岸島あたりの呉服屋の娘だそうで、育ちは悪くなかったんだけれど、お父つぁんに早く死に別れて、内の方が暮しに困って居たりして、それにお袋と云うのが継母だったりしてね、まあ其れや此れやで、十五六の時分にわしの所へ連れて来られたような訳だった。わしはあの児のしとやかなところが気に入ったもので、水天宮様や弘法様の御縁日なぞに、よく引っ張って行ったっけ。何しろ内へ来る前から芸も相当に仕込んであったし、読み書きの方の心得もあって、なかなか気立てのいい児だったよ。隙があると、朋輩にかくれてそっと手習いをしたり本を読んだりすると云ったような調子で、始めのうちは何だか斯《こ》う、芸者に売られたのが嫌で嫌で溜らないような風だった。継児育ちと云うものは、何処かああ云う淋しい様子があるものなんだね、どうかすると亡くなったお父つぁんの写真をこっそり出して来て、それを拝みながら涙ぐんで居たりする――そう云うしぐさが、わしは可哀そうでならなかったが、お鶴は陰気な児だと云って嫌がって居た。そのうちにだんだん内の者とも馴染みになって、お座敷へ出るようになってからは大分気象がはしゃいで来て、岡惚れの惚《のろ》けなんぞを云うようにはなったけれど、やっぱり何処か知ら、陰気臭い所は直らなかったようだった。あんまり大人し過ぎて淋しくって嫌だと云う人もあったけれど、何しろ器量がいい上に又その素人臭いところが好いと云うので、大騒ぎをするお客もあった。蠣殼町の仲買の野田さんだの、堀留の麻問屋の内藤さんだのと云う為めになる旦那がついて、大へん可愛がられて居たし、わしも内々であの児の仕合わせをよろこんで居た。内の抱えであって見れば、あの児に限らず、みんなが好い旦那を持って、出世をしてくれるように祈るのが人情だとは云いながら、あの児は人一倍不運な生れつきのように思われたので、それだけ私は心配もしたし喜びもしたのだ。

まあそんな工合で、お染が十九の歳になった春のことだったろう。あれはたしかお花見時分だったから、四月の月はじめのことだったかな、ちょうど水天宮様の縁日の日だったが、その時分にはよくあの猿廻しと云うものがあってね、今でも時々見かけるが、内の近所へは年中あれだの角兵衛獅子だのがやって来たものだった。その猿廻しが、お午頃《ひる》、女たちが土間の次ぎの六畳の部屋でおまんまをたべて居るところへ、いきなりガラリと格子戸を明けて這入って来たのだ。そうして、太鼓をたたいて妙な唄を歌いながら畳の上で猿を踊らせ始めたから溜らない、女たちはびっくりして、きゃっきゃっと云う騒ぎで箸や茶碗を放り出したまま、次ぎの間の方へかけ込んで来た。わしはその時、生憎と奥の茶の間で新聞を読んで居たものだから、どんな様子だったか精《くわ》しいことは覚えて居ないが、何でも其の猿があわてて逃げて行こうとするお染の後を追いかけて行って、着物の裾をしっかりと咬《くわ》えたまま、どうしても放さなかったのだそうだ。そのうちにお染の『あれえ！　誰か来て下さいよう、』と云う甲走った声が聞え出したので、驚いて飛んで行って見ると、今云ったような体《てい》たらくで、猿は歯齦《はぐき》をむき出して猛り狂いながら、一生懸命にお染の着物の裾を引っ張って居るのよ。お染は次ぎの間の境目の障子に片手をかけたまま、もう少しで後ろへ引き擦り倒されそうに体を反らせたまま助けを呼んで居る。猿はしきりに、お太鼓に結んであるお染の帯の先を両手で摑まえて、背中へ飛び上ろうとするのだけれど、首輪の紐が一杯に伸びて居るので、もう其れ以上飛び上る訳には行かない。わしが其の場へ駈けつけるまでは、朋輩の女たちはただ次の間からあれよあれよと云って居るばかりで、うっかり手出しをすれば自分たちがやられそうだものだから、あっけに取られて様子を見て居るより仕方がなかった。お金だのお菓子だのを投げてやっても、猿はそんなものを見向きもしない。猿曳きは又、いたずら好きな、意地の悪い男と見えて、『こら、こら、』とか何とか口の先で叱りながら、紐を引っ張っては居るものの、本気で猿を止めようともしないで、女たちの騒ぎ廻るのを面白半分に眺めて居たらしい。わしが激しく叱りつけると、猿曳きはにやにやと卑しい笑い方をして、雑作もなく猿を引き戻して、背中へ背負ったままこそこそと路次を出て行った。

だが、猿がそんな悪さをするのは、よくある事なので、わしも女たちも其れ切り別段気に留めては居なかった。お染も着物の裾を破かれたのを忌ま忌ましがっては居たけれど、その時の恐さは直ぐに忘れてしまったようだった。すると、その日の晩の十二時過ぎだったろうか、浜町の春月のお座敷から帰って来たお染が、内の憚《はば》りへ這入ったかと思うと、真青な顔をして飛び出して来て、ぺったりと縁側に臀餅《しりもち》をついたっきり、歯の根も合わずにわくわくと顫えて居る。

『お染ちゃん、どうしたの、憚りに何か居たの？』

こう云って丁次が尋ねても、何も云わずに頷《うなず》いて居るばかり。

『どうしたのさ、何が居たのさ。泥坊でも忍んで居たのじゃないの？』

こう云うと、お染は頭《かぶり》を振って、ますます真青な顔色になる。泥坊でなければ猫でも居たのか、やもりでも居たのか、それともげじげじか鼠か、鼬《いたち》ででもあるのかと、女たちが気味悪る悪る右左から問い詰めると、お染は一々首を振るばかりで、薄馬鹿のように口をぽかんと明いたまま、天井の方角をぼんやりと視詰めて居る。そうして時々ほっと溜息をついて見せる。

『………あたしが今、憚りへ行っておちょうずをしようと思うとね、きんかくしの下から毛むくじゃらな手が出たんです。………人間の手ではない、猿の手なんです。』

こんな事を、とぎれとぎれにお染が云い出したのは、三十分ばかり過ぎて、ようよう正気づいた時分だったろう。わしは女たちから其の話を聞くと、急いで便所の中や裏木戸の廻りを調べたが、猿らしい物は愚か、足痕さえも見つからなかった。第一、泥坊や猫なら知らぬこと、猿が今時分そんな所へ忍んで来る筈がないのだから、大方お染が何か知ら感ちがいをしたのだろう。『お染や、お前の臆病にも困ったものだなあ。』と云って、わしは大笑いに笑ってやった。女たちは其れでようよう安心したっけが、それでも其の晩は戸締りを厳重にして、便所へ行くにも二人ずつ連れ立って行くくらいにしたもんだ。尤もお染だけは、『いいえ、たしかに猿が居たんです。猿に違いありません。』と云って、いつ迄も剛情を張ってな、わしが何と云っても承知しないのよ。何でもその晩は夜っぴて布団の上へ据わったまま、まんじりもしないで夜を明かしたようだった。

それから二三日の間と云うものは、お染は三度の食事さえろくろくたべないで、怯《おび》え切って居るらしかったが、別だん変った事もなく過ぎて行った。勿論その後便所には何も出やしなかった。『いやだよほんとうにお染ちゃんは、詰まらない事を云って人を驚かしてさ。』などと、女たちはみんなお染の神経質なのを笑って居た。端《はた》の者がそう云う風だものだから、当人も追い追い安心して、さては此の間のは自分の間違いだったか知らんと思うようになって、相変らずお座敷を勤めて居た。ところが、或る晩のこと、ちょうど猿の事件があってから十日ほど立った頃だったろう、お鶴と一緒に奥の茶の間に寝て居た私は、妙に蒸し暑くって寝られないので、布団の中で講釈本を読んで居ると、女たちの寝て居る二階の方から、微かな、夢にでも魘《うな》されて居るような呻り声が聞えて来る。夜半の二時過ぎのことで、しーんとした静かな家の中に、その呻り声は次第にこう重々しく、まるで石臼でも挽くように響いて来る。どうかすると、それが悲しそうに鼻を鳴らして啼くような調子になったり、すーうッと胸一杯に息を吸込んで又すうーッと吐き出したり、やがて今度はさも苦しそうな、今にも滅入《めい》ってしまいそうな声になったりする。その工合がどうもあんまり変なので、若しや誰かが急に癪《しゃく》でも起したのじゃないか知らんと思いながら、私《わし》は独りで起き上って、二階の梯子段をこっそりと昇って行った。二階は六畳と三畳との二た間になって居て、其処に丁次だのお染だの五六人の女たちが寝て居るのだが、呻り声を出して居るのは、たしかにお染に違いないと云う事が、梯子段の中途まで来ると私に分った。てっきり此《こ》りゃあ猿の夢でも見てうなされて居るのだろう、早く起してやりましょうと思って、私は何気なく二階の部屋の襖を明けた。……………いいかね、前にも断って置いた通り、それは夜中の二時過ぎのことで、蒸し暑い、しーんとした静かな晩なんだよ。…………おまけに其頃は芸者屋なんぞに電燈を引いてある所はなかったから、座敷には薄暗い行燈がぼんやりと燈って居るだけだと思いなさい。いいかね、その行燈の燈先《ほさき》が朦朧と、女たちの寝姿を照らして居る。一番上の、床の間の方に寝て居るのが丁次で、その次ぎに枕を並べて、白い顔を仰向きに寝て居るのがお染だった。一体に寝像のいい児で、真夏の晩でも取り乱して居るような事はなかったが、蒸し暑いとは云え其の時はまだ春の晩だから、行儀よく頭を枕に載せて、夜具の襟をくっきりとした頤の下までかけて、私が這入って来たのも知らずにすやすやと寝入ったまま、例の呻り声を絶え間なく発して居る。と、それだけならば別に不思議でも何でもないけれど、その夜具に重ねてある友染の掛布団の上に、ちょうどお染の胸の上を抑えつけるようにして、一匹の猿が置物のようにじっと据わって居る。それを見た折のわしの驚きはどんなだったろう。私は体中が総毛立って、息が詰まって、声を立てることもならなかった。此れが泥坊だとか化物だとか云うのなら、ああ迄びっくりしなかったろうけれど、何しろ全く思いも掛けない代物なんだから、――――それが而《しか》も此の間、お染の裾に絡み着いて容易に離れようとしなかった牡の猿で、あの時の首輪をちゃんと着けて居るのだから、どんなに無気味な、どんなに物凄い気持がしたか、お前たちにも大概推量出来るだろう。そうして暫くの間、猿は私の彳《たたず》んで居る姿を悠々と睨《ね》めつけて居て、逃げようともしなければ飛びかかろうともしない。ただどっしりと、お染の胸の上に腰を据えて白い眼をぱちぱちやらせて居る。お染は、あれだけの獣に載《の》しかかられながら、眼瞬《まばた》き一つする様子もなく、あんまり大人しく眠って居るので、ひょっとすると、殺されたのではなかろうかと思って、私はひやりとしたくらいだった。あの時のお染の寝顔は、今でもまざまざと覚えて居るが、たしかに普通の寝顔ではなく、何だか斯う催眠術にでもかけられて居て、いくら眼を覚まそうと焦っても、自分の眼瞼《まぶた》が自由にならない人のようだった。よくよく見ると、額には汗をびっしょりと掻いて、頬っぺたがぽうッと、桜色に上気して、猿の臀に敷かれて居る胸のあたりが、恐ろしい力で波のようにもくもくと蠢《うご》めいて居る。上に乗っかって居る獣の体が、呼吸をする度毎に上下へ緩く揺れて居たのでも、お染の胸がどんなに強くふくらんだり凹んだりして居たかが分るだろう。実際、もう少し放って置いたら、その胸は下から湧き上る息の力と、上から圧えつける獣の重味とで、風船玉が破裂するように破れてしまいそうだった。お染はたしかに死んでも居なければ眠っても居ない。ただ、体を自由に動かす事が出来ないで藻掻いて居るのだ、明けようとしても眼を明くことが出来ないで悶えて居るのだ、と云うようにしか見えなかった。その、堅く締まった唇の蔭には舌がもぐもぐと働いて居て、『どうぞ私を助けて下さい。』と云う悲しい言葉が、呻き声と一緒に出て来るようだった。

けれども若し、お染が何も知らず寝て居るのだとしたら、何か外の夢を見て魘されて居るのだとしたら、眼を覚まして此の様子に気が付いた場合にどれほどびっくりするだろう。不断から臆病で神経質な児なのだから、きっと驚きの余り気絶するか気違いにでもなるだろう。そう考えると私はうっかり騒ぎ立てる訳には行かなかった。成るべくなら女たちの寝て居る間に、そうッと其の猿を追っ払ってしまいたかった。で、私は縁側の雨戸を一枚明けて、其処から表へ出てくれるように猿に向って二三度手招ぎをした。すると何と思ったか、猿は素直に云う事を聞いて、雨戸の隙間から屋根へ駈け降りるとそのまま姿を闇に消してしまった。わしは雨戸を締め直して、念の為めに女たちの寝顔を見ると、お染を初め、誰もそんな事は知らないらしく、すやすやと寝込んで居たので、まあ好い塩梅だと思った。その晩はそれきりお染の呻り声が聞えなかった。

明くる日の朝になっても、わしは勿論、昨夜の出来事を誰にも話さず、お鶴にさえも隠して居た。お染が少しでも感付いて居たかどうかと思って、内々心配して居たにも拘らず、そんな風な様子もない。尤も、先達《せんだって》の便所の事件があってからと云うものは、何となくお染の態度に元気がなくなってね、顔色なんぞも始終病人のように青ざめて来て、日に日に体が痩せ細るようだった。『お染や、お前どこか気分でも悪いのかい。』私が斯う云って尋ねても、

『いいえ』と云って首を振っては居るものの、だんだん窶《やつ》れ方が目立って来る。そうして、以前わしの内へ連れて来られた当座のような、いじけた、淋しい継子《ままっこ》根性が戻って来て、こっそりと涙を拭いたり亡くなった親の写真を眺めて居たりする。わしは毎晩、夜中になるとは気をつけて梯子段の下へ行って見たが、猿はその後ぱったり来なくなったようだった。しかしお染のふらふら病《やまい》はなかなか直らないので、野田さんだの内藤さんだのがいろいろに心配してね、芝居や、お花見や、箱根の温泉や、毎日のように方々へ連れて行って下すったけれど、一向利き目がないらしいんだよ。そうするうちに四月の二十日ごろになって、葭町の三業組合が総出で荒川へお花見に出かけたことがあった。久松橋の下から大伝馬を何艘も繰り出して土地の芸者や幇間が多勢揃って出かけると云うので、内の者も皆連中へ加わって行った。お染は何だか頭が重いから嫌だと云ったのを、わしがすすめて無理やりに舟へ載せてやった。その日は朝かららららと晴れ渡った、お花見には持って来いと云う好い天気だったっけ。舟は新大橋の下から大川へ出て、両国橋を過ぎ、お厩橋を過ぎた時分から、三味線が始まる、踊りが始まる、そろそろ酔っ払いが出来ると云う景気だった。わしは最初から、お染の素振が妙に気にかかったので、船の艫の方に腰を据えながら、片時も其の様子から眼を放さないようにして居た。朋輩衆が面白そうにきゃっきゃっと云って騒いで居るのに、お染ばかりは浮かぬ顔つきで、舳に立ちながらしょんぼりと水の面を視詰めて居る。隅田の川風が横なぐりに潰し島田の後れ毛を吹いて、憂いに沈んだお染の顔を嬲《なぶ》るように撫でて居る。痩せれば痩せるほどお染の器量は一層水際立って来て、年中見馴れて居る私でさえも、『ああいい女だなあ』と、思わずぞっとして見惚れるくらいだった。先ず彼《あ》の時分が、お染の器量は美しい絶頂だったろうよ。………そのうちに、船が吾妻橋を越えて、………そうだ、忘れもしない、竹屋の渡しへかかった時だった。不意に何処に隠れて居たのだか、一匹の猿が船の板の間から躍り出して、するすると舷を伝わって、いきなりお染の首ッ玉へ飛び着いたと思いなさい。さあ船の中は大変な騒動だ。お染は『あれえ!』と云って悲鳴をあげる。芸者たちは我れがちに艫の方へ逃げて来る。それを見ると、わしはぎょッとして、夢中でお染の傍へ駈け寄って、『畜生!』と云いさま、力任せに猿を曳き放そうとしたが、ちょうど子供が肩車をするような工合に執念深く襟ッ首へ抱き着いて居るので、なかなか私一人の力じゃあどうする訳にも行かない。ようよう二人の船頭が手伝ってくれて、其奴を川へ叩き込むと同時に、お染は気を失ってばったり其処へ倒れてしまった。猿は浅瀬をびちゃびちゃと渡って行って、向う側の土手へ駈け上るかと思うと、直ぐに姿が見えなくなった。一体何処から、いつあんな者が船の中へ紛れ込んだのだろう、船頭を始め皆が其れを不思議がったが誰も謎を解く事は出来なかった。船頭の家は江戸川の近辺にあって、其処から今朝早く船を漕ぎ出して来たのだが、無論猿なんぞが忍び込んで居た筈はなし、万一忍び込んで居たにしても、それが今迄見附からずに居よう道理がない。考えれば考えるほど不思議な話だと云うことになった。でもまあ好い塩梅に、お染が猿に見込まれて居るのだと云う事だけは、誰も気が付かなかったらしいので、わしはほっとして胸を撫でおろした。実際、そんな噂がぱっと拡がりでもしたら、お染の人気にも係わる事だから、わしは何よりも其れを心配して居たのだった。

間もなくお染は息を吹き返したが、その日は一日船の中に寝た切りだった。荒川土手へ着いて、みんながどやどやと陸《おか》へ上って行った時にも、わしは枕もとを離れずに看病してやったり慰めてやったりした。あの猿めが、此の船の中へ迄も這入り込んで来るようでは、いつ何時またやって来るかも知れない。それを思うとお染は生きた心地もないらしく、始終おどおどして船の隅々に眼を配って居る。

『お染や、しっかりするがいい。わしが斯うして附いて居るから、もう何が来たって大丈夫だ。』

こう云うと、お染は力なく頷いて、私の顔を疑ぐり深い眼つきでじろじろと見守りながら、

『ほんとうにいろいろ兄さんに御心配をかけて済みません。ですがあたしは、まあ何と云う因果な生れつきでございましょう。子供の時分には継母に責めさいなまれ、大人になって、やっと此の頃いい旦那が出来たかと思うと、今度は浅ましい四つ足に見込まれて、もう生きた空もないのでございます。』

と云って、涙をさめざめと流して、わしの膝の上に面を伏せて身を顫わせて居る。

『四つ足に見込まれたなんて、今時そんな馬鹿げた事があるものじゃない。そんな噂がひょっとして土地の評判にでもなったりしたら、それこそお前、飛んでもない事になるじゃないか。お前は不断から神経質で、下らない事を気に病むからいけないのだ。成る程猿が此の船の中に居たのは、不思議には違いないけれど、何も始めからお前を附け狙って居たのかどうか分りゃしない。ほんとうに取り越し苦労も好い加減にするがいいぜ。』

こう云って私が有《なだ》め賺《すか》しても、お染は頻りに頭を振って、

『いいえ、そう云って下さるのは有り難うございますが、あたしはどうしても猿に見込まれて居るのに違いないんです。あなた方があの猿を御覧になったのは今日が始めてかも知れませんが、あたしはもう此の頃は毎日毎日、あの猿に取り憑《つ》かれて攻めさいなまれて居ます。……ねえ兄さん、あなたはいつぞや、あたしが夜中に猿に苦しめられて呻って居たのを御

覧になった事がありはしませんか。』

そう云われて私は内心にぎくりとしながら、猶も黙ってお染の顔を視詰めて居た。するとお染は、『兄さんだから打ち明けた話をしますが、どうぞ誰にも、きっと内証に願いますよ。』と云って、次のように語り出した。――

『……此の話だけは、あんまり気味が悪いので、誰にも云うまいと思って居たのですけれど、もう斯うなれば正直に話してしまいます。それも兄さんにだけ、そうッと打ち明けて、相談をするのですから、どうかまあ、可哀そうな者だと思って、何とかして私の命を助ける道があるものならば助けて下さい。……ほんとうにあたしは、若し此のままで放って置かれたら、一日一日に寿命がちぢまって、近い内に死んでしまうにきまって居ます。ねえ兄さん、あなたは此の間の水天宮様の晩に、ちょうどあの猿廻しが来た日の夜おそく、あたしが内の幃りで猿を見たと云ったのを覚えて居らっしゃるでしょう。あの時兄さんは、直ぐに便所の周りを捜して下すったけれど、猿らしいものは居ないと云って、あたしの臆病をお笑いなすったでしょう。実を云うと、あの時は未だあたしだって半信半疑で居たのです。成る程兄さんの仰っしゃる通り、あんなところに猿なんぞが居る筈はない、きっと私の心の迷いだ、どうかそうであってくれればいいと祈って居りました。すると、あれから二三日立って、浜町の住吉さんで宴会があった時でした。何心なく彼処《あすこ》の内の憚りへ這入ると――あたしは其時分、内の憚りへ這入るのが気味が悪いので、お座敷へ出る度毎に、成るべく其処で用を足すようにして居りました。――で、住吉さんの二階の大広間の梯子段を降りたところに附いて居る、つい此の頃に手入れをした新しい憚りがあるでしょう、彼処へあたしが這入って行くと、又してもあの毛むくじゃらな猿の手が、下からぬうッと出て来てひやりと私の足くびに触ったのです。あたしはもう少しで気が遠くなるところでしたが、それでもやっと我慢をして無我夢中で憚りを飛び出したなり、急に気分が悪いと云って俥で内へ帰って来てしまいました。余所の内の憚りにまで忍び込んで来るのだとすると、そうして私より外には誰も見た者がないのだとすると、猿はあたしの跡を追いかけて、私の行く所へ行く所へと附け廻して居るらしいのです。仰っしゃるまでもなく、もしそんな事が評判になったりしたら大変だと思って、みんなに内証にして居ましたが、あたしはその後いく度猿を見たか知れません。或る晩なんぞは、柳橋の露風亭さんから帰って来る俥の上で、ひょっと後を振り返って見ると、夜更けた大川端の往来を、真黒な猿の影がひょろひょろと動いて来て、俥の跡から一目散に追いかけて居る事がありました。それからまた、中洲《なかず》の春の家さんへ行った帰りに、箱屋の新さんにつれられて女橋を渡ろうとすると、猿が横丁の暗闇からするすると走って来て、私よりも一と足先に橋の欄杆を伝わって、まるで鞠でも転がすように向う河岸へ消えてなくなった事もありました。奇態な事には、そんな場合に其れを猿だと気が付くのは私だけなので、箱屋にしろ車屋さんにしろ、別段不思議な物を見たとも思って居ないらしいのです。尤も猿が出て来るのは、いつも大概夜が更けてからにきまって居て、人通りの少い、真暗な往来に限って居たものですから、外の人たちに気が付かないのも無理はないかも知れません。そのうちにだんだん猿は厚かましくなって、一と晩の間に何処かで一遍姿を見せない事はないようになりました。今夜は大丈夫だと思って居ると、お隣りの屋根の上にいつの間にかしゃがんで居て、じっと此方を睨んで居たり、さもない時は縁側の床下からふいと顔を出して又隠れてしまったりするのです。しまいには私ももう根負けがして、がっかりしてしまって、気味が悪い、気味が悪いとは思いながらも、どうする訳にも行かない事だと、あきらめてかかるようになりました。そう斯うするうちに、或る晩私は物凄い夢を見たのです。猿が私の胸の上に乗っかって、『姐さん、どうぞ私の思いをかなえて下さいまし。私と末始終添い遂げて下さいまし。お願いでございます、お願いでございます。』と云って、神妙に手を合わせて拝みます。『わたくしは卑しい獣でございますが、決してあなた様を粗末にするような事はいたしません。私の願いを聞き届けて下されば、御一緒に遠い山奥へ行って、浮世を余所に一生安楽な月日を送る積りでございます。………どうぞお願いでございますから、聞き分けて下さいまし。卑しい獣の浅ましい煩悩を憐れんでやって下さいまし。』こう云って、ぽろぽろと涙を流して、私の枕もとで口説き立てるのです。かと思うと、『もしも承知して下さらなければ、私は一生あなたをお恨み申します。あなたの恋路の邪魔をいたします。あなたと添い遂げようとする男があれば、必ず其の人に祟りをいたします。そうして影になり、日向になり、始終お側を離れずに喰着いて居ります。』などと云って威嚇《おど》かしたりするのですが、決して手荒な真似をする様子はなく、何処までも頭《こうべ》を垂れて、しみじみとした口調で云うのです。それが私には、半分は夢で、半分は夢でないような気がして居ました。私には自分が今、内の二階で丁次さんや何かと枕を並べて居るのだと云う事が、よく分って居ました。自分の右や左に寝て居る人たちの様子がありありと眼に見えて居ました。それから自分の胸の上に乗っかって居る猿も、たしかに夢ではないと云う事を感じて居ました。ただ猿の言葉だの細かい所作《しぐさ》だけが、夢現《ゆめうつつ》の境で聞えたり見えたりして居るのでした。しかし其れさえも、普通の夢にしてはあんまりハッキリし過ぎて居て、眼を覚ました後になっても、とても今のが夢だったとは思われないくらいでした。何処からが夢で、何処からが夢でないのやら、私には全く分りませんでした。あたしは胸の上の猿を振り落そうとして、一生懸命に藻掻いたり力んだりして見たのですが、どう云う訳か手足が一寸も動きません。『誰か来て下さいよう！　助けて下さいよう！』こう云って怒鳴った積りでしたが、唇が思うように動かないので、変な呻り声しか出なかったのを、自分でもちゃんと覚えて居ます。あたしの右左に寝て居る人たちも、——殊に丁次さんなんぞは、鼠がカタリと云ってもびっくりして飛び起きるほど目敏い方だのに、不思議にすやすやと寝入って居て、一人も眼を覚ましてくれる者は居ませんでした。猿はそうして三十分ばかりも私を攻め立てた揚句、『どうぞよく考えて置いて下さいまし。聞き届けて下さらないうちは、此れから毎晩でもお願いに上りますよ。』と、くり返しくり返し云い残して、何処かへ消えてしまいました。その後猿は一と晩も欠かさずに、ちょうど夜半の二時から三時ごろの間に、きまって私の寝床へやって来るのです。私はどうかして寝ないで居ようと思いましたが、その時刻になるときっとうつらうつらとして来て、夢心地に誘い込まれてしまいます。その癖猿が部屋の中へ這入って来る様子なんぞは、ぼんやりと分って居ながら、胸の上へ乗っかったなと思う途端に、急に息苦しくなって体が利かなくなるのです。いつぞや兄さんが、私の呻り声を聞きつけて、二階へ上って入らしったことがあったでしょう？………いいえ、もうちゃんと知って居るのですから、そんなに隠さなくってもよござんすよ。………ねえ、やっぱりそうだったのでしょう？　あの時なんぞも、私には兄さんの立って居る姿が、はっきりと分って居て、助けて下さい助けて下さいって、有りったけの声を出した積りで居たのですけれど、兄さんには其れが聞き取れなかったんです。すると兄さんは猿を手招きして、そっと雨戸の外へ追い出して下すったのね。あたしは猿が居なくなると直ぐに正気に返ったんですが、あんまり無気味なので、わざと寝た振りをして居たんです。………』

私はお染の話を聞いて、何と云って慰めていいやら分らなかった。

『だがあの晩から、お前はさっぱり呻り声を出さなくなったようだったが、猿は其れっきり来なかったのかね。』

こう云って尋ねると、お染は下を向いたまま、ほっと溜息をついて再び話しつづけました。

『いいえ、そんな事はありません。あの晩から今日になるまで、一と晩だって猿が来なかったことはありません。あたしはただ、いくら助けを呼んだってとても駄目だと悟ったので、此の頃は呻り声さえ出す勇気がなくなってしまいました。もうどうしても逃れられないとあきらめてしまって、夜な夜な猿がやって来ると、大人しく胸を圧えられて、黙って猿の言葉を聞いて居るのです。聞いて居てやりさえすれば、猿は云うだけの事を云って、半時間も立つとこそこそと見えなくなってしまうのが例でした。此の間、内藤さんにつれられて箱根の温泉へ行った晩ですら、何処をどうして来たものか、夜半の二時ごろになるとちゃんと私の胸の上へ乗っかって居たんです。そうして何でもこんな事を云ったようでした。『あなたは此処に居る旦那に惚れて居て、近い内に引かせて貰う了見なんでしょう。もしそんな事があれば、私はきっと此の旦那に仇をいたします。此の旦那の寿命をちぢめてしまいます。旦那が可愛いと思し召すなら、どうぞ私の云う事を聞いて下さいまし。』って、何度も何度も念を押すように云いました。しかし好い塩梅に、内藤さんは何も知らずに休んで居らっしゃるようでしたから、私の秘密は今日まで誰にも分らないで済んで来ましたが、もう今日のような事件があっては、とてもいつ迄も隠し終《おお》せる訳には行きません。内藤さんに落籍して貰う相談も、私はいっそ思い切って止めにしようかと考えて居るのです。……ねえ兄さん、ほんとうに私はどうしたらいいんでしょう。凡そ世の中に、私ほど不仕合わせな私のような浅ましい目に会った女が居るでしょうか。どうしたら私は助かることが出来るでしょう。』

聞けば聞くほど身の毛の竦《よだ》つ話なので、私は全く途方に暮れてしまった。で、いろいろ方法を考えた末に、

『どうもそれじゃあ仕方がないから、警察へ訴えて、猿を取り抑えて貰って、殺してしまうのが一番だ。そうすればお前も安心だろうから、何もそんなに力を落すには当るまい。堀留

の旦那との話も、折角纏まりかかって居るものを、破談にするなんて詰まらない了見を起さない方がいい。』

と、頻りにすすめて見たのだけれど、生きて居てさえあんな祟りをする位だのに、殺したりなんかすれば跡の怨念が恐ろしいと云って、お染はどうしても承知しない。内藤さんとは互いに恋い憧《こが》れて居た仲だから、一緒になりたいのは山々だけれど、そんな事をして、旦那の身に間違いがあったら申訳がないし、自分も此の上秘密を世間へ曝け出して耻《はじ》の上塗りをしたくないと云う。お花見以来お座敷も凡《す》べて断ってしまって、一日二階に床を敷いたなり伏せって居る。そうしちゃあ晩になると、相変らず猿に取り憑《つ》かれて悩まされて居る。私はひとりで気を揉んで、何とかして元気をつけてやりたいと思って、その時分、紋三郎稲荷の裏の方に、天玄堂と云う看板を出して居た評判の占者に見て貰ったところが、………さようさ、何でも恐ろしくむずかしい理屈を云ったっけが、つまり其の御婦人は四つ足に祟られて居て、まことにお気の毒な話だが、生涯その祟りを逃れることが出来ないと云うんだっけ。非常によく分る占者で、お染の年廻りや生れた年月を聞くと、ははあ、此の方は大方継児育ちで、妙に臆病な、淋しい気質じゃあありませんかってね、すぐにそう云ったくらいだった。その人の話に依ると、獣が人間に恋慕することはよくあるのだが、その人間の気象さえしっかりして居れば、大概の場合には祟りを受けずに済んでしまう。しかし此方が気の弱い人間で、獣の魔力を追い却《の》けるだけの力がないと、だんだんに見込まれて行って、しまいには命までも取られてしまう。無論その獣を殺したって、怨念に取り憑かれるに極まって居る。もう少し早く気が附けば、何とか方法もあったろうけれど、今となってはもう其の御婦人の運命は、どうにも助けようがないと云うのさ。それじゃ一体その女は此の後どうなりましょうかって云うとね、『さあ、』と云って暫く首を傾《かし》げて居たが、『普通の人間ならば自殺をする所なんだが、もともとそう云う臆病な、馬鹿に気の弱い御婦人なのだから、よもやそれだけの勇気はあるまい。私が思うのには、結局、命が惜しさにその猿の云うなり次第になってしまうでしょう。いや、きっとそうなります。』って云うのだ。私はそれでもまさかと思って居たんだが、恐ろしいもので、とうとうお染はそれから間もなく、占者の云った通りになってしまった。………」

こう云って、お爺さんが其の髯のように長い長い話を句切った時には、梅千代も、照次も、雛龍も、化石したように固くなって、真青な顔をしながら、歯の根も合わずに聞いて居ました。

「そうしてお爺さん、それからお染さんは全体どうなったって云うんでしょう?」

余程立ってから、梅千代が声をふるわせて、恐る恐るこう云いました。

「どうなったって、それから猿につれられて遠い野州の山奥の方へ行ってしまったのさ。何でもお花見の事件があってから半月ばかり過ぎて、或る日お染は急に居なくなってしまったんだ。いつ迄立っても帰らないから変だと思って、鏡台の抽き出しを調べて見ると、内藤さんと私とに宛てた遺書《かきおき》のようなものがあってな、自分の不仕合わせを重ね重ね歎いた揚句、こうまで深く見込まれた以上は、とても逃れる道はないと観念して、猿と一緒に山奥へ行くからどうぞ可哀そうな人間だと思ってくれろ。同じ浮世に生きて居る以上は、御縁があったら又お目にかかれるかも知れないけれど、先ず其れ迄は死んだ者だとあきらめて、今日を命日に線香の一本も手向けて下さいと書いてあるのさ。私は内藤さんと一緒に、本所の太平町の木賃宿に住んで居たいつかの猿廻しを捜しあてて聞いて見ると、飼って居た牡猿は一と月も前に出奔したきり行衛が知れないと云う事だった。山奥へ逃げたとすれば、野州の塩原の方で生け捕った猿だから、きっと彼の近辺の山中へ帰ったかも知れないと云うので、内藤さんはわざわざ下野へ出かけて行って、草鞋穿きで日光から足尾、高原峠から塩原の方を十日ばかり尋ね廻ったが、途中で何匹も猿に出遇ったにも拘らず、お染の姿は遂に見つからなかったそうだ。尤も、鬼怒川の川上の山路で渓川《たにがわ》の瀬に突き出て居る巌の上に、お染の持って居たらしい珊瑚の簪と鼈甲の櫛とが落ちて居たと云うし、内藤さんは其れを東京へ持って帰って私に見せたくらいだから、たしかにあの辺へ逃げ込んだのには違いなかろう。……それから五六年立って、或る年の夏、蠣殻町の野田さんが塩原の温泉へ行って、塩の湯の奥の方にある滝を見物に行った時に、向うの山の上で、猿と一緒に遊んで居る人間らしい影を見たことがあったそうだ。木の葉で綴ったようなぼろぼろの着物を着て、髪をもじゃもじゃに長く伸ばして居たけれど、胸に垂れて居る乳房の工合がどうも女らしかった。あれがきっとお染だったかも知れないと、内藤さんはよく私に話したものだ。——そうだとすれば、お染は大方猿になってしまったのだろう。」

紀ノ伊ノ国狐憑ク㆓漆掻キニ㆒語

漆掻きと云ったって都会の人は御存知ないかも知れませんが、山の中へ這入って行って漆の樹からうるしの汁をしぼるんです。いいえ、なかなか、百姓の片手間ではありません。ちゃんとそれを専門にする者があったんで、近頃はめったに見かけませんけれども、外国の安い漆が輸入されるようになったそうですから、いまどきあんなことをしても手間ばかりかかって引き合わないんでしょうな。兎に角以前には私《わたし》の村なんかへもよく漆かきが奈良あたりからやって来たもんです。漆鉋《うるしかんな》と云って、鎌のようなもので先の曲った奴を持って、腰に三四合ぐらい這入る竹の筒を提げて、漆を見つけると、その鉋で皮へ傷をつける。それがあんまり深く傷をつけ過ぎてもいけないし、浅過ぎてもいけないし、呼吸物なんで、その傷口から松脂《まつやに》のようにどろりと滲《し》み出て来る汁を篦《へら》ですくって竹の筒へ入れる。そんな時にうっかり下手なことをやって汁が顔へはねかかったりすると、それこそ赤く脹れ上りますから、馴れた者でないと出来ない仕事なんでして、漆にカブレないように紺の手甲を着けて、すっかり紺装束で出掛ける。まあそんなことをする人間なんで、私の村にもその商売の者が一人住んでいましてね。此の男は遠くへ出稼ぎをするのでなく、村の近所の山へ這入ってはうるしを採ってくらしていましたが、或る夏の日に、その漆かきが一と仕事してから山の中でひるねをしていますと、夕立ちが来たもんですからふっと眼をさましました。そしてそのときに、ハテな、己はひょっとすると寝ていた間に狐に憑《つ》かれやしなかったかなと、そう思ったと云うんです。それが別にどうと云う理由があるんではないんですけれど、淋しい所をひとりで歩いているときなんぞに憑かれることがよくあるんで、ただ何んとなくそういう感じがしたんでしょうな。で、まあ、家へ帰ってもそれが気になって仕方がない、どうも狐がついたようだから明神さまへお参りをして来てくれろとお袋《ふくろ》に頼んだりして、友だちなんかにもそんなことを云っていましたが、そのうちにとうとう床について、飯も食わないようになったんです。それで先生布団をかぶって半病人のようにうつらうつらしながら、日が暮れると云うと、ああ、今夜あたりは狐が迎いに来やしないかな、今にきっと来やしないかなと、心待ちに待たれるような、妙にそれが楽しみのような気持ちでいると、案の定夜になってから友達のような男が三人ばかり表へやって来て、「さあ、行《い》こら」「さあ、行こら」と誘うんだそうです。尤も友達と云ったって見おぼえのある男ではないんで、みんなせいが三尺か四尺ぐらいの小男で、法被《はっぴ》を着て、木や竹の杖をついていて、何か非常に面白そうに「行《い》こら行こら」と云うんですが、それを聞くと行きたくって行きたくってたまらなくなるんだそうです。けれどもアレは狐だから行くんではないぞ、あんな者に誘われてはならないぞと思ってじっと我慢していると、友だち共は仕方がなしに帰ってしまう。するとその後ろ姿に尻尾《しっぽ》のようなものがチラチラ見えるようなんで、ああやっぱり行かないでいい事をしたと、そのときはそう思いながら、又あくる日のゆうがたになると、今夜も誘いに来やしないかなと心待ちに待つようになる。そうするうちに果たしてやって来て「行こら行こら」と誘うんですが、それがもう、さも面白そうなんで、ついうかうかと行きたくなるんだそうですな。しかしその晩も一生懸命に我慢してしまったところが、三日目の晩の九時頃に、家の前に庭があって、庭の下が六尺ばかりの崖《がけ》になっていて、崖から向うは一面に麻の畑でした。それが夏のことですから麻が高く伸びていて、ちょうどその庭と畑とが同じ平面に見える。で、その畑の方へ例の小男が三人連れ立ってやって来て、「さあ行こら」「さあ行こら」と云うんだそうです。よくよく見るとその男たちの着ている法被に何か円い紋がついていたそうですけれども、どんな紋だったか、そこんところはハッキリ覚えていないんだそうで、いつもの通りめいめいが杖をついていて、しきりにそう云って誘うもんですから、とうとうその晩は我慢しきれなくなってしまった。それでそうっと家を抜け出ようとしたときに生憎親父が小便に起きたんで、こいつはいけないと思って、「行きたいんだけれど、親父に見付かると面倒だから己は止すよ」と云うと、「なあに己たちが一緒なら大丈夫だ、こうすれば親父に見つかりはしないから、まあ附いて来い」と云って、その三人の友達が手をつなぎ合って、輪をこしらえて、その輪の中へ丑次郎――という名だったんですが、その漆掻きの男を入れた。そして、「さあこうすれば親父が見ても見えやしないから心配するな、附いて来い附いて来い」と云って連れて行くんで、ちょうど便所から出て来た親父とすれちがいになったそうですけれども、成る程親父には此方の姿が見えないようなあんばいだった。それからその晩は麻の畑の中で遊んで、いろいろ御馳走をしてくれたりしただけで、明け方には無事に家へ帰してくれたそうですが、四日目の夕方は日が暮れないうちから楽しみで楽しみで、早く誘いに来てくれないかなと思っていると、やはり昨夜《ゆうべ》と同じ刻限にやって来て「行こら、行こら」と云うんです。で、又附いて行きますと、今夜はいい所へ行こうと云って、家のじき近所にガータロのいる淵があるんですが、その淵の方へ出かけたと云います。え、ガータロですか。ガータロと云うのはあれは河童《かっぱ》のことなんです。ぜんたい私共の村は高野山の南三里ばかりの山奥にあって、私の字《あざ》は一方が山で一方が谷になったゆるやかな傾斜面のところどころに家がチラホラ建っている。丑次郎の家というのも山と山の間にある淋しい一軒家なんでして、前に三四枚の段々畑があって、その先が今云ったガータロのいる淵なんです。別に名前のあるような淵ではないんで、村の者はトチ淵《ぶち》トチ淵と云っていましたが、さあ、どう云う字を書きますかな。何しろ大滝だとか赤滝だとか云って、非常に滝の多いところでしてね、その滝壺の下流が今云った谷の底を流れていて、淵になっているのはほんのわずかなところなんですが、そこにはいつも水が真っ青に澱《よど》んでいて、まん中に平べったい一枚岩が出ていました。ガータロはその一枚岩の上にときどき姿を現わすことがありましたから、たしかにその淵に棲んでいたには違いないんで、見た人は大勢あるんです。ええ、ええ、私も一遍見たことがありますよ。なんでも夏の日ざかりに山の上を通っていると、下の方にその淵が見えて、岩の上に変な奴がすわっているんで、「ああ、ガータロが出ているな」と思ったことがありました。さあ、そうですな、遠くから見たんだからよくは分りませんでしたけれど、人間よりは小さかったようで、まあ猿ぐらいでしょうかな。姿も猿に似かよっていて、ただ斯《こ》う、頭の上に妙な白いものが喰っ着いているんで、烏打帽子を被っているように見えましたよ。ええ、ええ、よく人間に害をする奴なんで、私の知っている人でも、ガータロに見込まれて水の中へ引きずり込まれそうになったり、ほんとうに引きずり込まれて死んでしまったのもあるんです。これは余談になりますが、その谷川の別なところに丸木橋がかかっていましてね。或る私の友人が夕方その橋をわたろうとすると、うっかり足を踏み外して、水の中へ片足をついたのが、岸の方の浅瀬だったんですけれど、その片足を抜こうとしても水が粘《ねば》り着くようになって、どうしても抜けない。しきりに抜こうともがいているうちに、次第にずるずると深みへ引っ張られそうになるんで、ハテな、ガータロに見込まれると水が粘ると云う話だが、こりゃあガータロの仕業《しわざ》だなと気が付いたんです。ところでガータロと云う奴は鉄《かな》気《け》を嫌うもんですから、そう云う時には、何んでも構わない、鉄気のものを水の中へ投げさえすれば助かるんで、ふっとそのことを思い出して、幸い腰にさしていた鎌を川の中へ投げた。そうしたら難なくすっと足が抜けたんで、真っ青になって帰って来て、実はたった今此れ此れだったと私共に話したことがありました。もうよっぽどの歳ですけれども、未だに達者な人でして、至って正直な、うそを云うような人間ではありませんから、事実そんな目に遇ったに違いないんですな。しかし此の男はそう云う訳で命を取りとめましたけれども、もう一人今のトチ淵へ嵌《は》まって死んだ者がありました。十四五になる可愛いい女の児でしたがね。なんでも同じ村の余所《よそ》の家へ子守りに雇われていて、めったとひとりで遊びに出るようなことはなかったのに、その日に限って、赤ん坊の寝ている間に出て行って、二三人の友達と一緒にその淵の所で鮎を釣っていたと云うんです。それが、おかしいのは、淵によどんでいる水が、ほんの一間ばかりの間岩の下をくぐって、すぐその先の方へ行くと滝のようになって流れ落ちているんですが、その女の児は淵と早瀬との境目にある岩の上にしゃがんで、瀬の方で釣ればいいものを、淵の方を向いて釣っていた。すると、友達の女の児もみんな同じ所で釣っていたのに、どう云うものか外の者には一向釣れないで、その女の児の鈎《はり》にばかり魚がかかる。外の女の児たちは詰まらないもんですから、此処は止そうよ、何処か別の所へ行こうよと云うんですけれども、その女の児だけは面白いように釣れるんで、夢中になっていつ迄でも釣っている。そのうちにだんだん日が暮れて来ましたが、もうおそいから帰ろうと云っても聴き入れないんで、外の者はその児を置き去りにして帰ってしまった。さあそうすると、晩になっても姿が見えないもんですから、主人の家では心配をして、親元の方を尋ねさせると、其方《そっち》へも来ていないと云うんで、大騒ぎになって、いろいろ心あたりを調べると、実は昼間これこれだったと云う。外の児たちは云えば叱られると思ったんで、聞かれる迄黙っていたんですな。で、早速みんながその淵のところへ行って見ると、ちゃんと下駄が脱いであるんで、いよいよガータロに見込まれたんだと云うことになって、それから泳ぎの達者な者が体へ綱をつけましてね、ガータロが出たら合図をするから、そうしたら綱を引っ張って貰うように頼んで置いて、淵の底へもぐって行って、屍骸を引き上げたことがありましたよ。兎に角その女の児が鈎を垂れると、ほら釣れた、ほら釣れたと云うようにいくらでも釣れるんで、外の鈎にはちっとも寄って来なかったと云うんですから、そこが不思議なんですよ。あ、そう、そう、そう云えば、その前の日に、その女の児の親たちの家の屋根の上からその淵の方へ虹がかかっているのを、たしかに見た者があると云います。虹がそんなに近いところにある筈のものではないのに、ちょうどその家の上から出ているんで、何かあの家に変ったことでもあるんではないかと思っていたら、その明くる日にそう云うことがあったんだそうです。でまあ、そのガータロのいる淵の方へその漆かきは連れて行かれた訳なんですが、なぜだか知れないが死のうと云うことを考えて、今夜は一つあの淵へ身を投げてやろうと思いながら附いて行くと、大勢の人が提灯をつけて淵の方へぞろぞろやって来るんだそうです。それで暫く物蔭に隠れて窺がっていると、村長さんだの、伯父さんだの、伯母さんだの、親類の誰彼なんぞの顔が見えるんで、中にはもう死んでしまった人なんぞが交っているもんですから、おかしいなあ、あの伯父さんは死んだ筈だのにまだ生きていたのかなあと、そんなことを考えながら待っていましたけれど、提灯の数が追い追いたくさんになって来て淵のまわりをウロウロしている。この様子じゃあとても駄目だと思ったんで、「どうも死ぬのに都合が悪いから、今夜はもう帰る」というと、「そんならもっと面白い所へ連れて行ってやるから、まあ一緒に来い」と云って、棕櫚山の方へ引っ張って行った。その辺はいったいに棕櫚が多いんでして、大概の山には、高いのになると三間ぐらい、普通二間ぐらいの棕櫚と、一丈ぐらいの薄のような草が生い茂っているんですが、その茂みの中を分けて行ったら、山の中途に大きな岩が突き出ていて、友達の連中はその岩の上へするすると身軽に登った。だが見たところ丑次郎には登れそうもないので、「己はそんな高い所へ上《あが》れないから止める」というと、「なあに己たちが手伝ってやるから大丈夫だよ、上って見ろ上って見ろ」と云って、三人の小男が上から引っ張ったり下から腰を押し上げたりした。お蔭でどうやら上れることは上れたけれども、上る拍子に脛を擦り剝いたんで、今度はそれが痛くってたまらない。「痛い痛い」と云うと、「よし、よし、つばきを附ければすぐに直る」と云って、つばきを附けてくれたらじきに痛みが止まった。すると又咽喉が渇《かわ》いて来たんで、

「水が飲みたい」と云うと、「じゃ、まあ、ここで休もう」と云って、道ばたに休んで、何処から持って来たのだか直ぐに水を飲ましてくれたが、なんだかその水が小便臭かったそうです。で、その山を越えると、私の家の方へ下りて来ることになるんで、ああ、そうだったな、此処はもう鈴木さんの家の近所だなと、はっとそのときに気が付いたらしくって、「もう己は帰る」と云い出したところが、「まあいいからもう少し遊ぼう」と云って、しきりに引っ張って行くんだそうです。それでも無理に帰ると云って、とうとう振り切って来たそうですが、その晩も、その前の晩も、家に戻ったのは夜中の三時ごろだったそうで、いつも夜の明ける迄には必ず帰してくれたと云います。さて五日目の晩に待っていると、又「行こら行こら」と云いながらやって来て、今夜は伊勢へ連れて行ってやると云う話で、伊勢の松坂へ出かけて、何んとか云う料理屋の二階へ上ると、たいそう結構な朱塗りの高脚《たかあし》のお膳が出て、立派なお座敷で御馳走をたべた。それから街道を歩いて行ったら、此処はカノマツバラだと云うんで、見ると成る程松原がある。けれども、その時に斯う、ぼんやりと分ったのは、私の村から有田《ありた》郡《ぐん》の方へ抜ける山路にヤカンダニと云う谷があって、めったに人の通らない淋しい所なんですが、そこをその漆掻きは前に一遍あるいたことがある。で、そう云う時にもいくらかその記憶が残っていたものと見えて、カノマツバラだと云うけれども、どうも此処はヤカンダニのようだから、「ヤカンダニじゃあないか」と云うと、「なんだ、お前はヤカンダニを知っていたのか。ではもっと外の所へ行こう」と云って、又方々を歩き廻って、「さあ、どうだ、此処がカノマツバラだ」と云われて見ると、今度は覚えのない土地で、松がずうっと生えていて、たしかに松原の景色になっている。しかしそう云う間にもときどき正気に復《かえ》るらしく、己は狐に欺されているんだと云う考えがふいと起ることがあって、三人の小男の様子なども、人間の姿をしているように思えながら、どうかした拍子に尻尾が見える。はっきり見えるんではなしに、チラチラと斯う、見えたり見えなかったりするような工合なんですな。要するにまあその時分からそろそろ意識が回復して来たんで、ヤカンダニを通ってからも暫く何処か無茶苦茶に引っ張り廻されていたようですが、そのうちに、村にイカキ山と云って、笊《いかき》のような恰好をした山があるんで、そこを通った時は、此処はイカキ山だなと云うことが分ったと云います。しかしその山は松だの欅《けやき》だのいろいろな雑木《ぞうき》が生えている密林なんでして、その林のなかをぐるぐる歩いているうちに、木に引っかかって、フンドシが解けた。で、「まあ、待ってくれ、フンドシが解けたから」と云うと、「そんなものは構わないから放って置け、ぐずぐずしていると夜が明けるから急がなくっちゃいけない」と云って引っ張って行くんで、「もう己は帰る」と云うと、「帰らないでもいいよ。それより何所か寝る所があったら、みんなで一緒に寝ようじゃないか」と云うんだそうです。するともう夜がしらみかかって来たもんですから、その漆かきも今更家《うち》へ帰りにくくなってしまって、私の家《いえ》の近所にある阿弥陀堂の方へ行った。と云うのは、その阿弥陀堂なら四人で寝るのにちょうど都合がいい場所なので、そこへみんなを連れて行って寝ようという考えが、ちゃんとそのときに頭にあったらしいんですな。それで阿弥陀堂へ行くのには、私の家と隣りの家との間を通らなければならないんですが、隣りの家の庭に古い大きな柿の木があって、それが往来の方へ枝を出していた、その木の下を通った時分に、「ああ、此処は鈴木の家の側だから、もうすぐ其処が阿弥陀堂だ」と思ったそうです。その阿弥陀堂は草葺きのお堂なんでして、うしろの方に四尺に一間ぐらいな裏堂が附いていて、その中に村のお祭りや盆踊りなんぞに使う提灯だの行燈だの莚だのが置いてあったんですが、その莚のことを覚えていて、あの裏堂で寝ようというつもりだった。ところがそこへ這入るのには屋根からでないと這入れない。今も云う通りいろいろな物が入れてあったもんですから、子供なんぞがいたずらをしないように、扉を中から締めてしまって、屋根裏から出入りするようにしてあったんで、そのこともちゃんと覚えていて、屋根裏へ上った。尤もその時に矢張り小男の連中が上から引っ張ったり下から押し上げたりしてくれたそうで、上って見ると、そこに二尺ぐらいの幅の厚い欅の板が渡してある。これはお堂の中の品物を出し入れする時の足場に作ってあったんで、その板に腰かけて莚の上へ飛び降りる料簡だったんですが、小男共は、「此処がいい、此処がいい」と云って、草葺きですから、庇《ひさし》の裏の方から上ると、竹を編んだ屋根の土台が見える、その竹の棒に摑まって屋根の草の中へ体を突っ込んで、「此方へ来い、此方へ来い」と云うんだそうです。成る程その連中はみんなせいが低いんだから巧く草の中へもぐり込めますけれども、丑次郎には這入れる訳がないんで、「己は体が大きいから駄目だ、そんな所へ這入ったら足が出てしまう」と云うと、「まあ試しに這入って見ろ」と云うんで、這入って寝てみたら案の定足が出てしまった。「ほれ御覧、こんなに足が出たじゃないか」と云ったら、「では仕方がないから中へ這入ろう」と云うことになって、さっきの屋根裏からでなく、別な所へ穴をあけて、その穴から、一人ずつ莚の上へ飛び降りて、裏堂の中の狭い場所へ四人が並んで寝た。それから少しとろとろとしたと思うと、お堂のうしろの板が三寸四方ぐらい切り取ってある、それは以前に、泥坊が内部にしまってあるものを覗《のぞ》こうとしてそんな穴を拵えたことがあるんで、もうすっかり夜が明けたらしく、そこから朝日がさし込んでいる。と、やがて表が騒々しくなったんで、その穴へ眼をつけて見ると、村の子供たちがお堂の前で遊んでいるので、ガヤガヤガヤガヤ云っていてとても眠れない。「どうもあの子供たちがうるさいな」と云うと、「よし、よし、己が彼奴等《あいつら》を追っ払って来てやる」と云って、一人の小男が外へ出て行った様子でしたが、どんなことをしたのか知れませんけれども、兎に角その男が行ったら子供たちはいなくなってしまった。それでようよう落着いて寝ようとすると、生憎とまた小便が出たくなったんで、「一寸小便をして来る」と云ったら、「いや、出てはいけない、出てはいけない」と云って、一生懸命に止める。「出ると摑《つか》まるから出てはいけない。小便がしたければ此の中でしろ。さあ、己達も此処でするぞ」と云って、三人とも寝ながら小便をしてみせるんですが、丑次郎にはどうしてもそこでする気になれない。もう出たくってたまらなくなって来たんで、とうとう又その屋根の穴からお堂の外へ降りたところが、遠くに私が立っていて自分の方を見ているので、「あ、鈴木さんに見られたな」と、その時はっきりとそう感じた。そして私が近寄って行く間に、三人の小男どもは慌《あわ》てて逃げ出してしまったのだそうです。

さあ、そうでしたね、摑まえたのは朝の九時頃でしたかね。何しろ丑次郎がいないと云うので、村では捜索隊を作って山狩りを始めていたんです。それが明神様のお告げでは丑寅《うしとら》の方の山手にいると云う訳なので、一間置きぐらいに人が立って、八方から山を囲んで登って行こうとしていました。私もその捜索隊に加わっていたのですが、みんな鎌だの鉈《なた》だのを持っているのに、私は素手《すで》だったもんですからすこし気味が悪くなって、もう山へ登りかかっていたんですけれども、ちょっと家へ行って来ると云って、それを取りに戻って来た時に丑次郎がお堂の縁に立っているのを見たんです。なんでも斯う、縄の帯をしめて、両手をうしろへ廻して、前の晩に雨が降ったんで裾の方がびっしょり濡れた着物を着て立っていましたがね。「丑じゃないか」と云って、此方《こっち》も恐恐《こわごわ》声をかけながら近寄って行くと、急いでお堂の中へ逃げ込もうとするので、掴まえようとしたところが、えらい力で抵抗してなかなか云うことを聴きませんでしたよ。そのうちに大勢駈け付けて来て、やっとのことで押さえつけて家へ引っ張って行ったんですが、家の閾《しきい》を跨ぐまでは可なり元気に歩きましたね。それからそっと寝かしつけておいて、行者を呼んで御祈禱して貰ったら、一週間ぐらいですっかり正気に復《かえ》りました。尤《もっと》もその前から少しずつ意識が戻って来て、己はこんな目に遇ったとか、何処そこへ連れて行かれたとか、欺されていた間のことをぽつぽつしゃべり出しましたがね。ええ、そうなんです、今申し上げた話と云うのは、その時私がその本人から聞いたんですよ。後で念のためにお堂のところへ行ってみましたが、成る程屋根に大穴が開いているし、中には小便が垂れ流してあって、臭いと云ったらありませんでした。当人も、「そうそう、己はあの棕櫚山を上る時に怪我をした筈だが」と云って、脚を出して見ると、たしかに皮が擦り剝けている。フンドシの解けたのなんぞも、よっぽどたってからイカキ山へ芝刈りに行った女が、木の枝に引っかかっているのを見つけて、ひどく恐がって逃げて来たことがありました。その外何処でこういうことがあったと云う所を調べてみると、大体その地点に証拠が残っていたんですから、それを考えても出鱈目じゃあないんですな。縄の帯をしていたのも、歩いているうちに帯が解けたんで、無意識ながら縄を拾って締めたんでしょうな。そののちその男は一年ぐらい多少ぼんやりしていましたが、今でも酔っ払った時なんかに、「狐つきの話をしろ」と云うと、笑いながら話し出すんです。

白狐の湯　一幕

人物
角太郎
お小夜
お小夜の母
狐
仔狐
或る白人の女

その召使いの老婆
或る白人の紳士
巡査
所　或る山奥の渓流のほとり

まんなかに渓流が流れている、河床に幾つもの大きな岩がごろごろしているので水は見えないが、せせらぎの音がさらさらと聞える。両岸は崖になり、その崖の間を細い山路が縫っていて、渓流の上に渡された丸木橋に通ずる。上手の路から丸木橋を渡って舞台の前の方の汀へ降りたところ、渓の水とすれすれに古い小屋が立っている。それはその川の縁に湧く温泉の小屋で、下手に小さな窓があり、入口は川の方を向いて開け放されているけれども、その近所に岩があるのと内部が暗いので湯の口は見えない。ただほんのりとうす白い湯煙が小屋の奥から軒をかすめて這っている。

静かな初秋の夜である。流れに沿うた崖のふちには白萩がところどころに咲きこぼれている。お小夜が温泉小屋の入口に近い岩の上に腰かけて、しょんぼり川上の方を見ている。

暫くすると、一人の老婆——お小夜の母親——が、薪を背負って下手の坂路を橋の方へ降りて来る。橋を半分渡りかけたとき、お小夜に気が付いて立ち止まる。

母親　誰だあよ、そこに居るのは？………おめえ、お小夜《さよ》ではねえかよ、………

お小夜黙っている。

母親　まあ今時分、………おめえはまあ、………

お小夜、母親に顔を見られてばつが悪そうに俯向く。

母親　夜が更けてからこんな所に来るんでねえ、来てはなんねえってあれほどおッかあが云ってるのによう。おめえ、いつから此処に来て居るだあ？　よう、いつからだあ？

お小夜　………（何事をか云おうとして黙ってしまう）

母親　何？　何だってよう？

お小夜　なんにも云やあしねえよう。

母親　云わねえ？　云わねえだって、おッかあにはお前の腹は分っているだあ。………さあ、早くけえんな、おッかあと一緒にけえんな。

お小夜　………

母親　よう、けえんなって云うによう。それにまあ、おめえ内を空ッぽにしてどうする気だあよ、おッかあは今日隣り村へ廻らなけりゃあなんねえから、帰りはおそくなるべえって、今朝も断って置いたのによう。ほんとうに呆れた児だあ。………（間）さあ、一緒に来ねえかってばよう。
お小夜　まあ、おッかあ、………おいらは直《じ》きに後から行くよう。
母親　いいやなんねえ、（空を仰ぐ）ほうら、もう月が榛木山《はんのきやま》のあの松の木にかかっているだあ、おめえにはあれが見えねえのかよ。
お小夜　おいらにだって見えてるだあよ、おいらはあの月を待っているんだもん、………
母親　あの月を待っている？
お小夜　ああそうだあよ、月と一緒に来る人があるのを待っているだあ。
母親　ふん、待っていたって来る筈はねえよ、角太郎はもう大方死んじゃっただあ。
お小夜　死んじゃったら死骸が出なけりゃなんねえって、みんなそう云っているだあよ。角《かく》ちゃんの兄《あん》さの時だって、姉《あんね》えの時だって、――――ほれ、あの釣橋の下の方のよう、真っさおな淵の中に仰向けになって、ちゃんと死骸が浮いて出たって云うんだもん。
母親　そりゃアあの時はそうだったけれど、角の奴あ渓《たに》で死んだか山で死んだか分りゃあしねえもん、死骸だって出ると極まっちゃあ居ねえだあよ。
お小夜　だって、昔ッから此の村じゃあ狐に憑《つ》かれた者があると、みんな渓へ落ちて死ぬんだって云うんだもん。そうしてしまいにゃあ死骸になって、あの淵へ浮かぶんだって云うんだもん。………
母親　そう云ったっておめえ、死骸が浮いて出るまでにゃあ間があるだあよ、角の野郎が居なくなってからまだ五六んちにしかならねえもん。
お小夜　だからよう、まだ五六んちにしかなんねえんだから、生きているかも知れねえのによう。
母親　五日も六日も、飯い喰わずに山ん中に生きていられるかよう、いくら狐につまれたって、………
お小夜　でも人間は、水さえ飲んでりゃあ十日や二十日飯い喰わねえでも大丈夫だって、学校の先生がそう云っただあよ。だから角ちゃんはまだ生きているだあ。
母親　生きていたって、そんな狐につまれた人間なんか、二度と我が家へ入れることはなんねえからのう。
　　そう云ってお小夜を睨める、お小夜悲しげにうなだれる。

母親　（橋を渡り、お小夜の傍に来て岩角に腰かけ、やさしい言葉づかいになる）よう、お小夜《さよ》ぼう、おめえはまあ、どうしてそんなに角の事ばかり案じるだあよ。おめえはまだ歳が若えんだしのう、今に嫁に行く時分になりゃあ、いくらだって好い婿が貰えるだあよ。

お小夜　あれ、おッかあ、おいらあ何もそんな気じゃあねえんだによう。……

母親　そんならなぜ角の事ばかり案じるだあよ、――さ、お小夜ぼう、好い児だから一緒にけえんな、角の野郎は仕方がねえけれど、おめえの身にでも間ちげえがあっちゃ、おらあほんとに仏様に申訳がねえ。

お小夜　角ちゃんだって、おッかあにゃあたった一人の甥だのによう。

母親　いいや、おらああんな狐の憑いた人間を甥だたあ思わねえよ。あれの一家は代々狐にたたられているだあ。あれのおふくろが死んだのも、兄《あんに》あや姉《あんね》えが死んだのも、みんな狐の業《わざ》なんだもん。

お小夜　狐が憑くなんて、今の世にそんな事があるもんでねえって、先生がそう云っただあよ。

母親　いくら先生がそう云ったって、角のする事が正気の沙汰と思えるかよう。小さい時はそんな風でもなかったけれどな、奉公に出せばあの通り馬鹿になって帰って来るしよう、仕方がねえから引き取ってやりゃあ、始終山ん中ばかりほッつき歩いて、何一つ用を足した事もありゃしねえ。あれのおふくろが気がふれた時も、ちょうどあんな風だっただあ。

お小夜　そりゃ、伯母さんの事は知らねえけれどな、角ちゃんのは狐が憑いたと云う訳じゃあねえだあよ。ただ少うし気が変になっただけだあよ。だから親切にしてやれば今に直るかも知れねえのによう。

母親　いいや、あれはただの気ちげえじゃあねえ。――現《げん》におめえ、此の白狐《びゃっこ》の湯の近所でな、夜が更けてから彼《あれ》が真っ白な狐と一緒に歩いているのを、見たって云う人が毎晩のようにあるんだもんのう。

お小夜　おッかあが真《ま》に受けるもんだから、みんなが面白がって好い加減な事を云うだあよ。そりゃあ譃に極まっているだあ。

母親　いいや、譃の訳はねえだあ、さきおとといの晩は千歳屋《ちとせや》の旦那が見たって云うし、その前の晩は、お六さんとこの若え衆が見たって云うしよう、――

お小夜　そりゃあみんな神経だあ。

母親　神経ならそんなに幾人もおんなじものを見る訳がねえだあよ、ゆうべもおとといも見た人があるんだもん。

お小夜　ほうれ、ゆうべ見た人があるって云うなら、角ちゃんはまだ生きているだあ。………だけどよう、見たらなぜ摑めえて、連れて来てくれなかったかよう。

母親　そう云ったっておめえ、夜中にこんな渓の底まで降りて来る者はありゃしねえだあ。暗くなりゃあ誰一人だって、此の小屋の傍へなんか、おッかながって寄りつきゃあしねえからのう。

お小夜　そんならみんな何処で角ちゃんを見ただあよ?

母親　みんなほれ、（上手の崖の上を指す）あの往還《おうかん》の栗の樹の下を通る時にな、——彼処から此の小屋の近所が見えるだあよ。それにのう、いつも狐が出る時は月夜に極まっているだからのう。

お小夜　………ほんとうにそんな事があるかしらのう、………

母親　おおあるともよ、おめえだって、度び度び聞いている筈だあによう、——秋になって、毎年《まいとし》此の萩の花が咲く時分になるてえとな、きっと狐が此処の湯へ這入りに来るだあ。ほれ、あの月が榛木山の此方側へ出て、谷間《たにあい》が昼間のように明るくなって、此の小屋の奥へ明りが射し込む刻限になるとな、いつも極まって狐が湯の中に漬かっているだあ。

お小夜　誰がそんな事を云い出しただあ?

母親　誰がって、昔ッから見た者は多勢居るだあ。湯が綺麗だもんだから、それへ月の光が透き徹ってよう、そん中に狐が真っ白な毛並みを立てて、首ったまや腋の下をせっせッと洗っているのが、まるで雪女のように物凄いって云うだあよ。それがあんまり綺麗だからって、つい釣り込まれて小屋ん中を覗きでもしたもなあ、それっきり気が違って狐憑きになっちまうだあ。角のおふくろだって、兄《あんに》あだって姉《あんね》えだって、みんなそれであなったたあ。

お小夜　じゃあ角ちゃんも、夜になるとその狐を見に来るだかのう？

母親　ああそうだあよ、毎晩毎晩、きっと此の小屋を覗きに来るだあよ。――何でも見た人の話じゃあな、あの栗の樹の高《たけ》えところから見下ろすんだから、此れっぽっちにしきゃ見えねえけれど、そりゃあ真っ白な綺麗な狐が、体じゅう月に照らされて銀のように光ってな、すうッと此の小屋を出て、その橋を渡って行くだあとよう。そうすると又角の奴が、極まってその後に喰ッ着いているッて云うだあよう。

お小夜　橋を渡って、それからどけへ行くだかよう？

母親　大方此の渓の川上の方へ行くだあよ、川上の方に狐の洞穴《ほらあな》があるだあよ。

お小夜、仰いで空の月かげを見、それから川上の方をじっと見詰める。間。

母親　さあ、お小夜ぼう、いつまで此処に斯うしているだあ、もう好い加減にしねえかよう。
お小夜　おいらあもう少し此処にいるだあ。――
母親　おめえ、なぜそんな馬鹿を云うだあよ、ほれ、もう月が此方《こっち》かたへ廻って来ただあ。
お小夜　おいらあその月を待っているだあ、そうして角ちゃんを連れて帰《けえ》るだあ。おッかあは先へけえってくんろよう。
次第に谷間《たにあい》に月が射して来る。
母親　おめえ、たまにゃあ親の云うこともきくもんだあよ。あんな野郎にかまっていると、今におめえも狐憑きになっちまうだあ。
お小夜　なったっていいってばよう、放って置いてくんろよう！
母親　まあ！　そう云ってもおめえは剛情な児だのう。いいともいいとも、云うことを聞かねえならお巡りさんを呼んでくるから。
お小夜　どうとでも勝手にしたらいいだあ。
母親　さあ！　お小夜、（彼女の手を取って立ち上る）立ちなよう！………立ちなったら！
お小夜　だって、おッかあにゃあ角ちゃんが可哀そうでねえのかよう？　そんな無慈悲な料簡で居りゃあ、きっと自分の娘にも祟りが来るだあ。

母親　これ、馬鹿な事を云うもんでねえっ！　さあ！　立たねえかッて云うによう！

お小夜　あれ、何するだあ！

母親、無理やりにお小夜を引っ張って丸木橋を渡って行く。

お小夜　ようおッかあ、後生だから放してくんろよう！

母親　いんやなんねえ、どうしてもおらあ連れて行くだあ。

お小夜　いやだってばよう！　ようおッかあ、………

両人争いながら上手の崖の路へ消える。「ようおッかあ、いやだってばよう！」と云うお小夜の泣き声が暫く聞える。

長き間。月が谷間《たにあい》を一杯に照らして、青白い光が温泉小屋の中に射し込む。虫がじいじいと頻りに繁く啼き始める。しんとした静かさの中に、渓川の早瀬の音が際立って居る。

川上の岩の間から角太郎の姿が現われる。裾のちぎれた筒袖を着て、擦り切れた草履を穿いている。岩の上を飛び飛びに伝わって渓川を渉りながら、だんだん丸木橋の方へやって来る、と、とある岩角に足を滑らしてばったりと俯伏しに倒れる。そして倒れたまま、体を平べったく地面につけて、じっと死んだように動かない。

やや長き間。虫の声。早瀬の音。………

上手の崖を、お小夜がこっそりと後ろを見返りながら下りて来る。丸木橋を渡って、恐る恐る温泉小屋の傍まで行き、中を覗いて見ようとする、が、月の光が物凄く射し込んで居るので怯気がついたらしく、小屋の周りを一とまわり廻って見てから、今度は下手の窓に取り縋って覗こうとして、又暫く躊躇する。そして結局覗く気になれないで、橋の上へ戻って来てきょろきょろとあたりを見廻し、恋しそうに川上の方を眺める。と、角太郎の姿に気が付いてぎょっとして橋を飛び降り、その方へ近寄って行く。

お小夜　まあ角ちゃん、お前《めえ》はまあ、そんな所に寝転んで、何しているだあ。よう？　角ちゃん、………角ちゃんてばよう！

角太郎の傍に寄り添い、抱き起しながら、

お小夜　まあ、着物も何もこんなに濡れているだあよ。………

お小夜、角太郎を岩角に腰かけさせ、着物の裾をしぼってやる。角太郎はぼんやりして、我を忘れているもののようにうつろな眼つきであたりを見廻して居る。

お小夜　角ちゃん、お前まあ、此の間から三日も四日も何処へ行っていただあよ？　己《おら》あどんなに心配したか知れねえのに。………（じっと、気味悪そうに顔を見入る）よう、角ちゃんてば！　しッかりしてくんろよう！………お前、お腹が減って歩けねえんじゃねえの？

歩けねえなら己《おら》が負ぶって行ってやるから、さあ、一緒に内へ帰《けえ》ろう。………帰ろうよ角ちゃん。

角太郎　（お小夜の手を払いのけながら）いやだよ己あ、己あ内へは帰らないんだ。（云いながら猶もキョロキョロする）

お小夜　なぜ？　なぜだあよ？

角太郎　己あお前《まえ》のおッかあは、意地が悪いから大嫌いだあ。

お小夜　そんな事はありゃしねえよ、――おッかあだってお腹の中じゃ角ちゃんの事を案じているだあ。角ちゃんが又狐にでもつままれたんじゃねえかッて云ってな、さっきも此処へ尋ねて来ただあ。………

温泉小屋の内部がぽうッと一層青白く明るくなる。角太郎はいつの間にかその小屋の方へ眼を据えて、お小夜の言葉が全く耳に入らないかのよう。………瞳の色が次第に怪しくなる。

お小夜　（慄然としながら）角ちゃん、お前何を、――何を見ているだあね？

角太郎　ああ、あれ、あんなに月が射してるじゃないか。あれを御覧、あの小屋に月が射しているのを、――（云いながら物に惹き寄せられるようにふらふらと歩き出し、橋へ上って小屋

の方へ近づく)
お小夜 (同じく橋の上を追って行き、やるまいとして手を捕える) あれを見るんじゃねえ、見ちゃあいけねえよ角ちゃん、――
角太郎 いいや、己あ彼処へ行くんだ、あのお湯の中にもうあの人が来ているんだ。
お小夜 あれ、角ちゃん、お止しッたらよう! 今時分あんなところに誰《だあれ》も人なんか居やしねえだあ。
角太郎 いいや、居る、居る、――ほら、(橋の上から透かして見る) あすこに白いものがちらちらしている。――ほら、あすこに人が居るじゃないか。(更に小屋の方へ近づく)
お小夜 (そう云われて其の方を見、ぞっとしながら) うそだあよ、角ちゃん、いやあしねえよ。――己あさっきから此の小屋の近所にいただあけれど、だあれも来やあしなかっただもん。………
角太郎 だって、己《おいら》にはちゃんと見えているんだ。――毎晩毎晩、月があの小屋のお湯の中へ射す時分に、きっとあの人が来ているんだ。ゆうべの晩も、おとといの晩も、ちょうど今時分に己あ見たんだ。
お小夜 うそだあよ、そんな事がある筈はねえ。

角太郎　うそじゃあない、――うそだと思うなら己と一緒に来て見て御覧。………（又透かして見る）ほら、もう居る、居る、ほら、あの人が着物を脱いで、裸体《はだか》になったよ、………ほら、今お湯へ漬かったよ。真っ白な体に月が映って、………よう、お小夜ちゃん、あれを御覧よ。

お小夜　（強いて見まいとしながら）角ちゃん、後生だから見るんじゃねえよ、そりゃあきっと狐だあもの。

角太郎　馬鹿をお云い。ありゃあ人間だよ。己はあの人をよく知っている。己は神戸にいる時分にあの人を見た事があるんだ。

お小夜　そりゃあ狐だよ、――狐に違えねえだあよ。

角太郎　誰がそんなことを云うんだ？

お小夜　おッかあがそう云っただあ。――おッかあばかりか、みんな村の人がそう云ってるだあ。月が射す時分にあのお湯を覗くと狐が居る、そうしてな、その狐を見た者はみんな狐憑きになるだから、決して見ちゃあなんねえッて。

角太郎　あははは、村の奴等はみんな何にも知らないんだ。ありゃあ狐じゃあないんだよ、――お小夜ちゃん、お前にだけは己あ内証で教えてやるがな、あれはほれ、稚児が淵の崖の上のな、あの別荘に泊まっている西洋人の女なんだよ。

お小夜　（悲しげに角太郎を見る）うそだあよ角ちゃん、あの異人さんが今時分こんな所へ来る筈はねえ。角ちゃんの気の迷いだあよ。

角太郎　西洋人と云う者はね、人にお湯へ這入るところを見られるのが嫌いなんだよ。だから今時分、だあれも居なくなってから此のお湯へやって来るんだ。………

お小夜　だって、あの別荘にはお湯が引いてあるんだもん。こんな所へわざわざ這入りに来ねえだって、………

角太郎　でもあの人は悪い病気にかかってるんだよ、その病気が此処のお湯へ這入らなけりゃあ直らないもんだから、そうッと人に知れないようにやって来るんだよ。村の奴等あだあれも気が付かないんだけれど、己あちゃんと知ってるんだ。

お小夜　（半信半疑になる）それを角ちゃんはどうして知っているだあよ?

角太郎　あの人はな、己の奉公していた店のな、直き近所の古い大きな西洋館に住んでたんだよ。………ああ、己あよく知っている、………そこの家にはまだ二三人異人の女が住んでいてな、夜になると紅い着物や白い着物を着て、みんな綺麗にお化粧をしているんだよ。………だけどあの人はそれから病気になっちゃったんだ、そして長い間わずらっていたんだ。

お小夜　だって、あの異人さんはちっとも体なんか悪かあねえよ。夕方になると、谷い越えたり、川あ渡ったり、いつもてくてくと独りで山路を歩いているだあ。女のくせによくまああんなに活溌に歩けるッてよう、みんな感心してるだあもの。

角太郎　そりゃあ毎晩此のお湯へ這入りに来るから、だんだん直って来たんだよ。此の夏からずうっと此処にいるんだもの。――体がよけりゃあこんなに寒くなって来たのにいつまで此処に居やあしないよ。もう何処の別荘にだってだあれも居やあしないじゃないか。

………

お小夜がじっと考えている隙に、角太郎はふいと橋を飛び越えて行く。

お小夜　(慌ててその跡を追い、小屋の前へ来て又手を捕える)角ちゃん、角ちゃんてば！

角太郎　己ああの人に用があるんだよ。お前厭なら彼方へ行っといで！　よう、お小夜ちゃん、彼方へ行っといで！(云いながら小屋の中を覗こうとする。お小夜引き止める)なぜお前は邪魔をするんだ。

お小夜　だって、………もし狐だったらどうするだあ、………

角太郎　(二と目小屋の中を覗く)ローザさん、ローザさん、………僕ですよ、洋服屋の小僧の角太郎ですよ、………

お小夜　あれッ、角ちゃん、止してくんろよう！

云いながら無理やりに下手の方へ引っ張って行く。

角太郎（引っ張られながら小屋の窓にしがみ着き、伸び上って中を覗く）あれ、居る、居る、ローザさん、………

お小夜　これ、角ちゃんたら！（つい一緒に覗こうとして、やはり恐いので覗けない）ほうれ、だあれも返辞をしやしねえだあ、………人なんか居やしねえだあよ。

角太郎　ローザさん、………ローザさん、………

お小夜　さあ、早く帰ろうよ角ちゃん、お前気が違ったんだあよ。

角太郎　あれ、あすこにちゃんと居るじゃないか。………あれ、あれを御覧。………ローザさんがせっせと体を洗っている。………ああ、お湯の中に月があんなに射しているよ。湯壺がまるで水晶のように透き徹って、………ローザさんの体じゅうが雪のように照っているよ。雪じゃあない、銀だ。銀のように眩しくきらきら光ってるんだ。………ああ、今髪の毛をさらさらとしごいている。………あれ、あれを御覧、………ローザさんの髪の毛が、金色の髪の毛が、お湯の中で月に映っているじゃあないか。あんな綺麗なものが、………

あれでも人間の髪の毛なんだよ、………

お小夜　（見ようとしては躊躇しながら）そりゃあみんな角ちゃんの気の迷いだあよ、そんなものが見える訳はねえよ、………

角太郎　あれ、もう髪の毛を解いちゃったよ、………今度は腕を洗っているよ、………ああ、ローザさんは腕のおできを洗っている。ローザさん、ローザさん、そんなにそこをお湯へ入れても沁みはしないの？………まあ何と云う綺麗なおできだ。紅い血うみがお湯の中でつやつやとして、まるで白いびろうどの上にルビーの玉がきらきら光っているようだ。………ああ、あれ、腕ばかりじゃない。脚にも一つ、肩にも一つ、………あれはおできじゃないのかも知れない、きっとほんとうのルビーなんだ。だからあんなに光っているんだ。………お小夜ちゃん、あれを御覧よ、あの真っ白な襟頸を御覧よ、あれでも人間の肌なんだよ。………

お小夜、再び幾度かためらった後、遂に誘惑されて恐る恐る窓に取りつき、中を覗いて見る。同時に「あッ」と云って身の毛のよだつような様子で、直ぐに首を引っ込める。

お小夜　（真っ青になって顫えながら、逃げるように小屋の傍を離れる）あ、あ、あれは、き、き、きつねだ。狐だあよ角ちゃん！………お、おらあ、狐を見ちゃっただあ。

角太郎　ああ、もうすっかり洗っちゃった。タオルで体を拭いている。ローザさん、もう上るんですか？　上るんなら僕がお迎いに行きますよ。………

お小夜　角ちゃん、そりゃあ人間じゃあねえ、………真っ白な狐だあよ、やっぱりおッかあが云った通りだあ。………己あお巡りさんを呼んで来るよ。

云い捨てて飛ぶように丸木橋を渡り、上手の山路へ走り去る。

角太郎　………もう体を拭いちまった、あれ、あれ、着物を着ている。タオルで拵《こしら》えた真っ白な着物を着ている。体も着物もみんな真っ白で、何だか雪の精のようだ。………ああ、又湯壺の縁《へり》へ行って、しゃがんじまった。あれ、あれ、ローザさんの姿がお湯の上へ映っている。お月さまよりも青白く、ぽうッと明るく映っている。………ああ分った、ローザさんは鏡を忘れて来たんですね？　それで水鏡をしているんですね？………ああ、髪を結《ゆ》っている。濡れた髪の毛からぽたぽたと雫がおちる。………おや、もう髪を結っちまった。タオルをしぼって、足を拭いて、白繻子の靴を穿いているな。………ローザさん、もう支度が出来たんですか。出て来るんですか。僕はお迎いに来たんですよ。………（云いながら小屋の戸口の方へ廻る）ああ出て来た、出て来た、ローザさん！

小屋の中から、白人の女に化けた狐が出て来る。白いタオルの浴衣を着て、素足に白繻子の靴を穿き、石鹸の箱とスポンジとタオルを入れた籠を提げている。狐が小屋を出ると共に小屋の中に充ちていた青白い月明りのようなものが、始終狐の跡を追ってその身の周りを照らして行く。

白人の女の姿を見ると、角太郎は思わずその美に打たれたような風になって、黙って二三歩後へさがる。狐、ちらりと角太郎を見、すうっとその前を通り過ぎつつ橋を渡りかける。

角太郎　（遠慮しながら）もし、ローザさん、ローザさん、あなたはローザさんじゃないんですか？

狐　（橋の中途で振り返り、西洋人らしい日本語で）ええ、そう、………わたしローザです、あなた誰？――誰ですか？

角太郎　僕ですよ、――あの、神戸の洋服屋の中村にいた小僧ですよ。

狐　おおそう、あなた、テイラーの中村にいました？

角太郎　ええ、いました。僕はあすこに三年ばかり奉公をしていました。そうして始終ローザさんのところへ洋服を持って行ったんですよ。ローザさんはいろんな服を沢山持っておいでてしたね。ほら、二階の突き当たりのローザさんの部屋へ行くと、白い色をした鏡のついた箪笥があって、――寝台の横にそれが二つ列《なら》べてあって、――中に一杯服がしまってありましたね。ねえローザさん、僕はちゃんと覚えていますよ。
狐　ああ、………そしてあなたの名前、何と云いますか？
角太郎　僕は角太郎って云うんですよ。
狐　おお角太郎、——わたし知っています、あなた、あの時のボーイですね。
云いながら橋を戻って来て角太郎の顔を見る。
角太郎　ローザさんは僕を大そう可愛がってくれましたっけね。角太郎さん角太郎さんて、行く度び毎に僕の頭を撫でてくれて、よく銀紙に包んであるチョコレートをくれましたっけね。
狐　そうです、そうです、わたしあなたにチョコレート上げました。あなた、大へん悧巧なボーイでした。わたし決して忘れません。(岩角に腰をかけながら) あなた、なぜそこに立っていますか。一緒に此処へおかけなさい。
角太郎　ええ、ありがと、ありがとございます。(嬉しそうに並んで腰かける)
狐　角太郎さん、——そしてあなた、どうして此処へ来ていますか。
角太郎　僕ですか、僕はあの、神戸に奉公してたんだけれど、気違いでもないのに気が違ったんだって云われて、こんな田舎へ追い帰されてしまったんです。

狐　あなたのパパやママの家《うち》、此の田舎にあるんですか？

角太郎　いいえ、僕のお父さんやお母さんはもう死んじまったんですよ。だから仕方がないもんだから、叔母さんの家へ帰って来たんです。

狐　おおそう、あなた叔母さんの家にいます？

角太郎　いいえ、もうその家も出ちまったんです。僕はあの婆あが大嫌いなんだもの、——意地が悪くって、毎日毎日僕を叱ってばかりいて。——

狐　それならあなた、今何処にいます？

角太郎　僕の家は何処にもありません。昼間は森の中だの山の中だのに隠れていて、夜になると此の谷へ出て来るんです。………ローザさん、僕はね、あなたが毎晩ここのお湯へ入らっしゃるのをちゃんと知っていたんですよ。そうしていつでも、あなたのお姿をそうッと蔭で見ていたんですよ。

狐　おお、あなた毎晩此処に来ました？　昨日の晩も一昨日《おととい》の晩も？

角太郎　ええ、昨日の晩も一昨日の晩も、その前の晩も、僕はいつでもあなたがお湯へお這入りになるのを見ていました。僕は小さな声で、ローザさんローザさんて、あなたをあんなに呼んだんだけれど、今日まで一度も返辞をしては下さらなかったんですね。

狐　おお、そう、わたし知りませんでした。ほんとうに済みません。角太郎さん、あなた、堪忍してくれます？

角太郎　僕はどうしてローザさんが返辞をしてくれないのかと思って、悲しくってなりませんでした。でももうそんな事は何でもないんです、僕は今夜は嬉しいんです、こうしてローザさんと二人ッきりで話をすることが出来るんですもの。——こうしていると、僕は神戸にいた時のことを想い出しますよ。ねえ、ローザさん、あなた覚えておいでですか？　あなたのお部屋へ僕が度び度び使いに行った時分のことを？

狐　ええ、覚えていますよ。わたしあなたにチョコレートを上げましたよ。

角太郎　あなたのお部屋には綺麗な物が沢山飾ってありましたっけね、絵だの写真だのいろいろな切れだのが、………そうしてあの、緑色の幕のかかった窓のところに鳥籠が下っていましたっけね。籠の中にカナリヤがいましたっけね。

狐　ああ、………あなた、ほんとうによく覚えていますね。

角太郎　僕はあのカナリヤが羨ましかったんですよ。………

狐　なぜ？　なぜですか？

角太郎　だって、あのカナリヤは、朝でも晩でも、始終ローザさんの傍にいられるんですもの。そうしてローザさんの優しい手から餌を喰べさして貰えるんですもの。………

狐　あなた、それほど私が好きでした？

角太郎　ええ、僕はローザさんが大好きでした。あなたのお部屋へ使いに行くのが何よりも楽しみでした。ローザさんはよくピアノを弾いて、唄をうたっておいででしたね。一度僕がお部屋へ行ったら、太った、髯の生えた、水兵のような服を着た西洋人が傍にいて、一緒に唄をうたってましたね。ローザさんはあの時僕を叱りましたね。――「黙って此処へ這入って来ちゃあいけないよ」ッて、恐い眼をして僕を睨めて、――

狐　私が恐い眼をしました？　そんな事がありました？

角太郎　ええ、――それから後も二度ばかりありましたよ。その時は水兵のような人じゃなくって、ケリー商会の旦那と二人で、ローザさんはお酒を飲んでおいででしたね。あの時も僕はあなたに叱られました。「今お客さまがあるんだよ、用があるなら後におしよ」ッて、そう云って、――僕はローザさんに叱られたのが悲しかったもんだから、今でも忘れずにいるんですよ。

狐　ああ、角太郎さん、堪忍して下さい、堪忍して下さい。わたしあなたにお気の毒しました。――けれどもわたし籠の中のカナリヤと同じことでした。わたしあなたが好きでしたけれども、あの水兵やミスタ・ケリーと仲好くせねばなりませんでした。そうしなければわたしも矢張り意地の悪いお婆さんに叱られました。わたし自分で、自分の体が自由になりませんでした。ね、あなた分っていたでしょう？
角太郎　ああ、それじゃローザさんは、ほんとうは僕が好きだったんですか？
狐　ええ、わたし一番あなたが好きでした。わたし、ほんとうは、あの水兵もミスタ・ケリーも嫌いでした。けれど仕方がありませんから、一緒に唄をうたったりお酒を飲んだりしていました。
角太郎　ローザさん、僕はあなたのハンケチを持っていますよ。（懐ろから絹の薔薇色のハンケチを出す）ほら、此れを御覧なさい。いつかあなたが此れをお前に上げると云って下すった、あのハンケチなんですよ。
狐　ああそう、そうです、わたしあなたにそのハンカチーフ上げました。あなた今でも持っていますね。
角太郎　此のハンケチの隅のところに、Kと云う字とRと云う字が書いてありますね。
狐　ああそう、（ハンケチを手に取って見る）――あなた此れが分ります？　此のRと云う字、ローザのことです。そして此のKと云う字、角太郎さんのことです。

角太郎　でも店の者にこれを見せたら、Kと云う字はケリーさんのことだって云いましたけれど、………

狐　いいえ、ちがいます、あなたのことです。わたしあなたに、此の字を縫って上げました、わたしあなたが好きでしたから。………

角太郎　きっとそうかも知れないって、僕はそう云ったんだけれど、そんなことがあるもんか、だからお前は気違いだって、みんなが僕を馬鹿にしました。僕はみんなに笑われたり、からかわれたりしたんです。

狐　おお、みんながあなたをからかいました？

角太郎　ええ、そうですよ、今でも僕を狐憑きだって、みんなそう云っているんですよ。――村の奴等はね、ローザさんがこのお湯へ来ることをだあれも知らないもんだから、夜遅くなってからこんな所へ来る者はない、そりゃあきっと人間じゃあない、狐だ狐だって云うんですよ。

狐　おほほほ、(甲高く笑う)私のことを狐だと云いますか？

角太郎　ええ、そうなんです、ローザさんがあんまり色が白いもんだから、あんな綺麗な人間がいる訳はない、あれは狐だって云うんです。

狐　おほほほ、おかしいですね、わたし狐ではありません。わたしローザ、ね、あなたよく知っていますね。

角太郎　ええ、知ってますとも。――僕はあなたがあの別荘へいらしった時から、きっと体が悪いので此の温泉へ這入りにおいでになったんだと、そう思っていたんですもの。――ねえ、ローザさん、あなた、もうすっかりお直りになったんですか？

狐　わたし、もうすっかり直りました。此の温泉はほんとうにいい温泉です、悪い病気みんな直ります。ほら、（手頸のあたりをまくって見せる）わたしの腕、こんなに綺麗。ね、此の通りこんなに綺麗。

角太郎　でもあの、肘のところにおできが出来ていましたっけね。ほんとうに綺麗な、ルビーのような美しいおできが、………

狐　おほほほ、此れ、此れですか。（肘の方までまくって見せる）此れおできではありません、此れほんとうのルビーです。おできのように見えますけれど、わたし此処へルビーを入れて、みんなを欺してやりました。――此れ、よく触って見て下さい。此れ、分ります？

角太郎　（触って見る。びろうどのように細かい毛の生えた、白い肌がきらきら光って、そこにほんとうのルビーが腫物の膿のような工合に嵌まっている）ああ、ルビーだ、ルビーだ、ほんとうのルビーだ。やっぱりおできじゃなかったんだ。

狐　おほほほ、

角太郎　まあ、何てきらきらよく光るんだろう！　ローザさん、あなたの肌へ若しほんとうのおできが出来ても、きっと此のルビーのように綺麗でしょうね？

狐　おほほほ、わたし、此処にもルビーを嵌めています、此れ、見て下さい、（云いながら今度は脛を出す。そこにも白びろうどのような毛が生えて、ルビーが光っている）

角太郎　（彼女の前に跪き、白繻子の沓《くつ》を穿いた足を自分の膝の上にのせ、又そのルビーに触って見る）ああ、ほんとうだ、此れもルビーだ。まあ、何と云う可愛い綺麗な沓なんだろう。

狐　おほほほ、おほほほ、（立ち上る）さあ、角太郎さん、わたしもう帰ります。あなた、わたしと一緒に来ません？　あなた、泊る家がないならば、わたしあなたを連れて行きます。わたしの生れた美しい街へ連れて行きます。――

角太郎　ああ、ローザさんの生れた街はきっと美しいでしょうね。どうか僕を連れて行って下さい。ローザさんはいつ其の街へお帰りになるんですか？

狐　今夜、――今夜帰ります。

角太郎　今夜？――でもローザさんは仏蘭西の方じゃないんですか？

狐　ええ、そう、わたしの国ふらんす、——わたし巴里で生れました。

角太郎　巴里で？——だけど巴里へ行くのには汽車に乗ったり船に乗ったり、幾日も幾日も旅をするのじゃありませんか？

狐　いいえ、汽車にも乗りません、船にも乗りません、わたし歩いて巴里へ行きます。わたしよく路を知っています。巴里は彼方《あちら》、（川上の方を指す）——彼方にあります。此の川の中を何処までも何処までも上って行きます、そしたら直きに巴里へ着きます。角太郎さん、あなた私と一緒に行きます？（肩へ手をかけて云う）さ、わたしあなたを連れて行きます、そして大事にして上げますよ、ね、一緒に来ませんか？

角太郎　（うなずきながら立ち上る）ローザさん、僕はあなたに何処までも附いて行きますよ。ほんとうに僕を可愛がって下さいな。

狐　おお、好い児、好い児、あなたほんとうにナイス・ボーイ。巴里のわたしの家へ行ったら、わたしあなたにいい着物きせて上げます、うまい御馳走毎日たくさん喰べさせて上げます。さ、あなた、早く行かねばなりません。

上手の岸に生い茂っている萩の花がざわざわと鳴って、花の下にぺったりと身をひれ伏して隠れていた二匹の仔狐が現われる。白繻子のようにピカピカ光る美しい縫いぐるみを着ている。そして、ひょいと丸木橋の上へ跳んで出て、親狐の方を見てぴょこぴょこお時儀をする。

仔狐の一　ローザさん、ローザさん、

仔狐の二　角太郎さん、角太郎さん、

仔狐の一、二　あなたがたをお迎いに参りました。

狐　おお、(角太郎を顧みて) あの人たち、わたしのうちの女中です、わたしたちを迎いに来ました。

そう云って、ちょっと仔狐に眼くばせする。

仔狐の一　角太郎さん、角太郎さん、お腹が減って歩けないなら、わたしが負ぶって上げましょう。

仔狐の二　川にはごろごろ石があって、ころぶと危うございます。二人で抱いて行って上げましょう。

仔狐どもするすると角太郎の傍へ寄り、一匹は首を持ち、一匹は脚を持って、高く高く胴上げをしながら、親狐と共に橋の中央へ駈けて来る。角太郎はいつの間にか失心したようになっている。

狐　うまく行ったね、（狐のような恰好をして）こん、こん、こん、

仔狐の一、二　（角太郎を上下に揺す振りながら）こん、こん、こん、

次いで一同渓川へ跳び下り、親狐を先に立てて、角太郎を引っ担いだまま岩の間を乗り越え乗り越え、川上の方へ見えなくなる。

やや長き間。上手より提灯を持った巡査、お小夜、母親の三人が下りて来る。用心深くあたりを見廻しながら温泉小屋の方へやって来る。

お小夜　（橋の上から小屋の方を見て）角ちゃん、角ちゃんたらよう、――返辞いしてくんろよう！

母親　なあに、もう居やあしねえだあよ、きっと狐にさらわれてしまっただあ。

巡査　（小屋を覗き、周りを一とまわり廻って見ながら）何処へ行ったか、もう此の近所には居らんようだね。

お小夜　（川上を向いて）角ちゃん、角ちゃんたらよう！　何処へ行っちまったんだあよう！

巡査　（お小夜に）お前、確かに此処で狐を見たと云うんだね？

お小夜　ああ、己あ確かに見ただあよ。それ、その小屋の窓のところで角ちゃんと己が中を覗いて見るてえとな、真っ白な大きな狐がお湯に漬《つ》かっていただあよ。

巡査　ふむ、（考える）

母親　だからおッかあの云わねえ事じゃねえんだによう。こんなところに居てはなんねえって、あれほどにおッかあが云ったあのによう。

お小夜　（再び川上に向い）角ちゃあん、——角ちゃんてばよう、——

母親　そんなに呼んだって、もうあの野郎は帰《けえ》っちゃあ来ねえだあ。さあ、お小夜ぼう、もう帰ろうよ、（巡査に）旦那、ほんとうにまあこんな夜更けに、済まねえことでござえました。

巡査　どうだね、もう少し川上の方を捜して見ようかね。

母親　いいえ、もうそれには及ばねえだあ、あの野郎は私《わし》はとっくにあきらめて居ますだあ。

下手より白人の女、軽快な散歩姿で紳士と腕を組みながら山路を降って来る。召使いの老婆がそのあとについて来る。お小夜等のうろうろしている様子を見ながら行き過ぎようとする。

巡査　（ちょっと躊躇した後、老婆に声をかける）もし、もし、

白人等の一行、橋の上で立ち止まる。

巡査　あの、失礼ですが、あなた方はこんなに晩《おそ》く、どちらへおいでになりましたね。

老婆　（面をふくらせながら）わたしはね、うちのお嬢さんが此の旦那と（紳士を指す）夕方散歩に出てったきり、大変帰りがおそいもんだから迎いに行って来たんですよ。

二人の白人、うるさい事を尋ねる奴だと云う顔つきで聞いている。

巡査　はあ、成る程、――そしてどの方面を散歩して居られたのかね？

老婆　あんまり月がいいもんだから、此の山の上の湖水の周りを歩いていたって、そう云っていますがね。全体何だってそんな事を聞くんですよ。

お小夜　（岩の上に落ちていた絹のハンケチに心づき、其れを取り上げて巡査の方へ持って来ながら）ああ、ここに角ちゃんのハンケチが落ちていただあよ。角ちゃんはな、神戸にいる時分に此のハンケチをローザさんに貰ったんだってそう云ってな、肌身離さずに持っていただあよ。

白人の女　（ローザと云う名をきくと同時にふと気がついて、ツカツカと傍へ寄って来て巡査の手にあるハンケチを見る）おお、此れ、此れ、此れ私のものです、わたし神戸で此のハンカチーフ盗まれました。（強き語調で）誰が此れを持ってましたか？

老婆　まあ、ローザさん、ほんとうに此のハンケチだよ。此れ御覧なさい、此処にRとKと云う字がちゃんと書いてあるじゃないか。ケリーさん、記念のハンケチが出て来ましたよ。

白人の紳士　おおそう、わたくし大へん喜びます。（同じく傍へ寄って）おお、此れに違いありません、此れ、どうして此処にありましたか？　わたくし不思議に思います。
老婆　（思い中《あた》ったと云う顔つき）ああ、きっとあの小僧が盗んだんだよ、彼奴《あいつ》の仕業だ。……まあ、ほんとうに薄ッ気味の悪い、厭な小僧だッたらありゃしない。（巡査に向って）あなた方はあの、此の頃此の近所をうろついている薄馬鹿のような小僧がいるのを知りませんかね？　もと神戸の洋服屋に奉公をしていた、――
巡査　ええ知っています、あれは狐憑きでね、毎晩此の小屋の近所をうろついていたんです。
老婆　ああ、彼奴ですよ。毎晩毎晩、うちのお嬢さんが此処のお湯へ這入りに来るのを知って居てね。昨夜も此の近所をうろうろして、跡を追いかけて来たとか云って、もうお嬢さんは気味悪がっていたんですよ。
巡査　それでは今夜も此のお湯へお這入りになったんですか？
老婆　いいえ、昨夜で懲り懲りしちまったって、今夜は這入りませんでしたよ。それにもう、病気の方も大分よくなって来ましたので、明日《あす》は神戸へ帰ると云うのでね、此の旦那が迎いかたがた遊びにいらしったんですよ。
巡査　ああ、そうですか、それでよく分りました。では此のハンケチはそちらへお返し申します。
白人の女　（横柄に黙って受け取り、紳士を見ながら）レット・アス・ゴウ、――――（巡査に）左様なら、
巡査　左様なら。失礼しました。
白人の女、再び紳士と腕を組みつつ、老婆を連れて上手の山路へ去る。三人ぼんやりして後を見送っている。短き間。
やがて、遠くの川上の方に一点の灯かげが見え、微かに叫ぶ人声が聞える。
人声　おうい、みんな此方へ来いよう！　角ちゃんが死んでいるだよう。
お小夜　え！　角ちゃんが死んでいる？
云いながら夢中で川の中へ飛び降り、川上の方へ走って行く。巡査と母親続く。
人声　（灯かげと共にやや近くなり、ハッキリ聞える）おうい！　早く来いよう！　角ちゃんが死んでいるだよう！　稚児が淵に死体が浮かんでいるだよう！
三人の姿が川上の方へ次第に消えて行く。

（幕）

感銘をうけた作品

私は幸田露伴氏の『対髑髏』を推薦する。この作品には、当時私は深い感銘をうけた。最近は読んでいないが、今読んでもその気持は変らないと思う。

私はこの作品を、日本でも独自のものだと思う。上田秋成に、この種類の作品があったかと思うが、格調の高い、流麗な文章は、たぐい稀なものと思う。外国でもこれほどの作品はなかなか見当らない。ドイツのロマン派時代にあるいはこのような作品があるかと思うが。兎に角、この作品は、すぐれた飜訳で外国に発表してもよい、立派な作品だと私は思っている。

（談・文責記者）

方今文壇の大先達

或る時或る所で四五人の友達が集まっての話に、日本で一番の物識りは誰だろうと云うことになった。すると一人がそれは紀州田辺の南方熊楠氏ではなかろうかと云った。南方氏は日本一の物識りどころでなく、事に依ったら世界一かも知れないとのことだった。ではその次ぎは誰だろうと云うと、一人が幸田露伴氏ではなかろうかと云った。実際露伴氏はどのくらいの物識りなのか、ちょっと深さが分らない。それに南方氏の方は純粋の学者であるが、露伴氏は学者にして芸術家をかねているので、たとえば歴史上の人物を論じ、或いは俳句の講釈などをしても、よく人情の機微を察して痒い所へ手の届くような趣があり、眼前に情景を髣髴たらしめる。

学者肌の人は何処となく冷酷なところがあるが、露伴氏はそれでいてべらんめえ肌の江戸っ児であり、熱情漢であるらしい。だから同じ歴史物を書いても、鷗外氏とは余程違う。一方は端厳、一方は奔放である。鷗外氏に対すると、襟を正しゅうして畏まらなければならないが、露伴氏に対すると、打ちくつろいで茶でも飲みながら、話好きなおじいさんの昔話でもきいているような気持ちになれる。

学者にして小説家たりし者は、露伴氏の前に徳川時代に上田秋成と滝沢馬琴がある。そうして此の三人ながら選集抄に材を取って、西行が白峰に詣でるくだりを物語にしているのは奇縁である。幼少の頃、私は「雨月物語」の「白峰」と、「弓張月」の一節と、「二日物語」の前篇とを、いかに繰返し繰返し、比較しながら読んだことであろう。しまいには子供ながら負けない気になって、自分も新たに「白峰」を書いたくらいであった。此の頃は久しく読み直してみないから分らないけれど、思うに三人の作品のうち、馬琴のは最も劣っており、秋成のは創意と古典的品格に於て、露伴氏のは規模の大と文体の絢爛流麗を極めた点に於て、両両下らざるの特長があった。

明治時代の有らゆる方面の巨星連が、或いは凋落し、或いは易簀《えきさく》してしまった今日、劇壇に於ける「団菊」の如く文壇に於て「紅露」と並び称せられたその露伴氏が、既に立派な文学史上の人物たる氏が、なお健在せるばかりでなく、依然として文壇に重きをなし、筆力ますます盛んなのは、まことに当代の偉観であり、壮観である。前期の作品、「対髑髏」や「縁外縁」は、当時紅葉の写実的なのに対して、哲学的傾向を帯びた代表的なものであり、此れを独逸の浪漫派の作品に比べても少しも遜色のないものだが、私は後期の傑作である「運命」を最も好む。あれが「改造」の誌上へ出た時、私は幼時「三日物語」を愛誦した如く、あれを切り取って繰返し耽読したものだった。そうして未だに座右に備えてあるのである。真に日本的なるもので世界に誇り得るものは、当代にはまことに少い。蓋し露伴氏の作品こそは、支那へ持って行っても、西洋へ持って行っても、堂堂と一流の列に入り得るであろう。鷗外氏や漱石氏は、偉なりと雖《いえども》やはり何となく西洋臭い。露伴氏こそは気質と云い、人品と云い、骨柄と云い、真の偉大なる日本人である。

漱石先生／十千萬堂主人――「夏日小品」より

漱石先生

漱石先生が死んでからもう半年になる。ことしの正月、春陽堂の番頭が予の家へ年始に来た時の話に、「先生がお亡くなりになってから、やっと一と月しか立ちませんが、それでも私の店だけで印税を二千円も収めました。大したものです。」と云う事であった。予も実際大したものだと思った。

先生が達者で居られた頃、或る日先生の家へ数人の門人が集まって、明治の小説家では誰が一番えらかろうと云う議論を出した。或る者は一葉を挙げ、或る者は紅葉を挙げた。然るに先生は多くの異説を排して、ひとり泉鏡花を挙げられたそうである。いかさま、先生の初期の作物には、鏡花くさい所が見える。

鏡花に、非凡なる芸術的天分のある事は予も認める。鏡花と先生と、芸術家として孰《いず》れが優れて居るかと云う事は別問題であるが、鏡花には先生ほどの学問と閲歴とがない。その為めに、彼は到底文壇に先生程の勢力と尊敬とを得ることが出来なかった。博士の学位を斥け、大学教授の職を呪咀した先生も、その実大いに大学のお蔭を蒙って居た訳である。

十千萬堂主人

自然主義が勃興して、硯友社派の小説が三文の価値もないように云い出されてから、世間の人はあまりに紅葉山人の作物を珍重しないようになった。

山人の門弟で、方今文壇の老大家を以て目されて居る徳田秋声君と、先日本郷の豊国で落ち合った時、予は極力山人の作物を激賞して、同君の意見を叩いた。すると意外にも同君は、

「紅葉なんぞ、そんなにえらい作家ではないよ。露伴の方がズットえらいさ。」

と、雑作もなく云い放って済まして居た。

「そんならあなたはなぜ紅葉の弟子になったのです。どうして露伴の門下に趨《はし》らなかったのです。」

予は重ねてきいた。

「露伴はあんまりえら過ぎて、訪ねて行くのが恐ろしいような気がしたのさ。――しかし君がそんなに紅葉を褒めるのなら、僕ももう一遍読み返して見よう。」

と云われた。

同じく山人の門弟でも、泉鏡花氏は未だに毎朝顔を洗って、飯を食う前に先ず山人の写真を礼拝するそうである。さすが鏡花氏は、昔の名人気質のような俤があって面白い。

山人の傑作「伽羅枕」は、山人が二十四歳の折に作られたのだそうである。此れだけでも予は山人の天才を証するに足る事実だと思う。

純粋に「日本的」な「鏡花世界」

正直に云って、晩年の鏡花先生は時代に取り残されたと云う感がないではなかった。先生の如く過去に極めて輝かしい業績を成し遂げた人は、いかなる場合にも心の何処かに晏如《あんじょ》たるものがあるから、あまり淋しそうにはしておられなかったけれども、老後の先生が久しく文壇の主流から置き去りにされていたことは否むべくもない。が、その人が既に故人となった今、その著作には新たに歴史的な意義と、古典的な光彩とが加わったと見るべきである。そしてわれわれは今一度、近松や西鶴の作品を読むのと同じ観点から、此の、明治大正昭和の三代に亙って生きた偉大な作家の、独得な世界を窺って見る必要がある。

自分は今「独得」と云う言葉を使ったが、事実先生ほど、人に異なる「独得」な世界に遊んだ作家は少い。傑れた芸術家がいずれも顕著なる個性の持主であることは云うまでもないが、でも先生ほど、はっきり他と区別される世界を創造した作家は、文学史上稀であると云ってよい。たとえば漱石、鷗外、紅葉等の諸作家も、それぞれ互に区別される独得な境地を持ってはいるが、それらの作家の相互の違い方よりも、鏡花とそれらの作家との違い方の方が大きい。紅葉と鏡花とは師弟の間柄であるけれども、此の二作家の住する世界は似ているようで甚だ似ていない。鏡花よりは、寧ろ紫式部とかシュニッツレルとかの方が、ずっと紅葉の近くにいる。一つには、日本には浪漫派の作家が少いので、鏡花がひとり懸け離れて見えるのでもあるが、独逸のホフマンとかティークとか云うような人々のものを持って来ても、矢張似ていない。兎に角、外国の文学を見渡しても、鏡花は誰にも最も似るところの少い作家の一人である。

ところで、斯様な極めて異色ある境地に住する作家は、ややもすると陰鬱であったり、ひねくれていたりするものだけれども、此の作家はそうでない。此の独得の世界、われわれが呼んで「鏡花世界」と称するものの中には、しばしば異常な物や事柄が扱われているにも拘わらず、そこには何等病的な感じがない。それは時として神秘で、怪奇で、縹渺としてはいるけれども、本質に於いて、明るく、花やかで、優美で、天真爛漫でさえある。そうして頗《すこぶ》る偉《い》とすべきは、而《しか》もその世界が純粋に「日本的」であると云う一事である。

実際先生は、最も欧化的風潮の盛んであった時代を生き通した作家であるが、その作品は、純乎として純なる日本的産物である。先生の世界に現われて来る美も、醜も、徳も、不徳も、任俠も、風雅も、悉《ことごと》く我が国土生え抜きのものであって、西洋や支那の借り物でない。先生も鷗外の飜訳物などに影響されたことがあり、又先生自身、ハウプトマンの飜訳に従事されたこともあるくらいで、全然外国文学の感化を受けなかったとは云えないが、しかしそのために、その作品の日本的なる生《き》一本さが、不純にはされていない。近松は日本の沙翁であり、西鶴はモーパッサンであり、馬琴はスコットであるなどと云うコジツケは、或は幾分の真理を含むかも知れないが、わが鏡花先生ばかりは、他の誰でもあり得ない。先生こそは、われわれの国土が生んだ、最もすぐれた、最も郷土的な、わが日本からでなければ出る筈のない特色を持った作家として、世界に向って誇ってもよいのではあるまいか。

自分の此の意見を裏附けるためには、個々の作品について例証を挙げる必要があると思うが、今はその時機でないので、ほんの概括的にこれだけのことを書き留めておく。

泉先生と私

私事にわたることを云うのは寔《まこと》に恐縮であるが、泉先生は文壇に於ける大先輩であるのみならず、此の春私の娘が結婚するときに媒酌の労を取って下すったので、そう云う私交上でも一方ならぬ御厄介になった。式の当日、先生が奥さんとお二人で並んで椅子に腰かけておられた紋服のお姿が、今の私には最も感銘の深い、忘れられない面影として記憶されている。聞けば先生は、あのお年だったけれども、仲人をなさるのはあの時が初めてだったそうで、前からたいそう楽しみにしておられたとか。お願いする方では、ほんの形式に、お名前だけを拝借するくらいなつもりであったが、御本人の意気ごみはなかなかそうでなく、結納の取り交しから式の当日まで、ずいぶん世話を焼いて下すったし、娘のことも親身になって案じて下すった。久保田万太郎君の話だと、先生としても奥さんとお揃いであゝ云う席へ出られたことは、先生一代のうちであの時が最初の最後であったろうと云う。あの時、来賓総代として両家の万歳を唱えて下すった戸川秋骨先生が、あれから間もなく逝去されたかと思うと、今また先生の訃音《ふいん》に接するとは、まことに人事匆忙《そうぼう》の感が深い。

私が始めて先生にお目にかかったのは、たしか明治四十四年の正月、読売新聞の主催で、紅葉館に都下芸術家の新年宴会があった、その席上に於いてであったが、さいわい私は当時のことを、「青春物語」の中に書いているので、今その一節を引用して見よう。――

招待を受けたのは、都下の美術家、評論家、小説家等で、大家と新進とを概ね網羅し、非常に広い範囲に亙っていた。「新思潮」からは、私一人であったか、外にも誰か行ったか、記憶がない。私は滝田樗陰君が誘いに来てくれる約束だったので、氏の来訪を待って、一緒に出掛けた。…………「パンの会」の時は何と云っても傾向を同じゅうする若い作家ばかりであったから、会うのは始めてでも互に気心が分っていたが、今日の出席者はあの時より更に多人数である上に、古いところでは硯友社《けんゆうしゃ》系の諸豪を筆頭に、三田系、早稲田系、赤門系、それに女流作家も参加し、その外文展系院展系の画伯連、政論家、文芸批評家等、紛然雑然としているので、何処に誰がいるのやら見当もつかない。…………一人に紹介されると直ぐその人から次へ紹介されながら、段々ノサバリ出して行った。横山大観、鏑木清方、長谷川時雨女史………私はそう云う人達を知った。…………私は八方から盃を貰い、いろいろの人から讃辞や激励の言葉を浴びせられ、次第に有頂天になって、滝田君を促しつつ徳田秋声氏の前へ挨拶に行った。と、秋声氏は、其処へ蹣跚《まんさん》と通りかかった痩せぎすの和服の酔客を呼び止めて、「泉君、泉君、いい人を紹介してやろう――これが谷崎君だよ」と云われると、我が泉氏ははっと云ってピタリと臀餅《しりもち》を舂《つ》くようにすわった。私は、自分の書くものを泉氏が読んでいて下さるかどうかと云うことが始終気になっていただけに、此の秋声氏の親切は身に沁みて有難かった。秋声氏はその上に言葉を添えて、「ねえ、泉君、君は谷崎君が好きだろ?」と云われる。私は紅葉門下の二巨星の間に挟まって、真に光栄身に余る気がした。殊に秋声氏の態度には、後進を労《いた》わる老芸術家の温情がにじみ出ているように覚えた。けれども残念なことには、泉氏はもうたわいがなくなっていて、「ああ谷崎君、――」と云ったきり、酔眼朦朧たる瞳をちょっと私の方へ向けながら、受け取った名刺を紙入れへ収めようとされた途端に、すうっとうしろへ仰《の》け反《ぞ》ってしまわれた。「泉は酔うと此の調子で、何も分らなくなっちまうんでね」と、秋声氏は気の毒そうに執り成された。

――ところで、去る九月十日、青松寺に於ける告別式の式場で、私は又偶然、秋声先生の次席に並んで立つことになった。ここに書いてある大観氏、清方氏、時雨女史等も皆見えていた。秋声先生は参列者や会葬者の顔を見ながら、「あれが紅葉先生未亡人」「あれが柳川春葉未亡人」「あれが武内桂舟氏」「あれが小杉天外氏」と云う風に、矢張三十年前のあの時のような優しさと温情を以て、ときどき私の耳にこっそりと囁いて下すった。それにしても、八十歳に垂《なんな》んとする桂舟氏や天外氏は論外とするも、先生よりは一二歳の兄である秋声先生があの通り元気でおられるのに、先生が六十七歳を以て亡くなられたことは、惜しまれてならない。殊にお子さんがないだけ、あとに残られた奥様はどんなにかお淋しいであろう。

人、及び芸術家としての先生については、云いたいことが数限りなくあるが、突然のことなので、今はその用意も時間もない。漸く締切に間に合せるために、これだけのことを書いて、謹んでお悔み申し上げる。

覚海上人天狗になる事

○

南勝房法語にいう、「南ガ云ハク十界ニ於テ執心ナキガ故ニ九界ノ間ニアソビアルクホドニ念々ノ改変ニ依テ依身ヲ受クル也、サヤウニナリヌレバ十界住不住自在也、………密号名字ヲ知レバ鬼畜修羅ノ棲メルモ密厳浄土也、フタリ枕ヲナラベテネタルニヒトリハ悪夢ヲ見独リハ善夢ヲ見ルガ如シ、………凡心ヲ転ズレバ業縛ノ依身即チ所依住ノ正報ノ浄土也、其ノ住処モ亦此クノ如シ、三僧祇ノ間ハ此ノ理ヲ知ランガタメニ修行シテ時節ヲ送ル也」と。此の南勝房という坊さんが覚海上人のことであって、順徳院の建保五年に高野山第三十七世執行検校法橋上人位に擢《ぬき》んでられたというから、ざっと今から七百年前、鎌倉時代の実朝の頃の人である。但馬《たじま》の国朝来《あさご》郡の生れで、始めは同国健屋《たてのや》の与光寺の学頭であったが、後に高野山へ登って学侶の華王院に住した。この与光寺という寺は現存していて、土地の人は今も上人の遺徳を慕っているという。華王院の方は今日では増福院と称し、前掲の南勝房法語、並びに覚海伝、上人自筆の消息文等を伝えている。一日私は此の寺を訪れ住職鷲峰師の好意に依って悉くそれらの古文書を筆録し得た。

○

紀伊続風土記所載高野山の天狗の項に「是は鬼魅の類にして魔族の異獣なり」とあるが、「然れども感業の軽重に随つて自ら善悪の二種あり、よりて仏塔神壇を寄衛して修禅の客を冥護するあり、又一向邪慢憍高にして悪逆に与し正路に趣ざるあり、当山に栖止するもの仏道を擁護し悪事を罰するの善天狗なり」ともあるから、魔界の種族ではあるが、必ずしも仏法の敵でないことが分る。兎に角「人体ハ吉シ雑類異形ハ悪シト偏執スルハ悟リ無キ故也、相続ノ依身ハイカナリトモ苦シカラズ、臨終ニ何ナル印ヲ結ブトモ思ハズ、思フヤウニ四威儀ニ住ス可シ、動作何レカ三昧ニ非ザラン、念念声声ハ悉地ノ観念真言也」と云うのが南勝房法語の建て前であって、上人が天狗になったことは、上人自身としてはその信念を実行に移した迄である。

○

増福院に蔵する所の上人の消息文は「蓮華谷御庵室」へ宛てたもので、鷲峰師の説明に依ると、此の宛て名の主は所謂「高野非事吏《ひじり》」の祖明遍上人（少納言入道信西末子）のことであるという。「近日十津川郷人来二当寺領大瀧村一懸レ札中云当村幷花園村等吉野領十津川之内也仍令レ懸二此牓示之札一自今以後者可レ勤二十津川之公事一云々此条自由之次第不思議之事候」という書き出しで、全文を掲げるのは煩わしいから省略するが、要するに吉野僧の暴状を見て憤懣の思いを明遍上人に訴えたものである。覚海伝に拠れば此の事のあったのは建保六年正月より承久元年八月に至る間で、吉野の春賢僧正が郷民を引率して、高野山の所領に闖入し、花園の庄大瀧の郷に吉野領と云う札を立て、「並於二御廟橋下一標二牓芳野領一」とあるから、今の奥の院の大師霊廟の前にある無明の橋のことであろう、あの辺にも亦高札を立てた。伝には「爾来以二精進法界之霊場一為二殺生汚穢之猟地一幾許狼藉不道不レ遑二枚挙一也」と記し、消息の方には「剰殺二数十鹿一剝レ皮」と記し、「寺家之歎何事過レ之候哉人守二忍辱之地一無二弓箭一之間十津川之住人知二如レ此子細一動及二狼藉一候者也」とも云っている。然らば当時高野山には僧兵というものがなかったのであろうか。紀伊続風土記は曰く、「古老伝に吉野悪僧等の企にて此の山の領地を劫奪し大師の霊跡を瀆さんとす、時に覚海検校深重の悲誓を発て修羅即遮那の観門を凝し魔即法海の行解を務め其の類に同じて山家を鎮護し、大師仏法の運を龍花の春に達せんとして大勢勇猛の羽翼と化し、白日に飛去すといふ」と。覚海伝には、此の時（承久元年八月五日）三千の衆徒が大秘伝法の絶滅を悲しみ山を下ろうとしたのを、上人が強いておしとどめ、自分が炎魔の庁へ行って訴えるからもう一日待てと云ったと記してあって、示寂したのはそれより更に六年の後、貞応二年癸未八月十七日春秋八十二歳の時ということになっている。しかし上人が魔族を使嗾したために吉野の悪僧春賢僧正は同年十二月に俄かに夭滅し、吉野方へ加勢して非理に組みした公卿たちは悉く「三地両所の冥罰を蒙つた」とあるから、これに依って一山の危機は救われた訳である。すると覚海上人が天狗になったのは既に在世中からであって、時々魔界へ飛行したのであろうか。金剛三昧院の昆張房も同じく天狗であるが、これは元来天狗であったものが人間に化けて寺に住み込んでいたので、上人の場合はこれと反対である。

上人が死後に於いて魔界に生れたことは、或いは魔界に生れるという信念を以て死んだことは確かと見ていい。此の間の事情に就いては、少しく長くなるけれども覚海伝の一節を仮名交り文に書き改めて大方諸賢の一粲に供しよう。

○

有ル時師自ラ誓ヒ懇ロニ禱ツテ曰ク、吾既ニ産ヲ鄙北ニ受ケ、遮那ノ法ヲ南山（註、南山は高野のこと、比叡山の北嶺に対していう。）ニ習ヒ、現今山頭ニ在ツテ務職ニ任ズ、奇縁不可思不可測ナリ、唯願ハクハ三世ノ勃駄《ぶつだ》十界ノ索多《さつた》及ビ吾ガ大師、吾ニ我ガ前生ヲ示告セヨ、イカナレバ此クノ如ク得難キノ人身ヲ得、遇ヒ難キノ密法ニ逢ヒタル乎ト、五体ヲ地ニ擲チ、目ニ血涙ヲ流シ、身ノ所在ヲ忘レ、誠ヲ尽シテ命根尚絶エントスルニ至ル。時ニ大師欻爾トシテ真影ヲ現ズ。和柔類ヒ稀ニシテ容顔霊威、和雅ノ梵音ヲ挙ゲテ幽声ヲ耳ニ徹セシム。汝ハ始メ是レ摂州ノ南海ニ産シ、形ヲ小蛤ニ現ジテ蚌蠃ノ海族ト与ニ波ニ漂ヒ、砂石ニ交糅シテ四海ニ流ルルコト千歳。唄音風ニ順ツテ碧波ニ入ルニ逢ヒ、蛤聞熏ノ力ニ因ツテ海浪ニ激揚セラレテ自ラ天王寺ノ西ノ浜畔ニ着キタルトキ、童僕戯レニ抛ツテ天王寺堂前ノ床ニ置キタルニ、（註、大阪の天王寺が昔いかに海に近かったかということが、此の記事に依って想像される。）誦経読咒ノ声ヲ聴クニ因ツテ第二生ニ牛身ヲ受ク。重キヲ負ウテ遠キニ至リ、牧童鞭ヲ加ヘ、蚊蚋肉ヲ齧ミタレドモ、余縁尚朽チズシテ一日大乗般若ヲ書スルノ料紙ヲ荷ヒ負フガ故ニ、転生シテ第三生ニ赭馬ノ肉身ヲ受ク。唯縁熏発シテ幸ヒニ信輩ノ熊野ニ詣ルモノヲ乗セタルガ為メニ、更ニ転生シテ第四生ニハ柴燈ヲ燃ヤスノ人身トナルコトヲ得タリ。常ニ火光ヲ以テ道路ヲ照ラスガ故ニ智度ノ浄業漸々ニ熏増シテ、第五生ニハ吾ガ廟前密法修法ノ承仕給者トナル。晨天ニ閼伽ヲ汲ンデ運ビ、昏暮ニ浄花ヲ採ツテ摘ミ、香ヲ抹ンデ熏煙ヲ凝ラシ、飯ヲ炊イテ滋味ヲ調ヘ、耳ニハ常ニ三密ノ理趣ヲ聴キ、目ニハ自カラ五観ノ妙相ヲ見ル。是クノ如キノ冥熏加持ノ力用ニ依ツテ現今第六生ニハ法門ノ棟梁南山検校ノ鴻職ヲ感受シタリ。第七生ニハ必ズ秘密法ヲ護ルノ威猛依身ヲ受ケ、身体ニ羽翼ヲ生ジテ飛行自在ニ、修鼻突出シテ彎笋ノ如ク、遍身赤黒ニシテ毛髪銅針ニ類セン。是レ乃チ吾ガ末弟憍慢放逸ニシテ酒色ニ耽リ、仏法王法ヲ軽ンジテ佗ノ財宝ヲ貪リ、汚穢不浄ノ身ヲ以テ伽藍ニ渉登シ、高歌狂乱シテ信者ノ機嫌ヲ毀チ、引イテ吾ガ密法ヲ壊リ、猥リニ狂族ヲ夥シクスルガ故ニ、此クノ如キノ異容ニ非ザレバ争デカ治罰賞正ノ誘進ヲナサンヤ。魔仏一如、生仏不二、修羅即遮那ハ、汝常ニ是レ臆念スル所也。言ヒ訖ツテ麗々タル遺韻山谷ニ伝ハリ、馥々タル異香野外ニ熏ジ、感涙胆ニ銘ジテ身心汔昧ナリ焉。故ニ世人称シテ南山ノ碩学七生ヲ悟ルノ人ト云フ矣。

此れに類似の本生譚は今昔物語等にも多く見受けられるけれども、天王寺海浜の蛤と云い、熊野参詣の馬と云い、いかにも高野の上人の前生にふさわしい。即ち上人は大師のお告げに依って自分の来世を予知していたのである。しかし予知していたが故に南勝房法語の如き信仰を建立したのか、此の信仰の故に天狗に生れるべく運命づけられたか。何れが因で、何れが果か。伝に依れば後者のように思われる。

○

上人の廟は山中の遍照ケ岡にあるが、一説には華王院境内の池辺に葬ったとも云い、その池も現に増福院の庭中に存している。覚海伝の賛の終りに曰く、「遍照岡崛ノ枯枝落葉毫釐モ之ヲ採ルトキハ厳祟ヲ施ス、其ノ威其ノ霊信ズ可ク懼ル可シ、其ノ悉地ヲ成ズル上カ中カ下カ、都ベテ即身ノ仏カ、嗚呼奇ナル哉遊戯三昧」と。

天狗の骨

○

高野山第三十七世執行撿校覚海上人（後堀河帝貞応二年八十二歳にて示寂）は天狗になったと云われるが、この上人の住んでいた華王院というお寺が現今は増福院と云い、上人に関する古文書を蔵している中に、天狗の頭蓋骨というものがある。茲に示す図は、住職鷲峰師の許可を得て妻丁未子が写生したものである。

見たところ人工で拵えたり接ぎ合わせたりしたものでないことは確かだが、どっちが正面だ

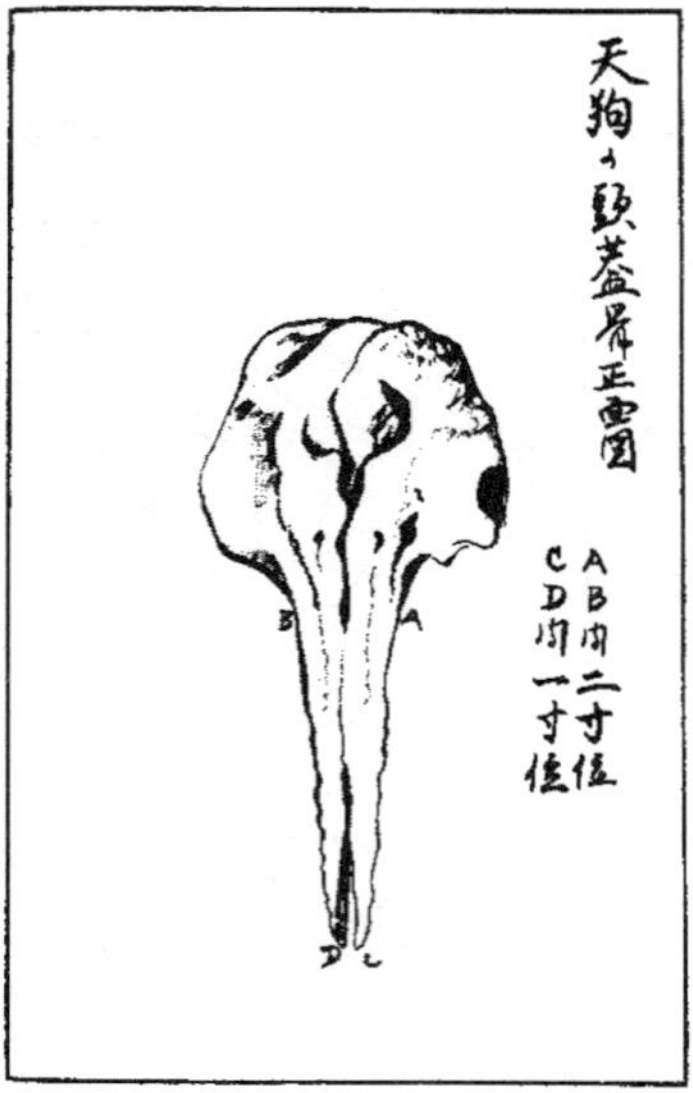
天狗ナ頭蓋骨正面図
AB間二寸位
CD間一寸位
B
A
D
C

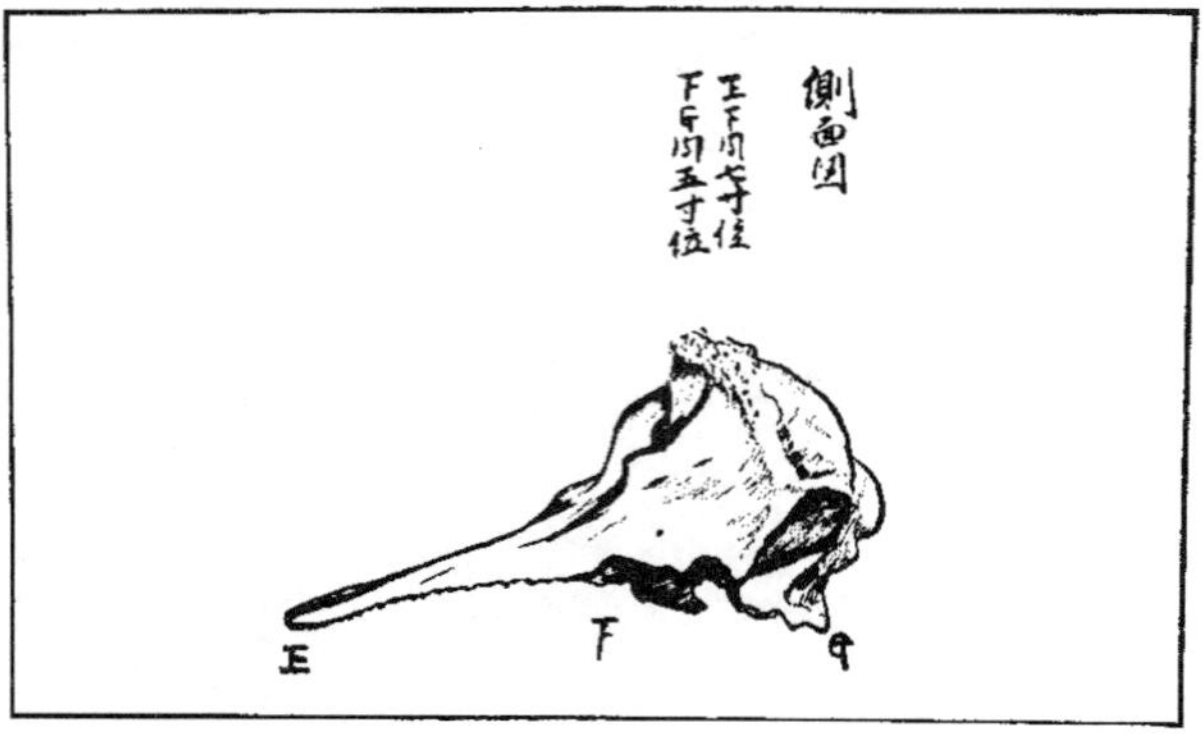
側面図
EF間七寸位
FG間五寸位
E
F
G

か前だか後ろだか手に取ってみてもよく分らない。太古の怪獣の骨ではないかとも思われるが、その方面の専門家に見せても一向説明がつかないという。先年大阪の三越だか白木屋だかの展覧会に出品したことがあり、その後もずいぶんいろいろな人が拝観に来る。西洋人などもやって来て、丹念に写真を取って帰るのもある。尤もこれが天狗になった覚海上人の遺骨だという訳ではない。上人の伝記その他関係文書にも此の骨のことは何も記してないし、別に縁起等も残っていない。ただ天狗には縁の深い此のお寺の什物としていつ頃からか伝わっているのである。

〇

その外金剛三昧院の境内の丘の上に毘張房祠という小さなほこらがある。紀伊続風土記に依ると、これは天狗が「此院光匠の法徳を欽伏して随仕の浄人に変じ来て護身法を授んことを願り院主憐愍して法味を授れば永く院宇の火難を防んことを誓ひて消が如く失ぬ。今に夜々寄投する大杉樹ありて毘張杉と呼り、又此院及び来迎院に小祠を構て祀る近頃は鎮火の誓約ありとて小田原の町人等月並に毘張講を営み法供を擎く」とあるから、人間に化けてこのお寺に住み込んでいたのである。西院谷の骨董屋の爺さんの話に、先年毘張さんの書いた書というものを手に入れたが、西南院の院主さんに一円五十銭で売ったという。ほかにも高林房妙音房などという天狗があり、天狗の書とか画とかいうものも往々寺に伝わっている。毘張は蓋し鼻長であろう、もとはそう書いたという説もある。

○

天狗の迷信は、私の幼年時分までは東京近在にもあった。羽後の三山は云う迄もないが、相州道了権現の山中などは本場のように思われていた。高野山でもさすがに今日は天狗の怪異を聞かなくなったが、しかし天狗にさらわれたとか、いたずらをされたとかいう経験のある人は少くない。金剛峰寺に勤めておられる梶原氏の話に、幼年の頃伯父につれられて田を見廻りに行った折にクワシャンボの通るおとを聞いた。クワシャンボというのはまだ行を積まない天狗のことで、これが通る時は非常に大きな響きをたてて峰より峰の樹木をふるわせ、姿は見えないがその飛行する方向が明瞭に分ったという。梶原氏の故郷は高野の南三四里の花園村という所で、朝は天狗が高野から此の村へ飛んで来て夕方になると又高野へ帰って行ったそうである。

○

山中ところどころに相撲の土俵場よりも少し広いくらいな、不思議に木も草も生えない空地があって、これを「天狗のおどり場」と云った。雪など降ったときに、盛んに蹴ちらした痕がついていて、「ああ又天狗がおりていたな」とよく猟師がそう云ったものだという。たしかに爪の生えている怪物の足痕らしく見えて、獣の足痕とも勿論人間のものとも思えなかったが、近年山へ殖林するようになってからいつしか跡を絶ったそうである。

以上、此の雑誌には少し不向きの話だが、他に適当な持ち合わせがないから、これでも猟奇の一端になるかと思って責めを塞ぐ次第である。

魚《さかな》の李《り》太白《たいはく》

むかしむかし、まずある所に、――と、普通のお伽噺《とぎばなし》なら斯う書くのが当り前ですが、どっこいそうは行きません。此のお話はむかしむかしの古くさい話とはちがいます。大正の聖代にもこんなおかしな、馬鹿げた話があろうかと、皆さんが眼を円くなさるような、つい近ごろの出来事なのです。

そこで、つい近ごろのこと、春江さんと云う大変可愛い無邪気なお嬢様が、麹町の或るお邸《やしき》に住んで居ました。春江さんは今年十七で女学校を卒業したのですが、お嫁に行くには少し早い年頃ですから、毎日毎日、ピアノの練習や、生花《いけばな》のお稽古や、ローン・テニスや、語学のお浚《さら》いや、自分の好きな遊芸だの学問だのにたずさわって、やさしいお父様やお母様のお傍《そば》に楽しい月日を送って居ました。すると或る日のことでした、学校に居た時分から春江さんとは大の仲よしであったお友達の桃子さんが、春江さんのお邸へふらりと尋ねて来ました。そうして、一緒につれ立って広いお庭の泉水のほとりを歩いて居ると、

「ねえ春江さん、わたくしはね、今度いよいよ結婚することになりましたの。」

と、不意に桃子さんがそう云って、きまりが悪そうに、しかし又なんとなく嬉しそうに俯向いてしまいました。その時泉水に飼ってある鵞鳥が、急に頓興な声を出してガアガアと啼いたものですから、大人しい桃子さんは一層きまりが悪そうに、顔を真赤にしてますます低くうなだれました。

「まあ、ほんとうに？　それはまあおめでとうございます。そうしたらあたし、何をお祝いたしましょうね。」

と、春江さんも心《しん》から嬉しそうでした。なぜかと云うのに、春江さんは桃子さんのお嫁に行く先をちゃんと知って居たからです。桃子さんが結婚しようとして居る方は、桃子さんのような美しい、気だてのやさしい奥様を持つのにふさわしい、あるうら若い、才能の秀でた伯爵の貴公子でした。ああ云う方を夫にしたら、桃子さんの一生は嘸《さぞ》かし幸福だろうと春江さ

んは思いました。

「およろこびの日が極まったら、是非教えて下さいましよ。あたしきっときっと、お祝いに上りますわ。」

こう云って春江さんは、桃子さんに堅い約束をしました。

それから半年ばかり立って、泉水の池の汀《みぎわ》の木蓮の花が咲くころに、桃子さんのところからいよいよ御婚礼の事を知らせて来ました。それは金色の縁の附いた、セルロイドのようにピカピカと光る厚い西洋紙へ、活版刷りにしたもので、文句の終りには桃子さんの名前と伯爵の若君の名前とが、いかにも似つかわしい夫婦らしく並び合って、せいくらべをして居るように刷ってあるのでした。その通知を受け取ると、春江さんは早速それを持ってお母様のお居間へ飛んで行きました。

「ねえお母様、桃子さんが近々に結婚遊ばすので、斯う云う手紙を下さいましたの。わたくし何かお祝い物を差し上げようと思うのですけれど、何を差し上げたらようございましょう。」

「おおそうかね。桃子さんはお嫁にいらっしゃるのかね。それはまあおめでたい。」

こう云って、お母様はにっこりお笑いになりました。春江さんが桃子さんを好きなように、お母様も春江さんのお友達の内では桃子さんを一番好いておいででした。ですからお母様は、まるで我が児のことのようにお喜びになったのです。

「さあ、お祝いには何がいいだろうね。嶋台《しまだい》がいいか、鰹節がいいか、それともハイカラな西洋流の物がいいか。お母様には分らないから何なりとお前の考えで、桃子さんの喜びそうなものを祝ってお上げなさい。」

「それじゃそういたしますわ、お母様。わたくしね、自分で銀座通りへ行って、どんな物が桃子さんのお気に召すか、捜して参りますわ。」

「ああそうなさい。それが一番いいよ。」

と、お母さまは快《こころよ》く承知して下さいました。

明くる日、春江さんは女中の玉やをお供につれて、何かいい思い附きの贈り物はないか知らと、日本橋通りから銀座通りの商店のショウ・ウィンドウを、一つ一つ覗いて歩きました。

「お嬢さまはいつもお見立てがお上手でいらっしゃいますから、きっと今日は桃子さまのお気に召す物をお見附けになりますよ。そうしたら桃子様は、どんなにお喜び遊ばすでしょう。」

玉やも斯う云いながら、春江さんと一緒になって、軒なみに並んで居る唐物屋《とうぶつや》や、化粧品店や、呉服屋や、貴金属商や、いろいろのショウ・ウィンドウを珍しそうに覗いて廻りました。真珠の指輪を買って上げようか、緞子《どんす》の帯を贈ろうか、それとも翡翠の帯止めにしようか、珊瑚の簪がよかろうか、鼈甲《べっこう》の櫛にしたものかと、春江さんは一軒一軒の店先でとつおいつ思案をしながら歩いて行くのでした。ぽかぽかとした春の日を受けたガラス戸の中に、ちょうど水底《みなぞこ》の宝物か何かのように美しく陳列してある数々の品物は、みんな春江さんの欲しいものばかりでした。春江さんは、出来ることなら孰《ど》れも此れもみんな桃子さんに買って上げたいくらいでした。

「ねえ玉や、こうして見て居ると切りがないから、早く孰れかに極めましょうね。ほんとうにあたし、どれにしたらいいか迷ってしまったわ。」

「まあお嬢さま、そう仰しゃらないでゆっくり御覧遊ばしませ。そのうちに何か、きっといい物がございますよ。」

こんなことを云い合いながら、春江さんと玉やとは尾張町の大時計の四つ角を越えて、新橋の方へ歩いて行きました。

すると間もなく、とある一軒の商店の屋根に、「御祝儀用御贈答品調製」と、金色の文字を書いた大きな看板が眼に這入りました。春江さんは、有り来りの贈り物をする気はなかった

ので、何心なく其の店の前を通り過ぎようとしましたが、ふと、

「おや、いい物があるわねえ。」

と云って、そこのショウ・ウィンドウのほとりに立ち止まりました。

春江さんがそう云ったのは、そこに飾ってある一匹の大きな縮緬の鯛のことでした。鯛の外にも高砂《たかさご》の翁《じじ》と媼《ばば》だの、松竹梅だの、さまざまな嶋台や鰹節の折などが陳列してありましたけれど、春江さんはそんな物を見向きもしないで、余念もなく鯛の造り物を眺めました。鯛は真紅《まっか》な縮緬で拵えた、三尺ぐらいな高さのもので、ちょうどお城の鯱鉾《しゃちほこ》のように尻尾《しっぽ》をピンと空に撥ね上げ、左右の鰭《ひれ》をひろげ、ガラス張りの白い眼玉をきょとんと瞬《みは》って、白木《しらき》の台の上に済まし込んで載っかって居るのでした。そのひょうきんな、無邪気な恰好が、春江さんにはおかしくて溜りませんでした。

「まあ、何と云う面白い鯛でしょう。桃子さんはお人形さんだの押絵細工だのがお好きだから、此の鯛をさし上げたらきっとお喜びになるだろうよ。」

春江さんが斯う云うと、玉やも直ぐに賛成して、

「ほんとうに此の鯛はよく出来て居りますこと。体中が真赤で、おなかがふっくらと膨らんで居て、見たところからお目出度いお魚のようでございますね。やはりお祝い物には此れが

よろしゅうございますよ。」

と、云いました。

春江さんは早速それを買うことに極めて、鯛を麴町のお邸へ届けるように店員に命じました。

そうして内へ帰って来ると、急いでお母様のお部屋へ行って、

「お母様お母様、わたくしはね、いい物を見附けて参りましたのよ。」

こう云って、さもさも手柄を誇るように、ちりめんの鯛の話をして聞かせますと、

「それはまあよかったね。お母様も早くその鯛を見たいものだね。」

こう仰しゃって、お母様は機嫌よくお笑いになりました。

緋ぢりめんの鯛は、明くる日銀座の商店から、立派な木の箱へ入れられて綿に包まれて届きました。お母様は無論のこと、お父様もお兄様も、多勢の召使いの人々までも、みんな鯛の周りへ集って、口々に春江さんの思い附きのよかった事を褒めたたえました。春江さんは褒められたのでいよいよ嬉しく、鼻を高くしましたが、しかし緋ぢりめんの鯛の方では、相変らずガラスの白い眼をパチリと開いて、真紅《まっか》な顔色をして済まし込んで居るばかりでした。

さて二三日過ぎてから、緋ぢりめんの鯛は再び行儀よく箱の中に収められ、黒羽《くろは》二重《ぶたえ》の紋附を着たお爺さんの家令に護られて、麻布の桃子さんのお邸へ俥で運ばれて行きました。桃子

さんは、仲好しの春江さんがどんな物を祝って下すったのやら、楽しみにして箱の蓋を取って見ると、日頃から桃子さんの大好きな縮緬の細工で、おまけに結構な鯛の造り物でしたから、

「まあいいこと！」

と、覚えず声を挙げて、傍にいらしったお姉様と喜ばしそうに顔を見合わせました。

「なんて見事なお祝い物でしょう。此れはきっと、春江さんのお母様のお考えに違いありませんよ。」

こうお姉様が仰っしゃると、桃子さんは冠《かぶり》を振って、

「いいえ、そうじゃございませんわ。きっと此れは春江さんのお考えですわ。春江さんはどんな物があたしの気に入るか、よく御存知なんですもの。」

と、云いました。

それから又二三日過ぎると、緋ぢりめんの鯛は桃子さんのお輿《こし》入《い》れのお供をして、麻布のお邸から富士見町の伯爵のお邸へ附いて行きました。そうして、めでたく御婚礼の儀式が済んだ後も、なお暫くの間は、御夫婦の御部屋の床の間の上に、方々の宮様方や華族様から祝われた数々の贈り物と一緒に、きらびやかに飾って置かれました。そこには緋ぢりめんの鯛よ

りもずっと立派な蓬萊山《ほうらいさん》だの、鶴亀だのもありましたが、しかし緋ぢりめんの鯛のように愛嬌のある、のどかな顔つきをしたものは外に一つもありませんでした。花嫁の桃子さんは、花婿の若君がお留守の時はいつもお居間に閉じ籠って、その面白い鯛の恰好を眺めながら、ひとりでにこにこして居ました。まったく、つくづくと見詰めて居ると、その鯛の表情のひょうきんさと云ったらありません。何か物を云いたそうに口を歪めて、尻尾を威勢よく跳ねて居ながら、じっと大人しく黙り込んで、真紅《まっか》になって力み返って居る様子は、何だかまるで生き物のように思われました。やがて、日数《ひかず》が立って、床の間の飾り物は一つ一つ片附けられてしまいましたが、緋ぢりめんの鯛だけはやはり桃子さんのお側に止めて置かれました。桃子さんは、小鳥か猫でも飼うように其の鯛を可愛がりました。ところが、或る日のこと、桃子さんがいつものように若君の御留守番をしながら、余念もなく鯛の形に見惚《みと》れて居ますと、そこへ若君のお母様がおいでになって、

「桃子や、お前は何を見て居るのだね。」

と、仰っしゃいました。

「お母様、わたくしは此の鯛を見て居たのでございます。此れはわたくしのお友達の春江さんが祝って下さいましたのです。ねえお母様、可愛らしい鯛でございましょう。」

と、桃子さんが正直に答えますと、お母様もお笑いになって、

「ほんとうによく出来て居る鯛だこと！　だけれど桃子や、此れは御婚礼のお祝いに頂いたもので、そういつまでも飾って置くのはおかしいから、どうかしなければなりませんよ。お前のお友達が下すったものなら、その縮緬を解《ほど》いて、お前の着物の裏にでもするといい。早速誰かに云いつけて解かして上げましょう。」

こう仰っしゃったので、桃子さんもいやと云う訳には行きませんでした。折角、こんなに見事に出来て居る鯛を、解いてしまうのは惜しいような気がするのですけれど、成る程お母様の仰っしゃることは御尤もでした。そこで桃子さんは、「ではそういたしましょう。」と、すぐにお母様のお云い附けに従いましたが、でも鯛を解くことだけは、人を頼まないで自分にやらせて下さるようにお願いしました。

明くる日の午後になると、桃子さんは長い間可愛がって居た緋ぢりめんの鯛を、日あたりのいい縁側へ持ち出して、たった独りで其れを解きにかかりました。お嫁入りの間際に、お里のお母様から買っていただいた針箱の抽出しを明けて、中から新しい鋏を出して、チョキン、チョキンと糸を切りながら、桃子さんは鯛を白木の台から放そうとしました。すると、鋏の先が誤って鯛の横腹に触ったかと思うと、その時まで済まし込んで居た緋ぢりめんの鯛は、

急に、

「痛い」

と、微かな声で云いました。桃子さんは不思議に感じながら、それでも気の毒だと思ったので、

「あら、御免なさいよ。間違えて触ったのだから堪忍《かに》しておくれよ。」

と、優しく云い聞かせてやりますと、緋ぢりめんの鯛は、何とも答えずに、例のガラス張りの白い眼玉から涙をポロポロとこぼしました。

「まあ、そんなに痛かったの？ でもお前、もう泣かなくってもいいじゃないか。」

「いいえ、わたくしは痛くって泣くのではございません。」

と、鯛はまた口を動かして云いました。

「そんならなぜ泣いて居るのだね？ 何か悲しいことがあるの？」

こう云って、桃子さんは鋏の手を休めて、じっと緋ぢりめんの鯛の口元を見守りました。

「わたくしは、此の緋ぢりめんの美しい肌を剥がされるのが悲しくって、それで此のように泣いて居るのでございます。どうぞお嬢様、――ではない若奥様、どうぞ御慈悲でございますから、解《ほど》くのをお止めなすって下さいまし。私はいつまでも、こうして鯛の形のままで

生きて居とうございます。」

そう云いながら、緋ぢりめんの鯛は一層さめざめと涙を流しました。

生れつき情深い桃子さんは、鯛が不憫《ふびん》になって来て、いっそ助けてやろうかとも思いましたが、しかし考えて見ると、お母様のお云いつけを背くことは出来ないのでした。

「あたしもお前のような可愛いお魚を、解いてしまうのは残り惜しいのだけれど、お母様が仰っしゃるのだから仕様がないわ。それにお前の体を解くと、随分沢山の縮緬が取れるから、それであたしの着物の裏を拵えようと思って居るの。だからどうかあきらめて、あたしの云うことを聴き分けておくれ。ね、後生だから。」

そう云われても、鯛はなかなか承知しません。「わたくしの皮を剝いで、若奥様のお召し物の裏になさるなんて、それはあんまり酷《むご》うございます。」と、相変らずガラスの眼玉からポロリポロリ涙を落します。

桃子さんは当惑しながら、

「そう云われると、あたしほんとうにどうしたらいいか困ってしまうわ。でもお前は、もともと生きたお魚ではない癖に、解かれたって悲しい訳はないでしょう?」

と、尋ねました。

その時、鯛が云いますのに、

「いいえ、私《わたくし》はやっぱり生きた鯛なのでございます。実は此れでもお魚の魂を持って居るのでございます。」

と、こうなのです。

「だっておかしいわ。縮緬で拵えたお魚に魂のある訳はないわ。」

桃子さんがそう云いますと、鯛はお池の緋鯉のようにパクンと口を開いて、からからと笑い出しました。

「それはお悧巧な若奥様にも似合わない、飛んだお考え違いでございます。たとい造り物にもしろ、お魚の形をして居る以上は、魂がない筈はございません。しかも私は、これでも昔は海の中を游《およ》いで居たほんとうの鯛だったのでございます。」

「おやまあ、お前のような真紅《まっか》な色をした鯛が、海の中に居るか知ら。」

桃子さんは、あんまり緋ぢりめんの鯛の云い草がおかしかったので、こう云ってからかってやりました。

「それは居ないとは限りません。わたくしの游いで居た海の中は、普通の海とは違いまして、鹹水《しおみず》の代りにお酒の水が流れて居たものですから、私はついその酒に酔っ払って、こんな真赤な顔になったのでございます。決して譃は申しません。まったくの話なのでございますよ。」

と、緋ぢりめんの鯛は白木の台の上で鰭をひろげて、ヒョコ、ヒョコとお辞儀をしました。その様子が何だか未だによろよろと酔っ払って居るように思われるのでした。

「それじゃお前はやっぱりほんとうのお魚だったの？　まあそうだったの？」

桃子さんは、緋ぢりめんの鯛の言葉を少しも疑わずに斯う云いました。それからまた尋ねて云うには、

「そうしてお前の住んで居たお酒の海と云うのは、一体何処にあるのだね。そこに住んで居るお魚たちは、みんなお前のように酔っ払いのお魚ばかりかね。」

「いいえ、そう云う訳ではございません。」

と、緋ぢりめんの鯛は、人間がするように首を横へ振りながら、

「実を申しますと、わたくしはお魚になる前は立派な人間だったのでございます。人間も人間も、えらい詩人だったのでございます。もう余程大昔のことになりますが、今から千年以上も前に、唐《もろこし》に李《り》太白《たいはく》と云う大詩人が居りました事を、お嬢様――ではない若奥様は、さだめし御存知でいらっしゃいましょう。その李太白が、何をお隠し申しましょう、実は此の

私《わたし》なのでございます。決して譃は申しません。まったくの話なのでございますよ。」

こう云って、緋ぢりめんの鯛はいかにも得意そうに、人間ならば髯をひねるとか肩を揺す振るとかするところですが、その代りに両方の腮《えら》から息をすうッと吹いて、尻尾をきゅッと持ち上げました。

「あら！　それじゃお前は李太白なの？」

と、桃子さんはびっくりして、

「でも李太白は、水の中へ落っこってから錦糸魚《きんしぎょ》と云うお魚になったんでしょう？　そうしてとうとう大きな鯨のおなかの中へ吸い込まれて、しまいに天へ吹き上げられて星になったんでしょう？　あたしはそう覚えて居るけれど、お前が李太白だとすると、あの話はみんな譃《うそ》なのか知ら？」

と、訝《いぶか》しそうに云いました。

「何でございますって？　李太白が星になったんですって？」

緋ぢりめんの鯛は斯う云って眼を円くしましたが、やがて何を思い出したのか、ひとりで頷きながら、

「ははあ、成るほど分りました。お嬢様――ではない若奥様は、きっとあの、佐藤春夫と

云う男の書いた『李太白』をお読み遊ばしたんですね。それであの中に書いてある話を、信用していらっしゃるんですね。」

「ええそうよ、あたしはつい此の間、あの話を読んだばかりなのよ。」

と、桃子さんは、緋ぢりめんの鯛に図星を刺されたものですから、正直に白状してしまいました。

「いや、あの男の書いた話は、あれはみんな好い加減な出鱈目でございますよ。あの男の云う事なんぞを、うっかり信用なすってはいけません。」

と、緋ぢりめんの鯛は、ガラス張りの白い眼玉の中に、嘲るような笑いを浮かべました。

「あの男はただ、支那の昔噺《むかしばなし》を、何処かで聞き齧って来てあんな物を書いたのでございます。李太白が採石《さいせき》の磯から、水へ篏まったまではほんとうでございますが、錦糸魚になったの、星になったのと、あんな譃を真《ま》に受けたら其れこそ大変でございます。誰が何と申しましても、此処に居る私が李太白に相違ございません。」

こう云って、緋ぢりめんの鯛がムキになって云い張りますので、桃子さんは、

「もう分ったからようござんすよ。お前がほんとうの李太白に違いありません。佐藤と云う人はきっと譃つきなんでしょう。」

と云って、頻りに慰めてやりました。

それでもまだ、緋ぢりめんの鯛は不満足らしい顔つきをして、

「いや、あの男は自分が謔つきなのでなく、きっと錦糸魚に欺されたのでございます。なぜかと申しますと、李太白の私は、採石の磯から揚子江に沈んで、南の方の海へ流されて行くうちに、いつの間にか真紅《まっか》な鯛になりましたが、一体あの辺の川や海の中には、自分が李太白だと云って謔をついて居る魚が、何百匹となく游いで居るのでございます。真黒な鯉だの、銀色の鱸《すずき》だの、そんな連中はまだいいとして、章魚《たこ》だの海月《くらげ》だのまでが、我こそ李太白だと云って威張って居る様子を見ると、実際おかしくって溜りません。若奥様の前でございますが、李太白ともあろうものが、まさか有り来たりの鯉や鱸や錦糸魚なぞになる訳がございません。私が李太白だと云う証拠には、未だこんな赤い顔をして酔っ払って居るのでも、多分おわかりになるだろうと思います。」

こう云って、それでなくてもいやに曲って居る口元を、一層歪めて、ひどく自慢らしい眼つきをしました。

さて、桃子さんは、緋ぢりめんの鯛が正しく李太白だと分ったものですから、とうとう解《ほど》くのを止めてしまいました。そうして、若君のお母様には内証で、こっそりと長持の底へ隠し

て置きました。

その後、桃子さんは時々、誰も居ない折を窺って、そっと長持の蓋を明けては、緋ぢりめんの鯛を出して見るのですが、どう云う訳か、魚《さかな》の李太白はそれきり一遍も口をきこうとしませんでした。やはり、お友達の春江さんが、始めて銀座通りのショウ・ウィンドウで見つけ出した時のように、赤い顔にひょうきんな表情を浮かべて、きょとんとして居るばかりでした。

（大正七年八月作）

鶴《かく》唳《れい》

三月へ這入ってから間もない時分の、天気の好い或る日のことでした。私は昼飯を済ませると、その町の城址にある公園から、一帯に別荘の多い小山の方へ、ぶらぶら杖を曳いて散歩に出かけました。

その町と云うのは、東京から程遠くない海岸にある暖かい土地で、私はその頃体の工合が思わしくないところから、もう半年ばかりも、小いさな茅葺きの家を借りて其処に住んで居たのです。で、冬の間はじっと書斎に閉じ籠って、めったに外へなぞ出たことはなかったのですが、その日は空の色が何となく優しみのある青みを帯びて、いつの間にか春が来たのを知らせて居るような心地がしたので、珍しくも其の辺をぶらついて見る気になったのでした。出て見ると、私が予想した通り、ところどころの百姓家や邸《やしき》の庭の梅の花はあらかた散ってしまい、私の家の前通りにある若木の桜の並木路が、遠くからぽうッと紅く見えるくらいに蕾を持ちかけて、もうその町には春が来て居ました。東京だとまだ余寒の厳しい時分なのですが、此の地方では此の頃が一番いい陽気なのです。全体、その町は南に海を控え、北から西へかけては高い山を繞《めぐ》らした屏風の蔭に包まれて居て、冬の間も冷めたい風が吹くような日は一日もなく、しッとりとした、神経を鎮めるような閑静さがあって、それが大へん私の気に入って居たのでした。殊に三四月の頃は海から来る風も悪くジメジメせず、暖かいうちにも肌を引き締める爽やかな空気が、シーンと澄み切って、頭の中が冴え返るような好い気持ちになるのです。東京人の別荘地とは云いながら、その辺の家の作りは割り合に俗悪でなく、官吏の古手や金持ちの隠居などが、静かに余生を楽しむと云った風な、奥床しい構えのものが多いので、ちょいとした生垣の小路などを歩いて見ても、一種の落ち着きと寂びのある工合が、何処《どこ》となく京都の郊外を想い起させます。それらの家々の周囲には大概ささやかな溝があって、山から来るらしい清冽な水がさらさらと流れて居たり、こんもりとした竹藪がところどころにあったりするのも、そう云う風情を助けて居たに違いありません。徳川時代の「根岸の里」などと云うところも、大方こんな風ではなかったのかと、私は歩きながら考えました。東京に住んで居ると、めったに花の香《におい》を嗅ぐ時はありませんが、此の辺では非常によく花が香います。梅の香や、丁子の香や、そんなものが、ふいと、道を通って居る時に微かに鼻を襲って来ます。そう云えば土の色なぞも、下駄の歯に快く触るくらいな湿りを帯びて黒ずんで居て、埃の立つようなことはなく、山が近いせいか地層の下は岩から出来て居ると見えて、雨上りにもぬかるみになるわけではなし、却って立ち昇る水蒸気の中に、花の香《におい》のそれに似たほのかな薫が感ぜられます。私は木々の間でしきりなしに囀る小禽の声を耳にして、藪鶯でも啼きそうなものだと思いながら、やがて町を抜けて公園の方へ出かけました。

公園へ行くには、此の町の停車場から某温泉地へ通う電車路を越えるのですが、その温泉のある山はつい二三里の近くにあって、頂きの方にはまだ銀色の雪を積みながらも、何となく春めいて来た霞の底に紫色の襞を曳いて居る姿が、打ちつづく人家の屋根の上に、ゆったりと、冬の間とは違った形で懐しく円々と眺められます。その山の裾がずうッと伸びて来たところに、此の町を囲むいくつもの愛らしい丘があり、それらの丘の南を向いたなだらかな斜面には、蜜柑畑が沢山に作られ、又そこからは海を見晴らすことが出来るので、或る宮殿下の御別邸だと云う露台や尖塔のある白塗の西洋館や、その外眺めの好さそうなさまざまな家屋が、松林だの梅林だの竹藪だのの間に、ちらちらと隠見して居るのです。で、私はその丘の下をぐるりと廻って、お城の濠端から公園の方へ出たのでした。公園と云っても極く小いさなものですけれども、今も云うような愛らしい丘が三方を取り巻いて、恰《あたか》もアンフィセアタのような環を成して居る中に、いかにも子供の遊び場に好さそうな、木の一本もない、平《たいら》な芝生がひろがって居て、或る和やかな感じを抱かせるのです。そして北の方の丘には、此の町の名所の一つに数えられる見事な梅林がありました。何でも此の芝生は昔は城内の侍の馬場だったのだそうですが、うらうらとした春の日永なぞに、こんな所でポクポクと馬を馴らした其の頃の武士の生活を想うと、羨しいような気がしないでもありません。今では西の小山に中学が出来て、夕方になると学生たちがその原っぱへ集まっては、野球の練習をして居るのを折々見かけることがあります。が、その日はやっと午《ひる》少し過ぎたばかりのことで、学生たちの姿も見えず、一人の人影もない公園はヒッソリとして居るのです。私は暫く、梅林の中にある茶店に腰かけ、そこに売って居る蜜柑をたべながら、穏やかな芝生の景色をずっと見渡して居ると、別に何と云う理窟もなしに、体中がゆっくりとくつろいで来るような、近来にない安らかな気持ちになるのでした。

私はそれから公園を出て、裏道づたいに、例の別荘のある丘の方へ登って行きました。そこは可なりな坂道になって居て、歩き難い所なのですが、登り詰めると南側の斜面がなだらかに展《ひら》け、その向うには、直ぐ眼の下にひろびろとした海が眺められます。ちょうど私の立って居る地点から、山つづきにだらだらと海へ突き出た半島があって、その半島の頸の所の深く湾入した海岸には、枝ぶりの面白い磯馴れ松が馬の鬣《たてがみ》のように列《なら》び、うねうねと鎖が揺れて居るような工合に白い波の打ち寄せる風情と云い、こってりした青い水の面に点々と光る白帆の影と云い、極く有りふれた、昔の石版画にでもありそうな景色だとは云うものの、さて其処へ来て見ると満更悪くはないもので、気が晴れ晴れとするのでした。一体此の丘の中腹は、日あたりのいいせいか町中でも一番暖かで、眼が覚めるように明るくて、じっと道端に休んで居ても、じりじりと汗が湧いて来るのです。で、元来なら此処が一等の別荘地になる筈ですが、路が狭い上にごろごろした石段などがあり、車が通わない為めか思いの外家が建て込んで居ないのでした。私はその町へ引越してからそんな所を歩くのはそれが二度目か三度目だったので、両側のきらきらした青葉がくれに、程よく散らばって居る洒落た門構えの邸だの、せせこましい傾斜を利用した気のきいた西洋館だの、垣根の隙間から覗かれる亭だの花壇だのを、ハテ、こんな所にこんなものがあったか知らんと思いながら、だんだんその石段の路を降りて行きました。そうして恰も降り口から半町ほど手前へ来た時でした。とある生垣の角に沿うて、――今までついぞ気が付かなかったことですが、――更に右の方へ曲るささやかな径があり、それをずっと伝わって行くと、そこに古ぼけた石の塀のある一軒の家を見出したのです。

その石の塀と云うのは、何しろ恐ろしく年数の立ったものらしく、ところどころ崩れかかって蔦だの雑草だのの生い茂って居る様子が、全く此の辺の別荘とは趣が違って居ました。昔此処にあった士族の邸の名残ででもあろうか、そして今では住む人もなく荒れ朽ちて空家になって居るのだろうかと、一と目見たところでまあそんな風に思われました。最初に私は、その家の裏側へ出た訳なので、森閑とした、廃墟のような塀に沿うて、突きあたりに見える竹藪の方へ通り過ぎようとすると、その時塀の内から或る奇妙な人声――か、又は鳥の啼きごえででもあるか、ガヤガヤと云う騒がしい音が、ふいと洩れて来たのでした。私は塀にぴったりと耳を附けて暫く聞いて居ましたが、なかなかその音は止みそうもないので、遂にはボロボロになった石の裂け目へ足を掛けつつ、塀が余り高くないのを幸いに、それへこっそりと這い上って行きました。と、蔦の繁みに顔を隠して中を覗き込んだ私の眼に、何より先に映じたのはそこの藤棚の蔭の、池の汀に居る一匹の鶴と、一人の支那服を着た少女でした。――――こう云ったからとて、決して夢の話ではなく、事実それがそこにあったに違いないのですけれども、しかしその時は私自身にも夢のような気がしたのです。さて、その鶴と少女とが遊んで居る庭は、丘の傾斜の一部分を円く抉り取ったような窪みにあって、矢張り塀と同じように荒れ果てて居ながら、何処か捨て難い雅致のあるものでした。と云うのは、今も云う通り狭い場所で、高い所や低い所がでこぼこに入り交った区域であるのに、その地形をそのまま応用して出来るだけの変化を持たせるように、こんもりした木立だの、明るい斜面だの、池の汀をうねって居る路だのを、非常に手際よく配置してあるのです。私の覗いて居る塀の向うには、十坪ばかりの地を隔てて、洞穴のように凹んだ、今にも泥が崩れ落ちそうな二三丈の高さの崖があり、それがずうッと北から東の方を塞いで、その蔭の薄暗いジメジメした所には、恰も濃い緑青で描いたかと思われる清新な竹の幹が、たった今地の中から抽んでたような潑溂とした色を示して細かに生え揃い、その藪の間からは一条の遣り水がちょろちょろと流れつつ、藤棚の周りを迂回して池へ注いで居ます。池は、それも余程古いものらしく、一面に青い水草が浮いて居るのですが、その水草の塊が折々ゆらゆらと微かに揺ぐ風情を見れば、水が腐って居るのでもなさそうです。そうして、ちょうど藤棚の下から、緑の苔が一杯に附いた平べったい石の板が突き出て居て、それが「亥」の字のような形に幾つも折れ曲った橋になって、向う岸の池の汀に続くところに、一本の新芽を吹いた柳の木が、ぼうぼうと打ち煙りつつたっぷりした枝を水面にさしかけて居ます。池のぐるりを縫って居る路は、その柳の蔭から次第に左手の丘の方へ伸びて行って、もうそこへ来ると全く地勢が打ち開けて明るく晴れ晴れしくなって居ました。築山と云う程でもない極く柔かな勾配を持ったその丘には、公園のそれにも劣らない見事な梅の古木が五六株植わって居る中に、支那の太湖石に似た岩がところどころに据えてあって、その先の方はどうなって居るのかハッキリ分らないけれども、多分それらの梅や岩で庭の景色が限られて居るらしく、丘がだらだらと降り坂になった方面に、ほんの少しばかり瓦葺きの屋根の一端の見え透くのが、此の邸の母屋だろうかと思われました。ですが、此れだけならば此の庭はさほど変って居るとは云えないかも知れません。私が以上に記したところは大体の地勢を述べたので、実は此の庭の眼目とも云うべきものは、一方の暗い竹藪と、一方の明るい丘との間に、池を前にして建てられた或る支那風の建物にあったのです。

それは、まあ譬えて云えば、箱根細工の組み物のように、全体が紫檀に似た木材で組み合せてあるかと思われる、二階建ての、非常に可愛らしい、やっと室内に人間が立てるくらいな楼閣でした。見ると、傍に一本の百日紅があって、きれいに洗ったような茶色の肌をしたその樹の幹が、恰も建物の屋根と背比べをして居るように思われたのでも、それがどんなに小さいかと云うことは分るのです。そうしてそんなにも可愛らしく、玩具の置き物のように見えたのは、一つには甍の瓦がまるで陶器で造ったかの如くつやつやとして居たからです。実際その楼閣の外観は、周囲の荒廃した景色の中に、つや布巾で拭き込んだような光沢を放ち、美しい瓦を載せた四方の軒先は、八字髭のようにピンと空へ撥ね上って居て、その下にある卍字つなぎの二階の欄干と共に、日本の建築には余り例のない空想的な曲線を弄んで居るのでした。全体こんなものが此の庭にあるのからして不思議ですが、飾り物にしては少し仰山だし、例の支那服の少女の事から察すると、或は支那人でも住んで居るのかと考えられました。が、私がそうやって眺めて居る間、階上の窓にも階下の扉にも、一様にその卍字つなぎの――欄干よりはずっと細かな卍字つなぎの――格子戸が静かに鎖されて居て、その格子の裏に張ってあるらしいガラス板がピカピカと輝く外には、誰も中から出て来そうなけはいもありません。やがて私の注意は、楼閣の正面に掲げてある一つの額に向けられました。少しく距離が遠いのでそれを読むには可なり困難でしたけれども、じっと視つめて居るうちに「鎖瀾閣」と書いてある楷書の字体が、だんだん分るようになって来て、なおその額の左右の柱に、それこそ細かくてとても読めはしませんけれども、一対の聯のかかって居ることや、その下に花崗石の石階があって、石階の左に大きなぐみの木が――全く、珍しく大きいぐみの木だと思いました、――あることや、それと並んで二三本の芭蕉の植わって居ることなどに、一つ一つ気が付いたのでした。

先の鶴と少女とは今話した石の橋のまん中あたりの所に居て、鶴は池の中に降り立ち、少女は橋の上にうずくまりながら、恰も睦しい友達ででもあるように遊んで居るのです。少女は、鯔か何かを入れてある壺をさし出してチョッ、チョッ、と、舌を鳴らしつつ、「さあ、此れをお上り、」――とでも云うのでしょうか、支那語らしいので意味は分りませんけれども、彼の国の言葉に特有な小禽の囀るようなキイキイした発音で、そう云って居ます。と、鶴の方でもしなやかな頸をヒョイヒョイと曲げながら、その壺の中へ鉄火箸のような嘴を入れて、獲物をカチンと挟むかと思うと今度はぐっと仰向けに空を望んで、嘴をカタン、カタン、と二三度たたいて、ゴムのようにぴんぴん体を弾いて居る小魚を、そのうねうねとした道中の長い項の奥へ、何となく窮屈で飲みにくそうに、然しながら又非常にうまそうに、ちょうど人間が頗る長い蕎麦を鵜呑みにする時のように、ずるずると一と息に送り込んでしまいます。送り込むと同時に鶴はぐっと唾液《つばき》を嚥んで、眼には切ない涙を溜めそうに思いますが、それは人間の考えで、彼女は猶も空を向いたまま、切なかったのか旨かったのか、兎に角ガアガアと鵝鳥の啼くような声で啼きます。さっき私が塀の外で聞いたのは、その鶴の啼き声と少女の言葉だったのですが、所謂「鶴の一とこえ」などと云うものも、そうやって聞いて見ると何となく騒々しいばかりで、あまり品の好いものでもありません。しかし、それは勿論声に就いての話であって、彼女の神々しい真白な体が、――多分その鶴は丹頂だったのでしょう、――ちょうど南へ廻った明るい午後の日を受けて、カッキリと反射して居る姿は、その傍に居る少女の絢爛な支那服と相映じて、暫く私をうっとりとさせずには居ませんでした。鶴が歩く度毎に池の面にどんよりとひろがる波紋、それへだんだらになって映る白い影、又その上へ赤や青の千代紙を刻んだようにチラチラと落ちる支那服の影、それを取り囲む真青な浮草、さてその浮草の上に更に金色の斑点を洩らす水辺の柳や藤棚の影、――そのさまざまな光と影の文《あや》の中に、例の少女は余念なく鶴をあやして居るのでした。年頃は十三四歳でもありましょうか、円顔の色の白い、眼元のパッチリした悧巧そうな子で、緋繻子に何かきらきらした花の刺繍のある上衣を着、濃い緑のズボンを穿いて、桃色の襪《くつした》に紅い切れの沓を穿いて居る姿は、絵にある唐子人形のように思えるのです。頭なぞも其れが支那の風俗と見えて、前髪を絹糸の房のように切り揃えて、クッキリと富士額なりに眼の両側へ垂らしてあるのが、やや不自然ではあるけれども、大へん可愛らしいあどけない感じを与えて居ます。それからその髪の蔭にちらついて居る翡翠の耳環だの、手頸に嵌めてある金色の腕環だの、凡べてそれらのケバケバしい色彩が、非常に天気の好い、朗らかな春の真昼の、森閑とした庭の中に、金魚の鱗のようにぎらぎらとする様は、ちょっと譬えようのない美しさで、考えて見るとどうしてこんな少女が此処に居るのか、不思議でならない気がするのでした。第一、此の町に支那人が住んで居るのも奇妙ですし、こんな所に鶴を飼って居る邸があろうなどとは、ついぞ噂にも聞いたことはありません。で、私は時の移るのも知らずに、じっと石塀にしがみ着いたまま、気長に中を覗き込んで居ました。

すると、先《さつき》から三十分も経った時分でしたろう、餌をたべてしまった鶴が、チョコチョコと池の汀の柳の木の側へ駈け上ると、少女も後を追って行って、又そこで一緒になって遊んで居る様子でしたが、その時ギイと云う重々しい音がして、鎖瀾閣の扉が開いて、中から四十恰好の、痩せた、黄色い顔をした、黒繻子の服を纏った一人の支那人が出て来ました。その男は、口の周りと頤の先にちょんびりと薄髯のある、見るから気むずかしそうな眼つきの人物で、まだ腰が曲ると云う年頃でもないのに、やや俯向き加減に、両手を背中へ廻して、ムッツリと不機嫌らしく黙り込んだまま、閣の前から右へ藤棚の下を通って橋の方へ歩いて来たのです。そうして、少女の方を見て、何か話しかけたそうに口の中をもぐもぐやらせて、その癖斯う、――何となく極まりの悪そうな、モジモジ躊躇するような風をしながら、じっと佇んで居るのでした。と、少女も其の男を見て最初は無邪気に笑いましたが、次第に悲しげな顔つきになり、彼の傍へ行ったものか行かないものかと、相手の心持ちを測りかねて居るようでした。が、男は耻かしそうな横眼を使って、時々偸むように少女の方を見るだけで、呼びもしなければニコリともしません。それが又少女には一層悲しいのであるらしく、その利発そうな眼に涙を潤ませ、今にも泣きそうに眉を曇らせつつ、もう鶴の事も忘れてしまったように、何か知ら考え込んで居るのです。やがて彼女は、恐る恐る立ち上って、その男の顔色を気に病むような作り笑いを浮かべながら、遠慮がちに傍へ寄って行きました。男は少女の近づくのを見ると、いよいよ極まり悪そうに、こそこそと逃げて行きそうにしましたけれども、その時彼女は直ぐ側へ来て、手を執らんばかりにして、甘えるような、訴えるような声で話しかけたのです。男がそれに対して何と云ったのか、――勿論支那語で、而も早口で、極めて曖昧に一と言二た言もぐもぐと云っただけなので、聞き取ることは出来ませんでしたが、云ってしまうと、彼ははっとしたように顔を擡げて、急にキョロキョロとあたりを見廻しました。その疑ぐり深そうな、臆病らしい眼は、グルリと庭を一と周りした後、今度は塀の上へ注がれて、私が首を引込める暇もなく、ジロジロと此方へ向けられたのです。

しかしそうなってから慌てて引込めるのも変なものなので、私は猶もそうしたまま動かずに居ると、男は始め蔦の蔭にある私の顔を何か外の物体と思い違えたらしく、暫く不思議そうに見て居るうちに、漸くそれと分るや否やぎょっとしたように瞳をひろげて、それから又改めてジロジロと、念入りに睨み詰めました。睨まれて居た間は半分ぐらいだったでしょうか、私がもう少し頑張って居ればどうなったか知れませんが、その間男は黙って、腹立たしげな眼をイライラと見据えて居ただけで、怒鳴ろうともしなければ手を挙げそうにもしないのです。私はその刹那、「ひょっとしたら此の男は気違いじゃないか、」と、思いました。それと同時に、その男の黄色い顔つきが非常に無気味に感ぜられて来たので、ズルズルと塀を滑り降りてしまったのです。そして突きあたりの竹藪へ出て、そこから或る浄土宗の寺の境内を横ぎり、電車通りの方へ丘を下って行きました。

「おい、おい、今あすこの丘の所で不思議なものを見て来たんだぜ。」

家へ帰ると、私はそう云って、早速妻に話しかけました。すると妻はその邸の事を精しく知って居るらしく、私の迂濶さを笑うのです。

「だって、己は知らなかったんだから仕方がないサ、今迄そんな噂を一度も聞いたことはなかったからネ。」

「そりゃあなたが悪いんだワ、いつも書斎にばかり立て籠って居て、碌に口も利かないんですもの。此の町中に知れ渡ってる事だって、あなたが知らないのは無理もないワ。」

「だが何にしても、あんな所にあんなものがあるのは不思議じゃないか。あの支那人の男と女の児とは一体何者だネ、あれは親子なのかネ。」

「あなたの見た女の児ッて云うのは、いくつぐらい？」

「そうさネ、十三か、十四ぐらいだったろうネ。」

「ああそう、それじゃやっぱり親子なのよ、けれども二人とも支那人じゃないのよ。」

「支那人でもないのに、支那語を使って、支那服を着て居るのかい？」

「ええ、そうよ。」

それから、妻はその邸の事を知っているだけ話してくれましたが、聞いて見ると面白い事実なので、私は其の後此の町の知人に会う毎に、いろいろ問い質して見たのでした。で、その邸の謂われと云うのは、ざっと次ぎのような事なのです。——

一体、此の町は旧幕時代に何十万石かの或る大名の城下で、問題の邸は、矢張り私が推察した通り、その大名に先祖代々仕えて居た星岡と云う医者の住居だったのです。そして、維新後になってからも、今の主人の祖父にあたる人が明治三十年頃までそこに住んで居て、医を業とする傍漢籍や詩文の道楽に耽って居たので、今残って居る庭はその時分にそのお爺さんが、大体の形を造ったのだそうです。尤も、鎖瀾閣と云うのは後に出来たので、もとは其処に梅崖荘と云う草庵があって、それがお爺さんの隠居所になって居た。何でもお爺さんは八十幾つまで生きた人で、当主の靖之助は、――それがあの支那服を着た男なのです、――父が早く亡くなった為めに、そのお爺さんと母親の手で育てられました。一人息子で、非常に我が儘な子だったそうですが、彼の中学時代にお爺さんが亡くなってからと云うものは、母親と二人きりで淋しく暮したせいか、だんだん性質が陰鬱になって来て、やがてはその陰鬱を紛らす為めに酒を飲んだり芸者買をしたりして、始終母親に心配の種を蒔いたのでした。彼が東京の帝大の文科を出たのは三十七八年頃のことで、その時分は放蕩生活がますます募るばかりだったのです。文学士になっても職業を求めるではなし、仕事らしい仕事もせずに、金さえあれば幾日でも東京へ遊びに行ったきりで、たまに帰って来ると例の梅崖荘へ引き籠ったまま、お爺さんの遺して行った漢籍を読み耽って居る。もともと、彼が文学をやるに就いては、母親は大の不賛成だったので、「医科をやるように」と云う祖父の生前の言葉もあり、先祖の業を受け継ぐように勧めたのですけれども、靖之助はどうしても承知しなかったのです。そして、最初英文科へ這入って、一年ばかり経つと嫌になって哲学科へ移り、又一年経つとそれも嫌になって漢文科へ移り、五年もかかってやっと大学を出たのでした。

母親は伜の身を堅めさせようといろいろ気を揉みましたが、何分当人がそんな風で、とても結婚する意志なぞはないらしく、手の附けようがなかったのです。道楽をするにも別に惚れた女がある訳ではなく、ただ焼け糞に茶屋酒を飲んで、家に居れば一日ムッツリと鬱ぎ込んで居る、そうして為す事もなくブラブラと日を送るより外に、彼には何の楽しみもないようでした。其の頃の話ですが、靖之助はよく、「日本は詰まらない、何処か外国へ行ってしまいたい」と、口癖のように云って居たそうです。「母親が居なかったら、疾うに外国へ行ってるんだが、」と、縁組の相談などを持ち込まれると、きまって彼はそんな愚痴をこぼしたそうです。然るに、その変り者の靖之助が、どう云う風の吹き廻しか、ふいと母親の頼みを聴き入れる気になって、極く有り来たりの方法で嫁を迎えたのは、彼が二十七の歳でした。そのお嫁さんの里は、やはり此の町の旧家で、昔の家老職の家柄でした。お嫁さんの名は

「しづ」と云って、町でも評判の器量の好い娘でしたから、靖之助も満更いやではなかったのでしょう。まあそんな訳で、たやすく結婚を承諾したのだろうと、当時の人々は噂しました。で、結婚後の一二年は彼も生れ変ったようになり、土地の中学に漢文の教師を勤めて、母との折合もよく、そのうちには照子と云う女の児も生れるし、夫婦は睦じく暮らしました。母は、照子が生れると間もなく、安心したせいか病気になって、或る年の冬、たしか明治四十二年頃に、亡くなったのです。そうして靖之助の心が、再び青年時代の懊悩と寂寞とに囚われ始めたのは、その事があってから間もなくでした。

それは或は、妻のしづ子の性質が彼に満足を与えなかった事が、原因の一つだったかも知れません。なぜなら、しづ子は高雅な人品の婦人でしたけれども、昔風な士族の家に育てられたので、云わば透き徹った湖水のような、静かな、何処か俤に淋しみのある、内気な人だったのです。靖之助は彼女に対して不平を云ったり、叱ったりしたことはないのですが、無言の裡にだんだん余所余所しい素振りを見せるようになりました。彼女は、良人が終日一と言も口をきいてくれなかったり、飯もロクに喰わなかったり、家庭の空気を厭うようにコソコソと梅崖荘へ逃げ込んだきり、昼も夜も出て来なかったりするのを、大人しく、じっと堪えて居なければなりませんでした。「お気遣いな事があるなら、仰しゃって下さい。」と、たまにそう云って尋ねても、「いや、お前に云ったところで仕様がない、お前には何も悪いことはないのだから安心するがいい。」と、良人はただそう云うのです。そして、「日本は詰まらない、日本の国に居たくない。」と結局はそれを云い出します。彼の様子は、妻に限らず、此の町の凡べての人に、——事に依ると人生全体に、強い反感を抱いて居るようでした。勿論中学の教師も罷めてしまって、陰鬱の度は若い時よりも尚激しく、もうとても酒の力や芸者遊びでは慰める術もないのでした。彼がそういう孤独な時を如何にして過したかと云えば、古本が一杯詰まって居る梅崖山荘の書棚を漁って、支那の文学と云う文学なら、詩詞であれ、戯曲であれ、小説であれ、稗史であれ、手あたり次第に抽き出しては気の向くままに拾い読みして居たのです。彼の祖父は槐南や岐山と詩の応酬をした人なので、「梅崖詩稿」と云う草稿がありましたが、靖之助はそれを始終傍に置いて、自分でも折々詩を作って居ました。その詩は誰にも見せなかったので、巧拙は分りませんけれども、恐らく彼はそれに依って、纔かに遣るせない情懐を述べて居たのでしょう。が、町の人々は云う迄もなく皆しづ子に同情しました。しづ子は其の時分、どんなに貞淑に、どんなに温順に、良人に仕えたか。我が儘な病人のような良人に疎まれれば疎まれるほど、一と入優しくして、痒い所へ手の届くようにいたわってやった彼女の心がけは、当時町中での褒めものになって居たのでした。彼女も亦、そうして居ればいつかは良人の胸の解ける時もあろうと、それを楽しみにして居たに違いありません。

こうして、苦しい切ない夫婦の生活が、お互いに動きが取れないほど行詰まってしまった時、靖之助は或る日ヒョッコリと、「支那へ行きたい」と云い出したのだそうです。それも、支那へ行って来るのではなく、行きっきりに、もう日本へは帰って来ないと云うのでした。彼が突然そんな事を云い出したに就いては、どう云う立ち入った訳があるのか、それは未だに、誰もハッキリ知って居る者はありません。知って居るとすれば妻のしづ子だけでしょうが、靖之助は彼女にも、精しい事は話さなかったようです。要するに平素から支那文学を好み、身の周りの器具なぞも出来るだけ支那製のものを用い、支那に対しては余程強い憬れを持って居たようですから、それが昂じた結果、遂にそんな気になったのかも知れません。町の人はどうせロクな事は云わないで、物好きにも程があると取り沙汰をしましたが、当人は真面目でその覚悟を妻に告げたのです。その時の彼の言葉として伝えられる所に依ると、自分は支那の文明と伝統の中で生き、そこで死にたい。自分にしろ、祖父にしろ、兎も角も此の貧弱な日本に生きて居られたのは、間接に支那思想の恩恵に浴して居たからだ、自分の体の中には、祖先以来、支那文明の血が流れて居る、自分の寂寞と憂鬱とは支那でなければ慰められない。と云うのでした。で、その決心を遂行する為めにいろいろ細かい点まで考えて置いたらしく、自分が居なくなってからの妻子の身の振り方や、暮らし向きの事や、財産の処分などを、スッカリ取り極めて云い含めたのです。「長々お前にも世話になったが、もう一生会えないものと思ってくれ、己が此の後何処で死のうとそんな事は心配しないがいい、ただ照子の事だけは、勝手ながらお前に頼む、此の頼みを己の遺言だと思ってくれ。」と、彼はそう云ってしづ子に別れを告げ、家屋敷を初め全部の不動産を彼女に与えて、後々の生活に困らないだけの計らいをしました。しづ子の意向次第では離縁の手続きをする積りでしたけれども、それだけは彼女が許してくれろと云ったそうです。自分は何処までも星岡家の人として、あなたの妻として死なせて貰いたい。此の家屋敷と照子とをあなたの形見として、あなたの居らっしゃらない後も、居らしった時と同じ心持ちで暮らしたいと、彼女はそう云いました。靖之助もそれには逆らわずに、不動産の外に幾らかの動産があったのを現金に換え、――その額は二三万円だったとも、六七万はあったろうとも云われて居ます。――それを持って、とうとう支那へ行ってしまったのです。

勿論、靖之助はそれきり何の便りも寄越しませんでした。しづ子は、当時やっと五つか六つになって居た照子を相手に、嘗て良人の前で誓った通り、貞淑な心を幾年も幾年も持ち続けつつ、佗びしい生活に堪えて居ました。彼女が、三度の食事にも良人に蔭膳を据えた事や、祖父や姑の仏事などをも常に怠りなく営んだことは、未だに美談として此の町の語り草になって居ます。こうして、照子が十二の歳になるまで、六七年の歳月が過ぎたのです。然るに、今から一年ばかり前、去年の正月の或る寒い晩に、――それがちょうど、彼が立ってから七年目になるそうですが、――靖之助は思いがけなくもフイと帰って来て、永久に捨ててしまった筈の、我が家の門口に立ったのでした。もう其の時は見る影もなく痩せ衰えて、懐には一文の金もなかったそうです。「しづ子、許してくれ、己はやっぱり意気地のない人間だった、己を哀れな男と思って、何卒此の家の中に入れてくれ。」彼はそう云って妻の前にひれ伏し、昔に変らぬ彼女の情に縋りました。しづ子と照子とが涙を流して、彼を歓び迎えたのは云う迄もありません。が、茲に断って置かなければならないのは、靖之助は一人で帰って来たのではなく、奇妙な二つの土産物を携えて来たのです。その一つは私があの庭で見た鶴でした。そしてもう一つは、それもあの鶴のような優しい姿をした、十七八の可愛らしい支那の婦人でした。我が儘な靖之助は、日本が恋いしさに戻って来ながら、やはり支那を忘れることが出来なかったのです。彼は一旦しづ子に与えた家屋敷を取り返して、置き所のない自分の身をそこに落ち着かせ、支那の鶴と支那の婦人とを朝夕の友としつつ、煩いのない、好きな生活を営もうとしたのです。

靖之助は七年の間、支那で何をして居たのか、持って行った金は何に使ったか、それも一向纏まった事は分って居ませんが、つまりはまあ、その金を贅沢に使い流して、したい三昧の楽しみに耽って、所々方々を流浪して居たらしいのです。彼は照子が、「支那はいい所ですか」と聞いたとき、未だに消えやらぬ夢を趁うような眼つきをして、「いい所だ、絵のような国だ」と答えたそうです。それから、その婦人との関係に就いては、彼女が楊州の生れであること、彼と彼女とはもう五年も連れ添って居る仲で、或る時は共に杭州に住み、或る時は蘇州に所帯を持ち、鎮江、南京などにも暮らして居たこと、その後二人して長江の沿岸を此処彼処と経廻り、安慶に行き、蕪湖に行き、南昌に行き、岳州から湘潭に行き、遂には蜀の成都に這入って、昔杜子美の浣花草堂のあった附近に、一年あまりも逗まって居たこと、そうして一昨年の夏、峡を下って再び南へ戻って来たこと、今ではもう、彼女なしには一日も生きて居られないこと、——それらのことを、彼はぽつぽつと曖昧な口調で、恥かしそうにしづ子に語りました。自分の為めを思ってくれるなら、何卒此の女を粗略にしないでくれ、此の女が傍に居てくれれば、自分は日本に居ても支那に居られる、自分は「支那」を愛するように此の女を愛する、自分が憧れる「支那」の凡べては、今では此の女と鶴にあるのだと、そう彼は云うのでした。結局しづ子は、良人が帰って来たことは、ほんとうの意味で帰って来たのではないことを、悟らなければならなかったのです。彼女はほっと安心する暇もなく、今迄よりも更に辛い思いを、忍ばなければならなかったのです。

靖之助が帰ってから間もなく、或る日支那から材木だの瓦だの、種々な建築材料が届きました。それが着くと、靖之助は待ち構えて居たように大工を庭へ入れて、長い間住む人もなく荒れ果てて居たところの、——しかし、祖父以来深い由緒のある梅崖荘を、取り壊してしまいました。そしてその跡に、自分が一々指図して、それらの材料を組み立てました。それがあの鎖瀾閣だったのです。鎖瀾閣が出来上ると同時に、靖之助は支那の女をつれて其処へ閉じ籠ってしまったまま、今日になるまで、そうして住んで居るのです。

その邸の謂われと云うのは、大体以上のような訳ですが、私がその日塀の上から見た少女は、その支那の婦人ではなく、娘の照子なのでした。照子がなぜ支那服を着、支那語をしゃべって居たかと云えば、それには又一つの哀れな物語がなければなりません。

照子の父は、初めのうちこそ母や彼女に優しい言葉をかけもしましたけれども、鎖瀾閣の普請が出来て、その方へ引き移ってしまってからは、再び昔の、冷めたい人になってしまいました。彼はもう、日本語を一と言もしゃべらないで、いつも支那の女とばかり、何か楽しげに支那語で話し合って居ました。そしてそんな時にはまるで別人のような、機嫌の好い笑い声さえ洩れて来ることがあったのです。照子は屢々その笑い声を聞きました。と云うのは、外の者はめったに父の住居へ近寄ることは許されなかったに拘らず、照子だけは、折々こっそりと閣の傍へやって来ても、父はそんなに嫌な顔をしませんでした。彼もさすがに自分の子は可愛かったと見えて、彼女が池の滸などに、じっと悲しげにイみながら考え込んで居たりすると、――照子はそう云う児だったのです。日蔭者のようにして育ったせいもあるでしょうが、陰鬱な父の性癖を受け継いだ、神経質な児だったのです、――それを見て見ない振りをしたり、時にはなつかしげに彼女の姿を窺ったり、それを照子に感付かれると極まり悪そうに顔を赧くしたり、又或る時などは二階の欄に凭れて、支那の女と二人で、彼女を見下しながら何かぺらぺらと噂をし合ったりするのでした。照子は次第に馴れて、始終庭へ来て遊び、遂にはあの鶴とも友達になりました。彼女が鶴と遊んで居ると、支那の女はそれを面白がって何か支那語で話しかけたりする事がありました。そしてその女が興がる時は、父の機嫌も悪くはありませんでした。照子はそんな風にして少しでも父の笑顔に接するのを、せめてもの楽しみにしたのです。

彼女に支那服を着せたのは、良人に対するしづ子の優しい心づかいだったのです。自分は良人に会うことも、言葉をかけて貰うことも出来ない、が、照子だけは良人の気に入るようにさせてやりたい、そう思った彼女は、密かに横浜から支那服を買って来て、それを或る日照子に着せて、良人の許へ送ったのです。靖之助はそれを見たとき、悲しいような嬉しいような、不思議な顔つきをしましたが、その後は前よりも又心が解けて、屢々笑顔を見せるようになりました。照子は或る時父の機嫌の好い折を窺って、思い切って物を言いかけて見ました。と、父はたった一と言、「己は日本語は話さないぞ」と云い捨てて、すたすたと部屋へ這入ってしまったのです。けれども、それから一と月ほど過ぎて、照子がふいと、支那の言葉で、而も浙江の訛のある音で、彼に話しかけた時の父の驚きと喜びとはどんなでしたろう。彼女は支那の女が何くれとなく自分に物を云いかけるのを、分らないながらも聞き覚えて、いつの間にか片言交りにしゃべれるようになったのでした。その女は照子をいとしがって、綺麗な服だの沓だのを与えたり、簪や耳環をくれたり、髪の結い方などを教えてやったりして、その間に自然と言葉を習わせたのでした。

「お父さんはいつになったら、日本語をお話しになるのでしょうか。」

照子が、漸く自由に会話する事が出来るようになってから、父に尋ねたのはそれでした。
「己は一生日本語は話さない。」
父はそう答えて、ひどく機嫌を損ねました。それからと云うものは、彼は再び、あまり照子に馴れ馴れしくされるのを、厭うような風になったのです。

私はその後、あの建物の中に居る支那の女を見たいと思って、たった一遍、たしか五月の半ば頃に、あの塀の上へ登ったことがありました。が、人影のない静かな庭には鶴が歩いて居るばかり、楼閣の扉はひっそりと鎖されて居るのでした。そうしてただ、藤棚の花が紫の房を垂れ、池の面には睡蓮がただよい、水辺の柳が日に光りながら、びっしょりと濡れたような枝をさしかけ、南の丘の太湖石のほとりに、大輪の芍薬が咲き狂って居るのを見ただけでした。

然るに、つい五六日過ぎて、その美しい静かな庭に一つの椿事が起ったのを、私は知りました。その出来事は此の町の人々の口から口へ伝えられて、珍しい騒ぎになりました。――と云うのは外でもなく、照子が或る日、その庭で支那の女を短刀で殺してしまったのです。その可愛らしい殺人が行われたのは、天気の好い、きらきらした初夏の真昼のことでした。支那の女は、今まで鶴と遊んで居た照子に、不意に斬りつけられてキャッキャッと叫びながら、庭中を逃げて歩きました。その叫び声を誰も気に留めなかったのは、鶴の唳き声だと思ったからだそうです。彼女は、やっと照子と同じくらいな小柄な女で、而も非常に小いさな足を持って居たので、実際鶴が歩くようにチョコチョコと走りながら、池の周りを逃げ廻って南の丘の方へ駈けて行きました。二人の支那服を着た少女は、そこに咲いて居る芍薬の花のほとりを追いつ追われつして、遂に取っ組み合ったまま、芝生の上をころころと柳の木の蔭へころげて来ました。照子はそこで相手を組み伏せて、日本語で「お母さんの敵」と云って、彼女の喉へ、ブツリと短刀を突き刺しました。

殺される時の支那の女の悲鳴が、それが又、鶴の唳き声にそっくりだったと云う話です。

（大正十年六月作）

支那趣味と云うこと

支那趣味と云うことは、単に趣味と云ってしまうと軽く聞えるが、しかし案外われわれの生活に深い関係を持っているようである。われわれ今日の日本人は殆ど全く西欧の文化を取り入れ、それに同化してしまったように見えるが、われわれの血管の奥底には矢張支那趣味と云うものが、思いの外強い根を張っているのに驚く。私は近頃になって特に此の感を深くする者である。私もその一人ではあるが、嘗ては東洋の芸術を時代後れとして眼中に置かず、西欧の文物にのみ憧れてそれに心酔した人々が、或る時期が来ると結局日本趣味に復《かえ》り、遂には支那趣味に趨《はし》って行くのが、殆ど普通のように思われる。特に洋行して来た人々には一層それが多いようである。私は主として芸術家の場合を云うのであるが、しかし今日五十歳以上の紳士で、多少教養のある人々の持つ思想とか、学問とか、趣味とか云えば、大概は支那の伝統が基調を成して居る。政治家、学者、実業家の古老などで、拙劣な漢詩を作り、書道を学び、多少なりとも書画骨董に親しまない者はないと云ってよい。彼等は皆子供の時分に彼等の祖先が代々学んで来た支那の学問で育てられた。そして一時は西洋かぶれした時代もあったが、歳を取ると共に再び祖先伝来の思想に復帰してしまうのである。「今日、支那芸術の伝統は最早や支那では滅びてしまった、それは寧ろ日本に残っている」と、或る支那人が嘆じたと云う事を私は友人から聞いた。その言葉はたしかに一面の真相を穿《うが》って居る。が、支那自身と雖《いえど》も、今では支那の知識階級全体が恰《あたか》も日本の鹿鳴館時代の如く、ほんの一時の欧米心酔に囚われて居るので、やがては国粋保存主義に眼醒める時があると思う。支那の如き独特の文化と歴史とを持った、保守的な国柄に於いて、それは一層明かな事だと考えられる。

私は、斯くの如き魅力を持つ支那趣味に対して、故郷の山河を望むような不思議なあこがれを感ずると共に、一種の恐れを抱いて居る。なぜなら、余人は知らないが私の場合には、その魅力は私の芸術上の勇猛心を銷磨《しょうま》させ、創作的熱情を麻痺させるような気がするから。

――此の事は他日委《くわ》しく書く時もあろうが、支那伝来の思想や芸術の真髄は、静的であって動的でない、それが私には善くない事のように思える。――私は、自分が、特に誘惑を感ずるだけ、尚更恐れて居るのである。私も子供の時には漢学の塾へ通ったし、母は私に十八史略を教えたものであった。此の頃の中学校などで無味乾燥な東洋史の教科書を教えるよりも、あの面白い教訓と逸話に富む漢籍の方が、どんなに子供の為めになるか知れないと、今でも私はそう思うのである。そして其の後、一度は支那へも遊びに行って来た。私は支那を恐れながらも、私の書棚には支那に関する書籍が殖えて行くばかりである。止そう止そうと思いながら、私は時々二十年も前に愛読した李白や杜甫を開いて見る。「ああ、李白と杜甫！　何と云う偉大な詩人だろう！　沙翁でもダンテでも果して彼等よりえらかったろうか？」と、読む度毎に私はその詩の美に打たれる。横浜へ移転して来て、活動写真の仕事をし、西洋人臭い街に住まい、西洋館に住んで居ながらも、私のデスクの左右にある書棚の上には、亜米利加の活動雑誌と共に高青邱や呉梅村が載って居る。私は仕事や創作の為めに心身が疲れた時、屢々《しばしば》それらの雑誌や支那人の詩集を手に取って見る。モーション・ピクチュア・マガジンや、シャドオ・ランドや、フォオトオ・プレエ・マガジンなどを開く時、私の空想はハリーウッドのキネマ王国の世界に飛び、限りない野心が燃え立つように感ずるが、さて一と度び高青邱を繙くと、たった一行の五言絶句に接してさえ、その閑寂な境地に惹き入れられて、今迄の野心や活潑な空想は水を浴びたように冷えてしまう。「新しいものが何だ、創造が何だ、人間の到り得る究極の心境は、結局此の五言絶句に尽きて居るじゃないか」と、そう云われて居るような気がする。私はそれが恐ろしいのである。

此の後の私はどうなって行くか、――今のところでは、成るたけ支那趣味に反抗しつつ、やはり時々親の顔を見たいような心持で、こっそりと其処へ帰って行くと云うような事を繰り返している。

人面疽《じんめんそ》

歌川百合枝《うたがわゆりえ》は、自分が女主人公となって活躍して居る神秘劇の、或る物凄い不思議なフィルムが、近ごろ、新宿や渋谷辺《へん》のあまり有名でない常設館に上場されて、東京の場末をぐるぐる廻《まわ》って居ると云う噂を、此の間から二三度耳にした。それは何でも、彼女がまだアメリカに居た時分、ロス・アンジェルスのグロオブ会社の専属俳優として、いろいろの役を勤めて居た頃の、写真劇の一つであるらしかった。見て来た人の話に依ると、写真の終りに地球のマアクが附いて居て、登場人物には日本人の外に、数名の白人が交って居る。日本語の標題は「執念」と云うのだが、英語の方では、「人間の顔を持った腫物《できもの》」の意味になって居る、五巻の長尺で、非常に芸術的な、幽鬱にして怪奇を極めた逸品であると云う評判であった。勿論、百合枝のアメリカで写したフィルムが、日本の活動写真館に現れたのは、今度が始めてではないのである。彼女が帰朝する以前にも、グロオブ会社から輸入された五六種の映画の中に、おりおり彼女の姿が見えて、欧米の女優の間に伍してもおさおさ劣らない、たっぷりとした滑らかな肢体《したい》と、西洋流の嬌態に東洋風の清楚を加味した美貌とが、早くから同胞の活動《かつどう》通《つう》に注意されて居た。写真の面《おもて》に出て来る彼女は、日本の婦人には珍しいほど活潑で、可なりな冒険的撮影にも笑って従事するだけの、胆力と身軽《みがる》さとを備えて居るらしく、女賊とか毒婦とか女探偵とか、妖麗な、そうして敏捷な動作を要する役に扮するのが、最も得意のようであった。殊に、いつぞや浅草の敷島館に上場された、「武士の娘」と題する一篇などは、キクコと呼ばれる日本の少女が、某国の軍事上の秘密を探るべく、間諜となって欧亜の大陸を股にかけ、芸者だの貴婦人だの曲馬師だのに変装すると云う筋で、女主人公のキクコを勤める百合枝の花々しい技芸は、一時公園の観客を沸騰させたものであった。彼女が去年、東京の日東活動写真会社の招聘を受けて、前例のない高給を以て抱えると云う条件の下《もと》に、四五年ぶりでアメリカから戻って来たのも、あの写真が内地人に多大の人気を博した結果なのである。

しかし百合枝には、「人間の顔を持った腫物《できもの》」などと云う戯曲を、嘗て一度も演じた覚えがないように感ぜられた。その写真を見たと云う人から、劇の内容や一々の場面に就いて、委しい説明を聞かされても、彼女は自分が、いつそんなものを撮影したのか、全く想い浮べる事が出来なかった。仕組まれて居る事件の発端は、或る暖い、広重の絵のようになまめかしい、南国の海に面した日本の港の、――多分長崎か何処かであろう。――入江《いりえ》に沿うた街道の遊廓に住む、菖蒲太夫《あやめだゆう》と云う華魁《おいらん》の話から始まって居る。町中で第一の美女と歌われて居る華魁が、夕暮になると何処《いずこ》ともなく聞えて来る尺八の音《ね》に誘われて、湾内の景色を望む青楼の三階に、龍宮の乙姫のようなあでやかな姿を見せながら、欄干に靠《もた》れて恍惚と耳を傾ける。尺八の主《ぬし》は、とうから彼女に恋い憧《こが》れて居る賤しい穢《きたな》い、青年の乞食なのである。せめて男と生れた効《かい》には、一夜なりとも彼《あ》の華魁の情《なさけ》を受けて、心置きなく此の世を去りたい。――そう云う願いを、人知れず胸の奥に秘めて居る青年は、自分の貧しい境涯を喞《かこ》ち、醜い器量を耻《は》じる余り、いつもたそがれの闇に紛れては、海岸の波止場の蔭にさまよいでて、一管の笛を便りに、よそながら華魁の顔を垣間見《かいまみ》るのを楽しんで居る。此の哀れな乞食の外にも、彼女に魂を奪われる者は多勢あるが、遂に一人も、彼女から真の情熱を報いられた客はない。それもその筈、彼女は去年の春の末に、此の港に碇泊したアメリカの商船の船員と、仮りの契りを結んでから、明けても暮れても其の白人の俤を忘れかねて、再会の約束をした今年の秋を待ち侘びつつ、乞食の尺八が聞える度に、ぼんやりと沖の帆を眺めて、物思いに沈んで居る。………

此れが映画の序幕であって、やがてアメリカの船員が港へ戻って来る事になる。菖蒲太夫の愛に溺れた白人は、如何にもして彼女を故郷へ連れて行こうと焦りながらも、莫大な身請けの金を工面する道がないので、彼女を遊里から盗み出した上、商船の底に隠してアメリカへ密航させようとする。彼は、此の計画を遂行する為めに、例の笛吹きの乞食を説いて、相棒になって貰うのである。或る夜ひそかに華魁が妓楼の裏口から忍んで出ると、其処に待ち構えて居る白人が彼女を大きなトランクに入れて、荷車に積んで、其れを乞食に預けたまま、自分は何食わぬ顔で商船へ帰ってしまう。乞食は町はずれの寂しい浜辺の、彼が毎晩雨露《あめつゆ》を凌いで居る古寺の空家《あきや》へ、荷車を曳いて行って、華魁を入れたトランクを本堂の須弥壇《しゅみだん》の傍《かたわら》に匿《かくま》って置く。数日を経て白人は、夜の深更に及んだ頃、一艘の艀《はしけ》を寺の崖下の波打ち際に漕ぎ寄せて、乞食の手からトランクを受け取り、首尾よく本船へ積み込もうと云う策略である。乞食は喜んで白人の頼みを諾したが、仕事が成功した暁には、どうぞ自分に金銭以外の報酬をくれろと云うのであった。彼は今迄誰にも語らなかった切なる胸の中を打ち明けて、「華魁の為めに働くことなら、私はたとい命を捨てても惜しいとは思いません。かなわぬ恋に苦しんで居るより、私はいっそ、華魁がそれ程までに慕って居るあなたの為めに力を貸して、お二人の恋を遂げさせて進ぜましょう。それが私の、華魁に対するせめてもの心づくしです。けれどもあなたが、此の見すぼらしい乞食の衷情を、若し少しでも可哀そうだと思し召して下すったら、幸い華魁をあの古寺へ匿って置く間だけ、或はたった一と晩だけでも、どうぞ体を私の自由にさせて下さい。後生一生のお願いでございます。………」こう云って、あまたたび額を地に擦りつけて、涙を流して拝むのである。「………去年の春、あなたの船が此の港を立ち去ってから、毎日毎日、お部屋の欄干の下に佇《たたず》んで、笛を吹いては華魁の心を慰めて上げたのも私でございます。乞食にしては身の程を知らぬ、勿体ないようなお願いでございますが、お聞き届けて下すったら、私は死んでも本望でございます。万一悪事が露顕しても、罪は私が一人で背負って、何処までもあなた方をお助け申しましょう」こう云って掻き口説かれて見ると、白人は其の願いをにべなく拒絶する訳にも行かない。自分の大事な恋人ではあるが、どうせ此れ迄多くの男に肌を許した華魁の事であるから、乞食の親切に報いる為めに、一と夜か二た夜の情《なさけ》を売っても差支えはなさそうに考えられた。——けれども、その話を聞かされた本人の菖蒲太夫は、櫺子《れんじ》格子《ごうし》の隙間から、乞食の様子を一と目見たばかりで、身顫いをしたのである。お客と云うお客に媚び諂《へつ》らわれて、我が儘一杯に振舞って来た驕慢な彼女には、あの垢だらけな、鬼のような顔つきをした青年に、体は愚か袂の端にでも触《さわ》られるのは、死ぬより辛く感ぜられた。そこで彼女は白人と諜《しめ》し合わせ、兎も角も乞食を欺いて、トランクを荷車へ積ませてしまうのである。

白人は乞食に別れて本船へ帰って行く。乞食は荷車を古寺へ曳き込んでから、華魁の姿に会いたさに、うす暗い本堂の仏像の前でトランクの蓋を明けようとする。が、蓋には厳重な錠が下りて居て、どうしても開《ひら》かない。彼は鞄にしがみ着いて、中に隠れて居る華魁を相手に、夜中白人の不信を恨み、悶々の情を訴える。「あの白人は、悪気《わるぎ》があってお前を欺した訳ではない。きっと慌ててお前に鍵を渡すのを忘れたのだろう。今にあの人がやって来たら、此の鞄を明けさせて、必ず約束を果して上げる」こう云って、彼女は頻りに乞食を宥《なだ》め賺《すか》して居る。そうするうちに二三日過ぎて、夜の明け方に寺へ駈け附けた白人は、乞食に向って、鍵を忘れた事を幾度か謝罪した後、「もう直き商船が錨を上げて港を出帆しようとして居る。とてもお前の頼みを聞いて居る暇はないから、どうぞ此れで勘弁してくれろ」と、若干の金包を投げ与える。乞食は無論、そんな物を快く受け取る筈がない。「此の後長く華魁の姿を見ることの出来ない世の中に、生きて居ても仕様がないから、私は望みがかなったら、海に身を沈めて死のうとまで決心して居た。それだのにあなた方は、酷くも私を欺したのだ。さほど華魁が私をお嫌いなさるなら、無理にとはお願い申しますまい。その代り、どうぞ今生の思い出に、一と眼なりともお顔を拝ませて下さいまし。せめて華魁の、黄金《おうごん》の刺繍《ぬいとり》をしたきらびやかなキモノの裾になりとも、最後の接吻をさせて下さいまし」彼は繰り返して頼むのであるが、どうしても華魁は承知しない。「何と云っても此の鞄の蓋を明けてくれるな。早く其の乞食を追い払って、私を船へ載せてくれろ」と、彼女はトランクの中から声を上げて、白人を促すのである。「お前には気の毒だが、ああ云って居る彼女の言葉を、私は背く訳には行かない。それに残念ながら、今日も私はトランクの鍵を持って来なかった」と云って、白人も当惑そうに弁解する。「よろしゅうございます。そう云う訳なら、私は今、あなたの眼の前で、此の海岸から身を投げます。ですが私は、死んでも華魁に会わずには置きません。会って恨みを言わずには置きません」と、乞食が云う。「死ぬなら勝手にお死に」と、彼女が再び鞄の中で叫ぶ。(写真では鞄の中の縦断面が映し出されて、眉を逆立てて癇癪を起して居る彼女の表情が、自由に撮影されて居る)「私が死んだら、私の執拗な妄念は、私の醜い俤は、華魁の肉の中に食い入って、一生お傍に附き纏って居るでしょう。その時になって、どんなに後悔なすっても及びませぬぞ」云うかと思うと、乞食は寺の前の崖の上から、海へ飛び込んでしまう。すると白人は漸く安堵したように、急いでポッケットから鍵を取り出して、トランクの蓋を開いて、華魁をいたわりながら、互に謀《はかりごと》の成就したのを喜び合う。――此れ迄が一巻と二巻との内に収めてある。

第三巻以下は、日本を離れた船の中から、白人の故郷のアメリカの事になって居る。先ず現れる場面は、彼女を入れたトランクが種々雑多な貨物と一緒に、船艙の片隅へ放り込まれる光景と、そのトランクの縦断面とである。彼女は、最初から貯えられてある水とパンとで命を繋ぎながら、窮屈な鞄の中に、両膝を抱えて、膝頭の上に項《うなじ》を伏せて身を縮めて居る。二日立ち三日立つうちに、右の方の膝頭に妙な腫物《できもの》が噴き出して、恐ろしく膨れ上って来る。そうして、如何にも柔かそうに、ふわふわとふくれた表面には、更に細かい、四つの小さな腫物の頭が突起し始める。不思議な事に、その腫物は一向痛みを感じないらしく、彼女は脹れ上って居る局部を、手で圧して見たり叩いて見たりする。あまり邪慳に圧し潰そうとしたせいか、柔かであった表面は、日を経るままにこちこちに固まって、其の代り四つの小さな腫物の頭が、だんだんくっきりと、明瞭な輪郭を示すようになる。四つのうちの、上の方にある二箇は球のように円くなり、中央の一箇は縦に細長い形を取り、最下部にある一箇は横にうねうねと、芋虫が這って居るような無気味なものになる。トランクの中は真暗な筈であるが、空気を通わせる為めに、予め作って置いた僅かな隙間からさし込む明りが、彼女の身辺を朦朧と闇に浮べて、殊に右の膝頭の周囲には、やや鮮やかな、月の暈《かさ》のような圏《わ》を描いた光線が、一滴の水をたらした如く、ぼったりと滲《にじ》んで居る。彼女は或る時、其の疾患部をつくづく眺めて居ると、上方にある二箇の突起が、何となく生物《いきもの》の眼玉のように思われて仕方がない。すると今度は、中央の細長いのが鼻のようでもあり、下方の芋虫の形をして居るのが唇のようでもあり、脹れ膨らんだ表面全体が、俄然として、紛う方なき人間の顔になって居る事を発見する。「心の迷いではないか知らん」――彼女は斯うも考えたが、やはり人間の顔に相違ない。而も一層厭なことには、それは恰も子供の画《か》いた戯画のような、簡単な線から成り立っては居るけれど、どうやら彼《あ》の乞食の俤に似通って居る。そう気が付いた瞬間に、彼女は名状し難い恐怖に襲われて、ぐったりと俯向きに卒倒してしまう。……気を失って項垂《うなだ》れて居る彼女の頭《つむり》は、ちょうど例の膝頭の上に伏さって居る。――その間《あいだ》に腫物は刻々と生長して、簡単な線に過ぎなかった眼だの、鼻だの、口だのは、次第に生命を吹き込まれたような精彩と形態とを帯び始め、遂に全く、乞食の顔を生き写しにした、本《ほん》物《もの》の人間の首になって来る。(尤も、大きさは実物より幾分か小さく、ほぼ膝頭へ当て嵌まる程度に縮写されて、巧妙に焼き込まれて居る)其れは、嘗て笛吹きの青年が今や身を投げようとして呪いの言葉を放った折の、あの幽鬱な、執念深い表情を、すばらしい巨匠の手に依って彫刻された如く、寂然と、黙々と湛えて居るのである。

此れから以後は、その人面疽《じんめんそ》が彼女にさまざまな復讐をする、凄惨な物語で充たされて居る。船がアメリカに着くと、彼女は腫物の事を堅く恋人に秘して、サン・フランシスコの場末の町に、二人で間借りをして暮して行く。彼女と世帯を持ちたさに、船員を罷めて或る会社の事務員に雇われた白人は、彼女が近頃ひどく陰気になったのを訝《あや》しみながら、それとなく注意して居るうちに、或る晩偶然な出来事から、とうとう忌まわしい秘密を発見して、彼女を捨てて逃げ去ろうとする。彼女は恋人を逃がすまいと激しく格闘する拍子に、過って咽喉を緊めて彼を殺してしまう。(彼女の体には、もう怨霊《おんりょう》が乗り移って居て、無意識の間にそれ程の腕力を出させたのである) 恋人の死体を前にして、彼女は暫らく失心したように、惘然と彳立《てきりつ》して居る。――――その時、格闘の結果ずたずたに裂けた、彼女のガウンの裾の破れ目から、白人の死体を覗いて居る人面疽が、凝然《ぎょうぜん》たる顔面筋肉を始めて動かして、にやにやと底気味の悪い笑いを洩らす。(爾来人面疽は盛んに表情を動かすようになって、喜んだり悲しんだり、眼を瞋《いか》らしたり舌を出したり、どうかするとさめざめと涙を流し、唇を歪めて涎《よだれ》をたらしたりする) ――――此れが最初の復讐であって、その後の彼女の運命は、絶えず人面疽に迫害され威嚇される。彼女は恋人を殺してから、急に性質が一変して、恐ろしく多情な、大胆な毒婦になると共に、美しかった容貌が以前に倍する優婉を加え、一段の嬌態を発揮するようになって、次から次へと多くの白人を欺しては、金を巻き上げ、命をもを奪い取る。折々、犯した罪の幻に責められて、夜半の夢を破られる彼女は、何とかして改心しようとするけれど、いつも人面疽が邪魔をして、彼女の臆病を嘲り悪事を唆かす為めに、知らず識らず堕落と悔恨とを重ねて行く。或る時は売春婦になり、或る時は寄席芸人になり、(此の劇の女主人公は、洋装にも日本服にも極めてよく調和する、都合のいい顔立ちと体格とを持って居て、其れが写真に遺憾なく応用されて居る)彼女の境遇が変転するに従って、舞台は桑港《サンフランシスコ》から紐育《ニューヨーク》に移り、欧洲の各国から入り込んだ貴族や、富豪や、外交官や、身分の高い紳士連が幾人となく彼女に魅せられて生血を吸われる。彼女は壮麗な邸宅を構え、自動車を乗り廻して、貴婦人と見紛うばかりの豪奢な生活を送るようになるが、孤独の時は相変らず良心の苛責に悩まされる。而も悩まされれば悩まされる程却って彼女の肉体は水々しく膩漲《あぶらぎ》り、血色はつやつやと耀《かがや》きを増す。最後に彼女は、某国の侯爵の青年と恋に落ちて、首尾よく結婚してしまう。しかし、そのまま侯爵の若夫人として、平和な月日を過す事が出来たら、此の上もない好運であるけれど、決してそううまくは行かなかった。――或る晩、新婚の夫婦が多勢の客を招いて、大夜会を催した折に、彼女はとうとう、夫をはじめ誰にも深く隠して居た人面疽を満座の中で暴露してしまうのである。彼女は始終、腫物にガーゼをあてて、上から固い襪《くつした》をぴったりと穿《は》いて、人の前では如何なる場合でも膝を露わさなかったのに、その夜、彼女が舞踏室で夢中になって踊り狂って居る最中、突然真赤な血が、純白な彼女の絹の襪に縷《いと》を引いて、点々と床にしたたり落ちる。それでも彼女はまだ気が付かずに跳ね廻ったが、平生から夫人が膝に繃帯するのを不思議がって居た侯爵が、何げなく傍へ寄って傷を検べて見ると、――人面疽が自《みずか》ら襪を歯で喰い破って、長い舌を出して、目から鼻から血を流しながら、げらげらと笑って居る。彼女は其の場から発狂して、自分の寝室へ駈け込むと同時に、ナイフを胸に衝き通しつつ、寝台の上へ仰向きに倒れる。斯うして彼女は自殺してしまっても、人面疽だけは生きて居るらしく、未だに笑いつづけて居る。――此れが「人間の顔を持った腫物《できもの》」の劇の大略であって、一番最後には、人面疽の表情が「大《おお》映《うつ》し」になって現れるのだそうである。

大概、此の種の写真には、映画の初めに、原作者並びに舞台監督の姓名と、主要な役者の本名と役割とを書いた、番附が現れるのを普通とする。ところが此の写真に限って、作者や舞台監督の名は、何処にも記載してない。ただ、菖蒲太夫に扮する女優の歌川百合枝だけが、れいれいしく紹介されて、開巻第一に、侯爵夫人と華魁との衣裳を着けて挨拶に出る。そうして、百合枝よりも寧ろ重大な役を勤める、笛吹きの乞食になる日本人は、一体誰なのか、どう云う素性の俳優なのか、今迄嘗て見覚えのない顔であるにも拘らず、全然閑却されて居るのである。

以上の話を、百合枝は、自分を贔屓《ひいき》してくれる二三の客筋から聞いた。それが当《とう》の本人の、活きた形を捉えて居る活動写真であるからには、彼女は必ず、いつか一遍、何処かで撮影した事があるに相違ない。けれどもどうしても、彼女にはそう云う劇を演じた記憶が残って居なかった。尤も、フィルムへ写し取る為めに劇を演ずる場合には、普通の芝居のように、戯曲の発展の順序を追うてやるのではなく、その時の都合に因って、台本の中から手あたり次第に場面を選んで、前後を構わず写して行くのである。どうかすると、或る一つの場所で、全然異った戯曲の中の或る光景を、二つも三つも同時に撮影する事さえあって、活動俳優は自分の演じて居る芝居の筋を、知らないで居る例が多い。殊に百合枝の雇われて居たグロオブ会社では、舞台監督が、俳優には絶対に、戯曲の筋を知らせない方針を取って居た。俳優は予め本読みや稽古をする必要がなく、役の性根《しょうね》などはまるで分らずに、ただ出たところ勝負で、舞台監督の示す動作を見倣《みなら》って、その型の通りに泣いたり笑ったりしながら、一と場一と場を拵え上げて行くのであった。こうすると、俳優の間違った解釈を防ぎ、彼等の技芸から芝居じみた不自然さを除いて、演出に活気を生ずると云う考から、アメリカの会社では、一般に此の方法を取って居るのである。それ故百合枝は、グロオブ会社で働いて居た四五年の間に、殆ど無数の場面を撮影して居るけれど、其れ等の場面が如何なる劇の要素となり、幾種類の戯曲を組み立てて居るのか、当時は自分でも想像することが出来なかった。云わば彼女は、或る大規模な機械に附属する、一局部の歯車だの弾条《ぜんまい》だのを製造して居る職工のようなものだ。成る程彼女は今迄に何回となく、華魁や貴族の婦人に扮装した覚えはある。女賊や女探偵を得意にして居たのであるから、トランクの中へ隠れたり、男を翻弄したり殺害したり、そんな光景を演じた経験は、頻々として、数え切れない程の回数に達して居る。従って、そのうちの孰《ど》れと孰れとが、人面疽の劇の一部になって居るのか、彼女に見当が付かないのも、一往無理はないのである。おまけに此の写真劇には、熟練な技師のトリックが行われて居て、腫物になる乞食の顔を彼女の膝へ焼き込みにしてあるのだから、本人に記憶がないのは、猶更当然であるかも知れない。

しかし、そうは云うものの、後日完成された一巻の映画を見るなり、若しくは筋を聞くなりすれば、大抵あの時写したのが此れであったと、思い当るのが常である。況んや長尺物のうちでも、特に傑出した立派なフィルムを、彼女が今日迄、見たこともなく存在さえも知らなかったと云うような、馬鹿馬鹿しい事実がある訳はない。それに彼女は、アメリカに居た時分、自分の演じた写真劇を見物するのが何よりも好きで、たといどんな短いフィルムでも、一つ残らず眼を通して居る筈だ。日本へ帰ってからも、ロス・アンジェルスの昔が恋いしいのと、東京の会社で拵える写真の出来栄えが思わしくないのとで、たまたまアメリカ時代の映画が、公園あたりへ現れる度に、暇を盗んでは見に行くようにした。だから、全く心当りのない人面疽の写真が、いつの間にかグロオブ会社で製作されて、日本へ渡って来て居ると云う事実は、「人間の顔を持った腫物」以上に、百合枝には不思議に感ぜられたのである。不思議と云えば、一体それ程芸術的な、優秀な写真が、長く世間に認められずに居て、此の頃ふいと、場末の常設館などを廻って居るのも不思議である。いつ其の写真は日本へ輸入されたのであろう。そうして何と云う会社の手によって、何処で封切りをされたのであろう。東京の場末に現れる前は、何処をうろうろして居たのだろう。彼女は試みに、同じ会社に勤めて居る俳優や、二三人の事務員に尋ねても、誰もそんな物は知らないと云う。折があったら、彼女は一遍見に行きたいと思って居ながら、何分遠い場末の町に懸《かか》って居て、今日は青山明日は品川と云うように、始終ぐるぐる動いて居る為めに、いつも機会を逸してしまう。

自分で目撃する事が出来ないとなると、その写真に対する彼女の好奇心はますます募った。グロオブ会社には、ジェファソンと云う「焼き込み」の上手な技師が抱えてあって、盛んにトリック写真を製作した位であるから、人面疽の劇も、恐らく彼の技倆を待って、出来上ったもののように察せられる。あの快活な剽軽《ひょうきん》なジェファソンの性質から考えると、彼女をびっくりさせる積りで、思い切って大胆な細工を施したかも知れない。腫物の箇所以外にも、予想外な、微妙なトリックを、全篇到る処に応用したかも分らない。——だが、そうだとすれば、いよいよ彼女は、その写真を見せられなければならぬ筈である。彼女は又、笛吹きの青年になると云う日本人の俳優に就いても、深い疑惑を抱かずには居られなかった。グロオブ会社に雇われて居た日本人の男優は、当時僅かに三人しかない。その三人の内の一人が、長崎のような港湾を背景に使って、少くとも乞食に扮して、彼女と一緒にカメラの前へ立った事は、断じてないのである。彼女の、白繻子のような美しい膝頭へ、醜い俤を永劫に残して居る日本人は、抑々何者であろう。——空想を逞しゅうすればする程、百合枝は何だか、自分が実際の菖蒲太夫であって、怪しい一人の日本人に呪われて居るような心地がした。此の、解き難い謎の写真の来歴を、日東写真会社の内に、誰か知って居る者はないだろうか。斯う思った彼女は、ふと、会社に古くから勤めて居る、高級事務員のHと云う男に気が付いた。その男は、外国会社との取引に関する通信や、英語の活動雑誌だの、筋書だのの飜訳に従事して居る人間で、日本に渡って来たアメリカのフィルムの製作年代や、輸入の経路や、中に現れる俳優の素性に就いて、委しい知識を持って居るらしかった。その男に尋ねれば、何等かの手がかりは得られそうに考えられた。或る日彼女は、日暮里の撮影場の傍にある、事務所の二階へ上って行って、其処に執務して居るHの肩を、軽く叩いた。

「………ああ、あの写真の事ですか、………僕は満更知らなくもありませんが、………」

Hは、彼女に質問を受けると、人の好さそうな眼をぱちぱちやらせて、ひどく狼狽した様子であった。そうして、不安らしく部屋の周囲を見廻しながら、百合枝が開け放して這入って来た入口のドオアを、自ら立って締めて来た後、やっと落ち着いたようにしげしげと百合枝の顔を眺めた。

「………そうすると、あなた御自身にも、あの写真をお写しになった覚えがないのですね。それではいよいよ、あれは不思議な、変な写真です。実はあれに就いて、僕もあなたにお尋ねして見たいと、とうから思って居たのですが、他聞を憚る事でもあり、それに少し気味の悪い話なので、ついついお伺いする機会がありませんでした。今日は幸い誰も居ませんから、お話してもようござんすが、聞いた後で、気持を悪くなさらないように願います」

「大丈夫よ、そんな恐い話なら猶聞きたいわ」

と、百合枝は強いて笑いながら云った。

「………あのフィルムは、実は此の会社の所有に属して居るもので、此の間中暫らく場末の常設館へ貸して置いたのです。あれを会社が買ったのは、たしかあなたがアメリカからお帰りになる、一と月ばかり前でしたろう。それもグロオブ会社から直接買ったのではなく、横浜の或るフランス人が売りに来たのです。そのフランス人は、外の沢山のフィルムと一緒に、上海《シャンハイ》であれを手に入れて、長らく家庭の道楽に使って居たと云う話でした。フランス人が買った以前にも、支那や南洋の植民地辺で散々使われたものらしく、大分疵《きず》が附いて、傷《いた》んで居ました。しかし会社では、『武士の娘』以来、あなたの人気が素晴らしい際でもあり、あなたが会社へ来て下さると云う契約の整った時でしたから、――――それに又、傷んでは居るが非常に抜けのいい、あなたの物としても特別の味わいのある、毛色の変った写真でしたから、法外に高い値段で買い取ったのです。ところが、買い取ってから間もなく、あの写真に就いて奇妙な噂が立ちました。あの写真を、夜遅く、たった一人で静かな部屋で映して見ると、可なり大胆な男でも、とてもしまいまで見て居れないような、或る恐ろしい事件が起ると云うのです。その事実は、以前会社に雇われて居たMと云う技師が、フィルムの曇りを修正する為めに、此の事務所の階下の部屋で、或る晩、あの写真を映しながら疵を検べて居た、偶然の機会に発見されたのです。最初は誰もMの言葉を信用しなかったのですが、その後、物好きな連中が二三人で、代るがわる試して見てから、『たしかに怪しい、あの写真は化け物だ』と云う騒ぎになりました。怪しい事は其ればかりでなく、Mと云う技師は、あの写真に脅やかされたのが原因で、だんだん気が変になり、程なく会社を罷めるようになりました。M以外の、物好きに実験した連中も、それから毎晩、夢に魘《うな》されたり、訳のわからぬふらふら病《やまい》に取り憑《つ》かれたり、合点の行かない出来事が引き続いて生じるのでした。現に社長なども、実験した一人ですが、後で半月ばかり、病名の明かでない熱病に罹って、ひどい目に会わされたのです。御承知の通り、社長はああ云う御幣担《ごへいかつ》ぎの、神経質の人ですから、そうなるともう一日も、あのフィルムを会社に置くのが嫌になったのでしょう、病気が治ると直ぐ秘密会議を開いて、あのフィルムを至急他の会社へ売却する事、あのフィルムに関係のあるあなたに対しても、雇い入れの契約を破棄する事と云う、二箇条の意見を提出しました。しかし社長の此の意見には、大分反対の説があって、あれ程の高価で買い入れた品物を、会社がみすみす損をしてまで、むざむざと外の会社へ売却する必要はないと云う人や、フィルムは兎に角、本人のあなたに対して、折角契約を結び、既に多額な前金まで払って置きながら、破談を申し込むには及ばないと云う人や、議論が頗る紛糾して、結局、一つの妥協案が成り立ったのです。つまり、あのフィルムに怪異が現れるのは、深夜、たった一人で見て居る時に限るのだから、めったに其れを発見する人はないであろうし、公開の席で多数の観覧に供するには、何の差支えもない訳である。だから社長が、どうしてもあれを社内に置くのが嫌なら、当分の間、余所の会社へ貸す事にして、相当の値《ね》で買い手の附くのを待つがいい。それからあなたとの契約は、解除する理由が全くない。勿論写真の怪しい事件が、世間へぱっと拡がるような事になると、あなたの人気にも、フィルムの価値にもけちが附きますから、一同堅く秘密を守って、たとい社内の人間にも、成るべく彼の事件を知らせないようにする。――斯う云う案が成り立ちました。ですから、役員や俳優の顔触れに著しい動揺のあった今日では、あの秘密を知って居る者が社内に殆ど一人も居ないのも無理はありません。最初、秘密会議に出席した重役連の意向では、何処かの堂々たる会社へ、高い損料で貸し付けようと云う考だったのですが、ちょうど其の頃は、会社同士の競争や軋轢が激しかったので、予想通りには行きませんでした。そこで拠《よ》んどころなく、京都、大阪、名古屋あたりの、小さな常設館へ貸してやりましたが、新聞へ花々しい広告を出すような、立派な興行主の手にかからない為めに、あれだけの写真が、遂に何処でも、一遍も評判にならずに済んでしまいました。そうして此の頃、関西を一と廻り廻って来て、東京の場末に現れるようになったのです。………僕は其のフィルムの、深夜の怪異に就いては実験者の話を聞いて居るだけで、自分が目撃した覚えはありません。けれども、あれを会社が買い込んで、警察官や新聞記者を立ち合わせて、始めて試写をやった際に、全篇の映画を詳細に見物して居る一人です。その時僕がおかしいと思ったのは、あの中の乞食の役を勤めて居る、日本人の俳優の事でした。あの劇に登場する主な男女優は、あなたを始め、僕には大概顔馴染の、名前の知れて居る人達ですが、ただあの日本人だけが、一度も見覚えのない役者でした。僕は少くとも、あなたと同時に、グロオブ会社に勤めて居た日本人の役者は誰々であるか、よく知って居る積りです。僕の調査に間違いがないとすれば、女優ではあなた以外にEとOとの二人、男優では、S、K、Cの三人だけしか居なかった筈です。………ねえ、そうでしょう？………ところが、其の乞食になる日本人は、Sでも、Kでも、Cでもないんです。それとも此の三人の外に、誰かお心あたりがありますか知らん？　僕があなたに伺って見たいと思って居たのは、その事でした」

Hは斯う云って、長い話の言葉を劃《くぎ》った。

「あたしにしても、三人の外に別段心あたりはないけれど、誰か、あたしの知らない役者を、焼き込みにしてあるような形跡はないでしょうか。……あたしはきっとそうだと思うわ」

「焼き込みと云う事も僕は考えてみました。トリック写真の名人の、ジェファソンの話も聞いて居ましたから、或はそうかとも思いましたが、いくらジェファソンにしたところで、焼き込みにしたには、どうもあんまりうま過ぎる箇所が、正に一箇所か二箇所はある筈です。若しもあれが全然焼き込みだとすれば、ジェファソンは、殆ど僕等の想像も及ばない、霊妙不可思議の秘法を心得て居るのだとしか思われません。何にしてもいろいろの点に、疑わしい事が沢山ありますから、実は半年程前に、其れ等の疑問を一と纏めにして、グロオブ会社へ問い合せの手紙を出したのでした。するとやがて、会社から寄越した返事と云うのが、此れが又甚だ要領を得ないものでした。会社の云うには、自分の所では『人間の顔を持った腫物』と云う標題の劇を、作った事はない。けれども、其の劇の中に現れて居るような場面をところどころに使って、其れに多少似通《にかよ》った筋の写真劇を、作った事はたしかにある。だから、何者かが、そのフィルムへ他のフィルムの断片を交ぜ込んだり、或は一部分の修正や焼き込みを行って、そう云う贋物《にせもの》を製造したのではないだろうか。まさか当会社に専属中の俳優たちが、会社に内証で、そう云う写真を製作したとは信じられない。彼等は毎日当会社の撮影場に出勤して居て、そんな余裕は絶対にないのである。それから、ミッス・ユリエが当会社に在勤中、彼女と同時に雇われて居た日本人の男優は、仰せの如く、S、K、Cの三人だけである。しかし彼女の在勤以前に日本人が二三人雇われて居た事もあるし、最近には新たに雇ったのが五六人居る。故に当会社に於ても、彼女が顔を知らない日本人を、彼女のフィルムへ焼き込む事は、必ずしも有り得ない事ではなく、同時に随分ありそうな事である。但し、当会社では可なり困難な、破天荒な焼き込みを行い得るけれども、その焼き込みが如何なる程度まで、如何にして可能なりやは、会社の秘密に属することで、残念ながら明瞭なお答えを致しかねる。猶、お問い合せのフィルムが果して贋物であるとすれば、当会社でも捨てて置く訳には行かないし、参考の為め、一往その品を検査して見たいから、相当の代価を以て、是非当会社へ譲り渡して貰いたい。……………大体が、先ず斯う云ったような意味で、結局、あの写真の正体は未だに分らずじまいなのです。やっぱりグロオブ会社の返事の中に書いてあるように、何者かがあれに似寄《によ》った筋のフィルムを、外のいろいろのフィルムと継ぎ合わせて、うまい工合に修正したり焼き込んだりして、一つの写真劇に拵え上げたと云う推察が、一番中《あた》って居るようですが、そうだとすると、そんな仕事の出来る奴は、ジェファソン以上の名人でなければ出来ませんな。しかし、たといジェファソン以上の名人が居るにしても、あんな面倒な仕事を、単に金儲けの目的でやれるものではなし、例の真夜中の怪しい出来事と結び附けて考えると、あれには何か、余程の曰《いわ》く因縁《いんねん》があるに違いありません。……斯う云うと変ですが、あなたは若しや、アメリカにいらしった時分に、誰かに恨みを買うような事を、なすった覚えがありはしませんかね。どうしてもあれは、あなたに惚れて居ながら、散々嫌われたとか欺されたとか云うような覚えのある人間に、関係のある事ですよ。僕は必ずそうだと思います。そう云う男の怨念が、あれに取り憑いて居るのです」

「まあ待って下さい。私はそんな、怨念に取り憑かれるような、悪い事をした覚えはないけれど、その腫物になる人間の顔と云うのは、全体どんな人相なのか知ら。何でも大そう醜《ぶ》男《おとこ》だと云う話じゃないの」

「そうです、恐ろしい醜男です。日本人だか南洋の土人だか分らないくらいな、色の真黒な、眼のぎろりとした、でぶでぶした円顔の、全く腫物のような顔つきをした男です。年頃は三十前後、写真の中のあなたよりは十ぐらい老《ふ》けて見えます。一遍見たら忘れられない顔ですから、あなたがその男を御存じなら、想い出せないと云う訳はありません。いや、あなたばかりでなく、僕等にしても、あの男が何処の何者だか今まで知らずに居ると云うのは、実に不思議千万です。なぜかと云うのに、笛吹きの乞食の役の、深刻を極めた演出と云い、腫物になってからの陰鬱な、物凄い表情と云い、先ずあの男に匹敵する俳優は、『プラアグの大学生』や『ゴオレム』の主人公を勤めて居る、ウェエゲナアぐらいなものでしょう。あれ程の特徴のある容貌と技芸とを持った、唯一の日本人が、内地では勿論、アメリカの活動雑誌にも、写真は愚か名前さえ出た事がないのは、其れがもう、既に一つの怪異です。今日までのところ、あの男は此の世の中には住んで居ない人間で、ただフィルムの中に生きて居る幻《まぼろし》に過ぎないのです。そう信ずるより外、仕方がないのです。殊に、あのフィルムの怪異を実験した人達は、誰もあの男を、人間の写真であるとは思って居ません。『あの男は化け物だ。あんな役者が居る筈はない』と云います。『化け物でなければ、あんな怪しい変事が起る筈はない』と云います。………」

「だから変事と云うのは、どんな事なんだか、其れをあたしは聞きたいんだわ。先《さっき》から随分委しく説明して貰ったけれど、肝腎の変事の話を未だ聞かないのだから。………」

「実はあなたが、神経をお病みになるといけないと思って、わざと差控えて居たのですが、此処まで話が進んだら、もうしゃべってしまいましょう。僕はその、後に気違いになったと云うM技師から、最も詳細な実験談を聞きましたが、極く掻い摘まんだお話をすれば、つまりあの写真の怪異は、その幻の男の顔にあるのです。一体、M技師の長い間の経験に依ると、活動写真の映画と云うものは、浅草公園の常設館などで、音楽や弁士の説明を聴きながら、賑やかな観覧席で見物してこそ、陽気な、浮き立つような感じもするが、あれを夜更けに、たった一人で、カタリとも音のしない、暗い室内に映して見て居ると、何となく、妖怪じみた、妙に薄気味の悪い心持になるものだそうです。それが静かな、淋しい写真なら無論のこと、たとい花々しい宴会とか格闘とかの光景であっても、多数の人間の影が賑やかに動いて居るだけに、どうしても死物のようには思われず、却って見物して居る自分の方が、何だか消えてなくなりそうな心地がする。中でも一番無気味なのは、大映しの人間の顔が、にやにや笑ったりする光景で、――――そう云う場面が現れると、思わずぞうっとして、歯車を廻して居る手を、急に休めてしまうと云います。そんな場合には、怒る顔よりも笑う顔の方が余計に恐いと、M技師はよく云って居ました。『それでも自分は技師だから何でもないが、もし、或る俳優が、自分の影の現れるフィルムを、たった一人で動かして見たら、どんなに変な気持がするだろう。定めし、映画に出て来る自分の方がほんとうに生きて居る自分で、暗闇に彳んで見物して居る自分は、反対に影であるような気がするに違いない』と云って居ました。普通の写真でさえそうですから、『人間の顔を持った腫物』のフィルムを、此の日暮里の事務所の、ガランとした映写室で、真夜中頃に一人で見て居る時の心持は、大凡そ僕等にも想像する事が出来るでしょう。何でももう、第一巻の、笛吹きの乞食の姿が現れる刹那から、胸を刺されるような、総身《そうしん》に水を浴びるような気分を覚えて、或る尋常でない想像が襲って来るそうです。あの写真は随分疵だらけで処々ぼやけていながら、それが少しも邪魔にならずに、寧ろ陰鬱な効果を助けて居るのだから妙じゃありませんか。それでもまあ、第一巻から二巻、三巻、四巻までは、どうにか辛抱して見て居られるそうですが、第五巻の大詰《おおづめ》、菖蒲太夫の侯爵夫人が発狂して自殺するとき、次に現れる場面を、じっと静かに注意を凝らして視詰めて居ると、大概の者は恐怖の余り、一時気を失ったようになるのです。その場面はあなたの右の脚の半分を、膝から爪の先まで大映しにしたもので、例の膝頭に噴き出て居る腫物が、最も深刻な表情を見せて、さもさも妄念を晴らしたように、唇を歪めながら一種独得な、泣くような笑い方をする。――その笑い声が、突如として極めて微かに、しかしながら極めてたしかに、疑うべくもなく聞えて来る。M技師の考では、其れは外部に余計な雑音があったり、注意が少しでも散って居たりすると、聞えないくらいの声であるから、聞き取るには可なり耳を澄まして居る必要がある。事に依ると其の笑い声は、写真が公衆の前で映写される場合にも、聞えて居るのかも知れないが、恐らく誰にも気が付かずに済んでしまうのだろう。と、云うことでした。――どうです、あなたにしても、此の話をお聞きになったら、あまり好い気持はなさらないでしょう。実は、お話し申すのを忘れて居ましたけれど、そのフィルムは今度いよいよ、グロオブ会社へ譲り渡す事になって、二三日前に、巣鴨の大正館と云う常設館から引き取って、目下、此の事務所の其の棚の上に載せてあるのです。社内で映写する事は、社長から厳禁されて居ますが、フィルムのままで御覧になるなら一向差支えはありません。いかがです、僕が立ち会いの上で、ちょいとお見せ申しましょうかね。兎に角、その乞食の顔を御覧になるだけでも、何か此の謎を解く端緒を得られるかも知れません。………」

Hは、百合枝が、好奇心に充ちた瞳を輝やかして頷くのを待って、傍の棚上に積んである、ブリキ製の円い五つの缶の内から、第一巻と第五巻とを納めた缶を引き擦り卸した。そうして、デスクの上で蓋を除いて、鋼鉄のようにキラキラしたフィルムの帯を、長く長く伸ばしながら、明るい窓の方へ向って、其れを百合枝に透かして見せた。

「ほら、御覧なさい。此れが乞食の男です。………」

こう云って、Hは更に第五巻の方の、彼女の膝へ焼き込んである腫物の顔を示して、

「………ね、此の通り、此処で腫物になって居ます。此れがたしかに焼き込みだと云うことは、僕にも分ります。此の男にあなたは覚えがありませんかね」

「いいえ、私はこんな男に覚えはない」

と、彼女は云った。其れは彼女が、過去の記憶を辿って見る必要のないほど明らかに、未知の一人の日本人の男子の顔であった。

「だけどHさん、此れは焼き込みに違いないのだから、やっぱり何処かに、こう云う男が居ることは居るのね。まさか幽霊じゃないでしょう」

「ところが一つ、どうしても焼き込みでは駄目な処があるのです。そら、此処を御覧なさい。此れは第五巻の真ん中ごろです。女主人公が腫物に反抗して、その顔を擲ろうとすると、顔が彼女の手頸に噛み着いて、右の栂指《おやゆび》の根本《ねもと》を、歯と歯の間へ、挟んで放すまいとしているのです。あなたは盛んに、五本の指をもがいて苦しがって居ます。此れなんぞはどうしたって、焼き込みでは出来ませんよ」

云いながら、Hはフィルムを百合枝の手に渡して、煙草に火をつけて、部屋の中を歩き廻りつつ、独り語のように附け加えた。――

「………此のフィルムが、グロオブ会社の所有になると、どう云う運命になりますかナ。僕は、抜け目のないあの会社の事だから、きっと此れを何本も複製して、今度は堂々と売り出すだろうと思います。きっとそうするに違いありません」

映画雑感

○嘗て私は某誌に寄稿して「活動写真の現在と将来」を論じた折に、映画劇に最も適当なものとして泉鏡花氏の諸作を推挙したことがあった。私は自分が若し映画の製作に関係するような時があったら、是非泉鏡花氏のものを手がけて見たいといつもそう思って居た。然るに図らずも其の機会が来たのであるから、こんな喜ばしいことはないのである。で、最初の試みとして俳優の役柄や何かを考え合わせて「葛飾砂子」を選んだのであるが、出来不出来は別問題として、あれを選んだに就いては私は今でも間違っては居なかったと信じて居る。のみならず私は今回の試みに依って、泉鏡花氏の持って居るような芸術的境致がいかに映画に適して居るかを、いよいよ明かに知り得たのである。
○云う迄もなく映画と小説とは全然別箇の物であるから、或る傑れた小説を完全に映画化したからと云って、それが映画としても必ず優秀な物になるとは断言出来ない。しかし鏡花氏の場合に於ては、その多くの作品は、最初から小説にすべきではなく映画にすべきではなかったかと思われるほど、それほど映画に適して居るように感ぜられる。「葛飾砂子」はいろいろ不出来な箇所もあったが、少くとも私に此の事を教えてくれた。それだけでも意義のある仕事であった。
○鏡花氏の物に限らず純日本風の映画を作ろうとする場合に、何よりも困るのは浮世絵風の顔を持った女優が居ないことである。どうも近頃の若い女、——殊に女優にでもなろうと云う人たちは揃いも揃ってバタ臭いのが多い。無論そう云うタイプも必要ではあるが、たとえば旧幕時代の情調を狙った物語を書こうとしても、第一に困るのは女である。新橋赤坂辺の一流所を捜したら或はそんなのもありそうに思うが、あった所で容易に出てくれそうもない。彼処等《あそこいら》の美人連にはそれぞれパトロンが居るのだろうから、そう云う人々が真に今日の時勢を解し、活動写真の如何に有望な事業であるかを鼓吹《こすい》してくれて、彼女たちが自ら進んでキャメラの前に立つような機運を作ってくれればいいと、此れは冗談でも何でもなく真面目に考えて居る。芸者では日本一にしかなれないがスクリーンに現れれば世界一になれるのだ。自信のある者はどしどし斯《し》界《かい》に投ずべきである。

○次ぎに困るのは鬘の問題――特にチョン髷の問題である。大映しにしても少しも不自然でない完全なチョン髷の鬘が考案されない間は、我等は如何にしても徳川時代を背景とする映画を作り出す事が出来ない。此れは我れ我れに取って可なり重大な打撃である。思うに映画用のチョン髷の鬘は、従来の演劇用のそれとは全く別箇の物として工夫しなければならない。箇々の俳優が持つ生れつきの顔の感じ、独特の表情、それらの自然さが少しも損われずに着けられるものでなければならない。重次郎の鬘を着ければ誰でも重次郎になり、光秀の鬘を着ければ誰でも光秀になるような従来の鬘とは、此の意味に於いて全く反対でなければならない。第一に生え際を如何にして自然に作り得るか、就中髱《たぼ》から襟足の部分をどうするか、月代《さかやき》の所はどうしたらいいか、仮りに其れが羽二重のような物で巧みに包めたとしても、額の筋肉を圧迫する恐れはないか、――斯う一つ一つ考えて来ると、俳優に髪を生やさせてチョン髷を結わせる外に道がないようにも思われる。鬘の点から云うと、徳川時代よりは戦国時代、戦国時代よりは王朝時代の方が遥かに始末がいい。

○話は少し違うが、無論西洋物のフィルムのうちで、私は一番どんな物が好きかと云うと、嘗て見た独逸のウェエゲナアの「プラーグの大学生」や「ゴーレム」の如き真に永久的の価値ある物を除いては、中途半端なものよりも寧ろ俗悪な物が大好きである。いかに俗悪な、荒唐無稽な筋のものでも、活動写真となると不思議に其処に奇妙なファンタジーを感じさせる。たとえば「ジゴマ」などは其の好適例である。随分出鱈目な不自然な筋ではあるが、あれ全体を一箇の美しい夢だと思えばいいのである。或る意味に於いて、活動写真は普通の夢よりは稍々ハッキリした夢だとも云える。人は睡って居る時ばかりでなく、起きて居る時も夢を見たがる。我等が活動写真館へ行くのは白昼夢を見に行くのである。起きて居ながら夢を味おうと欲するのである。そんな関係からかも知れぬが、私は映画を見に行くのに夜よりも昼間を好む。時候も冬や秋よりは春か夏がいい、殊に五月の末から六月へかけての初夏の頃、ホンノリと体に汗の湧く時分が、一番いろいろの幻想を起させる。そうして家に帰って来て、夜枕に就いてからも、その幻想がいつ迄も脳裡に往来して睡りの中の夢に通う。果てはそれが夢であったか映画であったかも分らなくなって、一つの美しい幻影として長く記憶の底に残る。まことに映画は人間が機械で作り出すところの夢であると云わねばならない。科学の進歩と人智の発達とは我れ我れに種々の工業品を授けてくれたが、遂には夢をも作り出すようになったのである。酒と音楽とは人間の造ったものの中で最大の傑作だと云われて居るが、映画もたしかに其の一つである。そこで、斯う云う方面から映画を翫賞する者に取っては、社会問題とか道徳問題とかを取り扱った落ち着いた物よりも、俗悪で騒々しい物の方が其の目的に沿う訳である。

○それに就いて想い出すのは、去年の春——たしか三月頃の事であった。或る日、私は大正活動の栗原トーマス君に始めて横浜で会見する約束があって、午頃に小田原を立って桜木町ステーションに着いたのは二時少し過ぎだった。栗原君は停車場へ迎えに出てくれたので、二人は其処からタクシーで山下町三十一番にある同会社の事務所へ向った。その日は非常に天気のいい、暖かな、きらきらとした明るい気持ちのする日で、私は何年にもめったに来たことのない横浜の市街を、何処か外国風の感じのする馬車路の通りや、そこを往き交う支那人や西洋人の風俗を、ボンヤリ眺めながら自動車に揺られて行った。さて事務所に着いて見ると、そこは海岸通の一つ手前にある街路で、古い煉瓦造りのジャパン・ガゼット社の向側にある小さな建物であった。町の様子が何となく上海あたりを想い出させたが、栗原君はその建物のドーアを明けて私を中へ案内した。六十前後の、ヨボヨボした「ジミー」とか呼ばれる一人の老僕が居るばかりで、狭い階下の室には誰も見えない。しかし私は、這入ると直ぐにあの特有な甘いようなフィルムの匂がぷんと鼻を打つのを感じた。何処か此の奥にでも現像室があるのだな、そう思って私は持って居る葉巻を捨てて鄭寧に其の火を揉み消した。「どうぞ二階へ」と云って、栗原君は私を階上へ連れて行った。そこは表通りに向いた、両側に窓のある、余り広くはないが小綺麗な日あたりのいい部屋で、同君の執務するらしい大型のデスクが片側の壁に添うて置いてあった。技師の稲見君が出て来て挨拶をした後、「今迄当会社で製作したフィルムを二つ三つ御覧に入れましょう。」そう云って、両君は直ぐにその支度を始めた。家庭用のアクメ映写機をデスクの上に載せてそれに電燈の線を取り付ける。両側の窓の鎧戸を締めてしまう。青空の明りが一杯にさして居た部屋は急に真暗になった。映画は此の狭い室内の一方から他方の壁へ小さく映し出されるのである。私はそこで二つの実写物を見た。一つは三景園の桜、一つはシルク・インダストリー、蚕から絹が造られ、遂にそれが精巧な織物となって呉服屋の店頭に現われ、都会の婦女の晴れ着となる迄の順序を示したものであった。云う迄もなく其れは極く普通の写真ではあったけれども、今迄非常に明るかった部屋の中が一度に暗くなって、而も其の壁へ小さく小さく、宝石のようにきらきらと映し出されて鮮やかにくっきりと動く物の影は、次第に私を或る奇妙なる夢心地に誘い込んだ。暗黒の中を仕切って居る僅か三尺四方にも足らぬ光の世界、そこにもくもくと生きて動きつつある蚕の姿、――私はそれを眺めて居ると、ただ此の小さなる世界以外に世の中と云うものがあるのを忘れた。此の部屋の外に横浜の市街があり、桜木町の停車場があり汽車があり、それに乗って行くと遠い小田原の自分の家に帰れると云う事が、全体自分の家などと云うもののある事が、ウソのように感ぜられた。映写が済んで、山手七十七番のスタディオへ赴くべく事務所を出て、外の空気を吸った時、私は始めてホッと息をついたのである。そうして、自分の眼を疑うような気持ちで、あたりの物を珍しそうに眺めたのである。

○映画に弁士が不必要であることは屢々云われる、が、或る場合には音楽も不必要ではないかと思う。それは其の時特に感じたことであった。

春寒

○

僕の旧作「途上」と云う短篇が近頃江戸川乱歩君に依って見出だされ、過分の推奨を忝《かたじけの》うしているのは、作者として有り難くもあるが、今更あんなものをと云う気もして、少々キマリ悪くもある。ありていに云うと、あれが発表された当時は、誰も褒めてくれた者はなかった。或る月評家は「単なる論理的遊戯に過ぎない」と云う一語を下して片附けてしまった。「途上」はもちろん探偵小説臭くもあり、論理的遊戯分子もあるが、それはあの作品の仮面であって、自分で自分の不仕合わせを知らずにいる好人物の細君の運命――見ている者だけがハラハラするような、――それを夫と探偵の会話を通して間接に描き出すのが主眼であった。殺人と云う悪魔的興味の蔭に一人の女の哀れさを感じさせたいのであった。

○

尤も、江戸川君があの中の殺人の方法に興味を持たれたのは、探偵小説の作家として亦《また》一つの見方ではあるが、殺す殺さないは寧ろ第二の問題であって、必ずしも殺すところまで持って行かないでもよかったかと思う。あの方法は半分は偶然の成り行きに委ねてあるのだから、「此れならきっと殺せる」と云う確信を持って一から十まで計画的に行っている訳ではない。事実は「うまく行ったら死ぬかも知れない」ぐらいな気持ちでやっているうちについ誤まって殺してしまう。全く「つい誤まって殺した」と云うくらいな感じしか持たないかも知れない。今考えると、あすこで探偵の追究に対して、主人公にその心持ちを説明させて、「僕は自分が殺したとは思いません」と云う理窟を捏ねさせたら、一層面白かったかとも思う。或いは又、いろいろいたずらをやって見ても、どうしても巧く殺せないので、だんだん釣り込まれてずうずうしくなるうちに、いつか細君に気が付かれて失敗する、と云う風にするのもいい。しかし要するに、自然主義風の長篇にでもなりそうな題材を、探偵小説の衣を被せて側面から簡潔に書いてみたのである。

○

僕は自作の犯罪物では「途上」よりも二三年後に発表した「私」と云う短篇の方に己惚《うぬぼ》れがある。これは自分の今迄の全作品を通じてもすぐれているものの一つと思う。犯罪者自身が一人称でシラを切って話し始めて、最後に至って自分が犯人であることを明かにする。こう云う形式の書き方は伊太利のものにあると云うことを後に芥川君に聞いたけれども僕はそれを真似したのではなく、自分で思いついたのである。そうしてそれが此の作品では単なる思いつきでなしに、最も自然な、必須な形式になっている。いたずらに読者を釣らんがための形式でなく、こうすることが此の作品では唯一の方法だったのである。兎に角「私」は誰に読まれても恥かしくない作品である。

○

味噌の味噌臭きは何とかと云うが、探偵小説の探偵小説臭いのも亦上乗《じょうじょう》とは云われない。

若しも所謂《いわゆる》探偵物の作家が最後までタネを明かさずに置いて読者を迷わせる事にのみ骨を折ったら、結局探偵小説と云うものは行き詰まるより外はあるまい。読者の意表に出ようとして途方もなく奇抜な事件や人物を織り込めば織り込むほど、何処かに必ず無理が出来自然の人情に遠くなり、それだけ実感が薄くなるから、たとい意表に出たにしてからが凄みもなければ面白味もなく、なんだ馬鹿馬鹿しいと云うことになる。どうも奇想天外的な探偵小説の筋には、まるで四則算《しそくざん》の応用問題のようなのが多い。兎と亀の駆けくらは数学上の問題として学生を悩ますにはいいけれども、ただそのためにそう云うシチュエーションを仮設しただけであって、その仮設が事実ありそうなことであろうとなかろうと、数学に於いては問うところでない。然るに探偵小説の作家は兎と亀の駆けくらを実際に起った事件として読者に押しつけるのである。それでは最も愚劣なるお伽噺にしかならない。

但し、事件を数学的乃至《ないし》科学的に、非人情に取り扱うことは又おのずから別である。多くの場合誇大な形容詞やくだくだしい心理描写なぞのない方が凄みのあることは云う迄もない。

○

単に読者の意表に出ると云うだけなら、奇抜な筋を考えないでも、書きよう一つで実は案外たやすいのである。たとえば崖から石が落ちて来て脳天を打たれて死んだ男を、さも他殺らしく書き起して、いろいろ容疑者らしい人物やそれらしい理由を仔細らしく並べ立てて、うんと事件を迷宮に追い込んで置いてから、最後の一ページで背負い投げを喰わしたらどうか。ちょうど幾ら考えても分らない数学の問題を、調べて見たら誤植があったと云うようなもので、そんなのを読まされた読者はきっと腹を立てるだろう。だが、これは極端な例だけれども、そう云う卑怯な「落ち」を付けた物が、外国の作品にもある。何と云うのか、題も作者も忘れてしまったが、僕自身そんなのに打《ぶ》つかってひどく忌ま忌ましかったことがあった。それほどでなくても、今の探偵小説は一面に於いて奇抜な思いつきを競うと同時に、一面に於いては愚にも付かない事を書きよう一つで勿体をつけているのがある。中には相当にカラクリが巧く出来たのもあるが、要するに婦女子を欺くものに過ぎない。

○

此の随筆は、実はもう少し書きつづける予定であったが、これを四五枚書きかけた時、――と云うのは昭和五年二月十日午前一時五十分、思いがけない不幸が突発したために此れから以下は急に故人の追憶を書くことになってしまった。

本誌の記者渡辺温君が阪神沿線の夙川に於いて不慮の横死を遂げたことは当時の新聞に出ていたから、すでに読者は御存知であろう。渡辺君は、僕に原稿を書かせるためにわざわざ独断で関西へやって来て、あの災難に遭ったのであるから、僕としては一層哀惜の念に堪えない。いったい「新青年」の方へは、二三年前から渡辺君を通じて寄稿する約束がしてありながら、ついぞその約を果たしたことがなかったので、去年の十一月にも一ぺん故人は催促に来たことがあった。その時の話では何か百枚ぐらいの創作をとの註文であったが、当分そんな余裕がないから随筆で勘弁して貰うことにし、正月中には送ると云う挨拶をして帰したものの、春になって見るといろいろ予想外の取り込みが出来、結局書けそうもなくなったので、「イマヒトツキオマチヲコフ」と云う電報を故人に宛てて送ったのが二月七日の午後であった。渡辺君はそれを八日に受け取ったらしく、受け取ると直ぐ、今夜の夜行で今一度催促に行くから宜しく頼むと云う旨を、神戸のユニヴァーサルにいる楢原君の所へ云って来た。八日は僕は終日不在で、夜おそく帰宅してから、「さっき楢原さんが入らっしゃいました、どうしても今度は書いて下さらないと困るそうで、明日の朝渡辺さんとお二人でおいでになるそうです」と云う話を聞いた、そして九日の日曜の朝、渡辺君は大阪に着くと一旦夙川の楢原君の下宿に行き、寝坊の僕が起きる時分を見はからって、十二時過ぎに二人でやって来た。

僕はその時まだ寝床の中にいて、暫く日本間の八畳の座敷に待って貰ってから会った。部屋の隅に石油ストーヴを焚き、まん中に火鉢を置いて、それを囲みながら三人が話したのは一時間ぐらいの間だったろう。僕と会うのはそれが三度目だったと思うが、茶色のチョッキに背広を着て、黒いヴァガボンドネクタイを結び、髪を長く伸ばしている姿はいつもに変らぬ渡辺君であった。元来故人は至って無口の方だけれども、それがただの無口でなしに、沈黙の裡に一種の聡明を感じさせる不思議な魅力を持った人で、そう云う点では同じく故人の親友である岡田時彦によく似ている。尤も時彦のような好男子ではなく、むしろ武骨な東北人のタイプで、その眼の中に、一と言云えば直ぐに此方の響きが伝わる何物かがある。僕は此の印象を既に初対面の時から受けた。大概の文学青年が、初めての時はろくろく口も利かないで遠慮しているものではあるが、渡辺君のはそう云う普通の遠慮や気おくれとは違っていた。黙っていながら頭の中に感じていることが此方にも分り、最初から理解が持て、好意が持てた。それはその前に書いた物を読んだことがあるからでもあろうが、決してそのせいばかりではなかった。で、その日も催促に来たと云う肝腎の原稿の話はあまり多くしなかった。僕の方も、これが外の人だったら長たらしい云い訳や書けない理由を説明したりするところだが、それほどにしないでも分っていてくれると云う腹だった。ただ楢原君が、「今度書いて下さらないと、渡辺は博文館を辞職しなければならないそうです」と戯談交《じょうだんまじ》りに云ったのに対して、「そんなことで社員を馘首《かくしゅ》するようなら、社の方が乱暴だ。その責任を僕に預けて、義理攻めにするのは困る」と云ったら、「それは嘘です、書いて頂けないでも辞職なんかしやしません」と云ったりした。何か話をしてくれたら筆記してもいいからと云うことだったが、書けない時は口授すると一層進みが悪いので、僕はその申し出でを断って、兎に角明日の夕方までに何かしら書く約束をした。渡辺君は翌十日の夜原稿を受け取りに来て、すぐに夜行で立つことにきまり、「それでは今夜は夙川へ泊まりますから、用があったら電話をかけて下さい」と云って、帰って行ったのが二時頃であった。僕の家では昼間も門に戸締まりをして置くので、僕は二人を玄関から門まで送り出し、かんぬきを掛けてから、暫く庭をぶらついていた。今年の冬は寒《かん》になっても温かい日がつづいていて、その日も朝のうちにちょっと小雨が降ったけれども、もうその時分には青空が見え、季候外れの十二月から綻び初めた梅がちょうど見頃になっていた。僕は庭の崖下に咲いているその梅の花を眺め、心臓に水がたまって弱っているテツ（シェパード種の犬）をいたわり、草人から貰ったブリュウのペルシャ猫をからかったりして、二三十分時間をつぶした。そして南の縁側に日を浴びながら、何となく春が近づいたのを感じた。実際、東京にいた時分はそれ程でもなかったのに、関西へ来てからは春の来るのが毎年妙に待ち遠しい。昔の人が吉野嵐山の花にあこがれ、咲いたと云っては喜び浮かれ、散ったと云っては名残りを惜しむ心持ちは、大宮人の歌の上での誇張だとばかり思っていたが、五畿内の春を知って見るとまことに地上の天国であり、行楽の別天地である。「願わくば花の下にて春死なん」と云った西行法師の執着に実感があることが、此の頃になって少し分って来たような気がする。僕はそう云う自分の今の心境が「新青年」の探偵趣味とは甚だ懸隔しているのを思い、それにつけても渡辺君の期待に添うものが書けそうもないのを案じながら書斎に這入った。

三時少し前に近所のS君が中書島の駿河屋のういろうを持って訪ねて来た時も、僕の空想はまだ淀川べりの春色を追っていて、改造社の地理大系や鉄道省の案内記などをひろげながら頻りに遠足の話をした。そうそう、それから、その日は僕の家の水道のモーターに故障があって風呂が沸かなかった。僕は長年の習慣で、朝湯に這入らないと一日頭がぼんやりして、体にシマリがなく、仕事をすることが出来ないのである。そんなことで工夫が来たりして、モーターを直して漸く風呂の沸いたのが五時頃。それまでういろうで茶を飲みながら相手をしていたS君が帰り、僕が風呂から上ったのが六時頃。さて机に向ったのは夕食後の七時か八時頃であったが、矢張りどうしても筆が動かず、午前一時迄は遂に一行も書けなかった。

それからやっと此の原稿の最初の部分を四五枚書いた時僕は鶏の鳴くのを聞いた。午前五時に僕は三四時間ごろ寝するつもりで寝床に這入った。そして呼び起されたのは六時半だったから、一時間半は安眠していた筈なので、寝入りばなを覚まされた僕の意識は、「自動車が衝突した」と云うことと、「渡辺さんが死んだ」と云うことを、別々に聞いた。僕には故人以外にも渡辺姓の知人がある。どの渡辺が死んだのか知らん？――と、咄嗟にそう思いながら僕は首を擡《もた》げて枕頭にある電報を見た。「ワタナベ　キウシスヨウアル　デンワニシノミヤ　一二一ナラハラ」と読める。しかしそれでもまだ半分は夢見心地で、はっきり事件の重大さが呑み込めなかった。「待って下さい、もっとよく様子を聞いて来ます」と、家の者は電報を枕もとに置いて出て行ってしまったので、電文だけでは渡辺温君が死んだことは分るが、自動車の事故は記してない。僕の家には電話がないので、様子を聞いて来ると云うのは使いの者でも待っているのか、或いはその事故がつい此の近所で起ったのか、それなら此の電報は何のためにいつ何処で打ったのか？――依然として僕は半信半疑でいた。電報はさっき一時間も前に来たのだそうだが、夜中に届いたのは開けて見ないのが例であるから、そのままにして置いたところ、今しがた西宮の回生堂病院から自動車が迎えに来て、待っていると云うのである。「こちらのお友達が二人自動車で怪我をなすったのです。お一人の方は命に別条ありませんが、東京からいらしった方の方はお亡くなりになりました」と、運転手にそう云われて、家の者は始めて電報を読み、僕を起したのであった。僕は跳ね起きて、着物を着換えて、裏口から出ると、裏門の前に、鳥打ち帽に白い縦縞の紺の背広を着て薄髯を生やした三十恰好の男が立っていて、「どうも相済みません」と云い云い頭を下げた。外はすっかり明け放れていた。僕の住所岡本は昔から梅の名所である。僕の家の生け垣の中にも、片側の空き地にも、自動車の停めてある一二丁下まで降りて行く山道のあいだにも、花は昨日の午後と同じに咲いている。寝坊の僕は自分の住む土地の朝げしきを珍しいものに思いながら、梅の下枝をくぐって行った。

○

男はしきりに「済みません済みません」と云った。「君が事故を起したのかね」と云うと、「私ではありませんが、うちのガレージの者なんです」と云う。そのガレージは兵庫の尻池の方にあって、今朝の午前一時頃、そこの車が客を拾いに神戸の街へ出ていると、二人が栄町一丁目からそれに乗った。そして阪神国道を東へ走って、恰も神戸と大阪の真ん中辺西宮市の手前から左へ折れ、阪急線の夙川へ出ようとして汽車の踏み切りを越える途端に貨物列車と衝突した。列車は上りであったから、北へ向って進む自動車の左側――而《しか》もちょうど客席の横腹を打ち、そのまま一丁半ばかり引き摺って停車した。助手と渡辺君は左側に、運転手と楢原君は右側に乗っていた。そして最初の一撃に運転台の右のドアーが開いて運転手は跳ね飛ばされ、暫くしてから助手が跳ね飛ばされ、客席の二人は最後まで車内に残った。負傷の最も軽いのは右の前方にいた運転手、次ぎが楢原君、次ぎが助手、渡辺君は殆んど身を以って汽車に打《ぶ》つかった訳で、額と、顋と、頸部を破られ、その場で意識を失って、病院に担ぎ込まれると間もなく死亡した。それが午前五時何十分。僕に電報を打ったのは、楢原君が会いたがってもいたのだが、警察が立ち合って欲しいと云って僕の来るのを待ちかねているのであった。

○

夙川の踏み切りは間違いの多い所で、今迄何人殺されているか知れないのである。北から南へ越すときはそうでもないが、南から北へ越すときは、両側に大きな松の枝があり、踏み切り番の小屋があって、見通しが利かない。それに、これは特に鉄道省の注意を喚起したいのだが、いったい貨物列車のヘッド・ライトは非常に暗い。上の方にぼんやりと一つ青い灯が燈《とも》っているだけである。われわれは日常電車や自動車の灯を見馴れていて、ヘッド・ライトと云えばもう少し明るいものと思い込んでいるから、あんな灯では自然油断しがちである。そこへ持って来て、客車よりも速力が鈍く、石炭も違うせいか、よっぽど近間《ちかま》へ来なければ地響きもしないし煙や火の粉なども見えない。闇の晩など用心深く歩いていてさえビックリさせられることがあるから、傘をさしていたり、耳や眼の悪い老人だったら、自動車でなくても危険率が多い。兎に角あんな灯で車を走らせるのは鉄道省が不親切である。僕も夙川や西宮にはついでがあり、しばしばあの辺の鉄道線路を横切ることがあるけれども、少し廻り道をして堤防の東のガードを越すか、そうでなければ踏み切りの前でエンジンの呻りを止め、助手を線路へ出してみてから渡るようにしていた。夙川に住む楢原君がそれを知らない筈はないが、思うに九日は日曜でもあり、僕の家から真っ直ぐ帰らずに、あれからあの足で神戸へ廻り、二人とも行ける口であるから何処かで飲んだ戻り道で、恐らく酔っていたのであろう。(あとで聞くと、楢原君は十時迄に帰ろうと云ったのを、渡辺君が、いつもそんなことに剛情を張る人ではないのに、あの晩は妙に執拗に、是非もう少し附き合えと云って肯《き》かないので、「今夜は渡辺君は変だなあ」と思ったそうである。)それにしても原稿を筆記させてくれと云った時、僕が承知して引き止めて置いたらこんな事にはならなかったであろう。

○

僕は車で病院へ駈けつける途々《みちみち》渡辺君と僕自身との因縁を思った。親疎《しんそ》を云えば、楢原君とは、近い所に住んでいて時々往復している仲だから、生前三度しか会ったことのない渡辺君と同日の談ではない。しかし故人とのつながりも左様に浅くないのである。僕は少くとも、故人に文壇へ進出する第一の機会を与えた者は自分であったと信じている。その時のことは今の松竹の川口松太郎君がよく知っている筈だと思う。たしか大正十四年頃、大阪にあったプラトン社が「女性」の誌上で映画のストーリーを募集したことがあって、選者は故小山内薫氏と僕であった。川口君は小山内氏が選んで一等にした物と、外に数篇の佳作を携えて、小山内氏の代理として僕の意見を求めに来た。そうして僕が、その中から唯一つ選び出したものが渡辺君の応募作品「影」であった。「唯一つ」と云う意味は、他の作品は等級を附けようと附けまいと、僕には何等問題でなく、唯此の「影」だけが鮮やかに図抜けていたのである。僕は一読して「カリガリ博士」の画面を浮かべた。筋がすぐれているばかりでなく、その原稿の字体、(巧拙を云うのでない。) 文字の使い方、インキの色、字配り等にまで、何かしら作者のシッカリした素質を想見させるに足るものがあった。此れは事に依ると、ただ此れだけの作者でなく、長い将来のある人だなと、直覚的に感じた。凡そ懸賞募集の作品には紛れ当り的の物が多く、今迄ついぞ此れはと思うものに打つかったことがなかったので、今度は自分が選者でありながら、たかを括っていたのだったが、それだけに僕の喜びも大きく、意外な獲物をしたような気がした。僕は川口君を摑まえて、小山内氏が此れを一等にしない理由を詰《なじ》った。が、だんだん聞いて見ると、小山内氏も恐らく僕が此れを一等にしたがるだろうことを予期して、さてこそ相談に寄越したのであった。僕は最初、どうせ碌な物はあるまいと思って、選者の名前を貸すだけに止めて、万事小山内氏に一任していた。だから、小山内氏がわざわざ僕に使者を差し向けたのは、此の「影」の価値を認めた上にも、僕と云うものを本当によく理解してくれての処置であった。しかしプラトン社が映画の原作を募集したのは、当選作品を日活か松竹に製作させて、雑誌の宣伝に使おうと云う政策があったらしく、僕はそこ迄気が付かなかったが、小山内氏はそれを知っていた。氏はその上にも演劇映画の実際家であり、且《かつ》プラトン社の顧問にすわっていて、雑誌の売れ行きを考慮すべき位置にあった。そこで、そう云う立ち場から見ると、「影」は筋として面白いけれども、映画化するのに難色がある。第一演技が非常にむずかしい。此の劇に成功するような腕と頭のあるキネマ俳優は、ウェルネル・クラウス、コンラド・ファイト程度の者でなければならず、今の日本では到底望めない。仮りに俳優が得られ、芸術的には立派なフィルムが出来るとしても、何分登場人物が少く、花やかな場面が一つもなく、独逸風な、恐ろしく暗い陰鬱な物語であるから、興行価値を懸念して何処の撮影所でも進んで製作を引き請ける所はないであろう。映画にならないに極まったものを当選させるのは無意義である。と、そう云うのが氏の意見であった。けれども僕は立ち場が違うから、キネマ界の現状に囚われる必要もなく、雑誌の売れ行きを考えてやるにも及ばない。「影」には映画のストーリーとして、映画化するのに不可能な条件は一つもない。絵にならないのは現在の話で、将来はなし得る時代が来る。その時代を少しでも早く来させるためには、なまじ余計な気がねをせずに、どしどし斯う云う作品を推挙するに限る。そうしなかったら若い人たちから募集する趣意が立たないではないか。僕はそんな理想論を振り廻して川口君を梃擦《てこず》らした。「小山内君が不承知なら、二人別々に選をさせてくれ給え。僕はどうしても此れを一等賞にする」と云ってだだを捏ねた。そうなるとへんに頑張り出すのがいつもの癖なので、小山内氏は定めし僕の子供じみた云い草を笑ったことだろう。僕はその実小山内氏の方にも道理があることを一応も二応も認めていた。僕の真意は、それほど「影」を固執する気はなかったのだが、たまたま此処に見出された、すぐれた素質のあるらしい青年作家の将来を慮《おもんぱか》ったのであった。云う迄もなく、一人の立派な才能を世の中へ送り出すことは、一つの映画、一つの雑誌の人気よりも遥かに大切なことであるから。

○

「影」は一等賞にはなったが、果たして小山内氏の予想通り映画にはならずにしまった。此れはプラトン社のためには計画に齟齬《そご》を来たしたであろうが、渡辺君のためには、私《ひそ》かに思うに多少のチャンスをもたらしたであろう。僕は当時その青年が慶応の学生であると云うことをチラと耳にしたばかりで、その後あまり気にも止めずにいると、一年程たって、或る日辻潤君が「『影』の作者を連れて来た」と云って岡本の僕の寓居を訪ねた。その時すでに渡辺君は「新青年」の記者であって、原稿の用件を帯びて来たのである。が、用談は殆んど辻君が代りにしゃべって、君は始終黙々として僕の顔を見ていた。僕はさっき第一印象の感じを書いたが、一つ書き洩らしていることは、「カリガリ博士」の絵に出て来るアランの顔、――「影」の作者が辻君のうしろから這入って来るのを見た瞬間、真っ先にあの顔が僕の記憶に上った。ヴァガボンドネクタイ、長い髪、暗い茶色の服、痩せてはいないがゴツゴツ骨張ったいくらかゴリラの腕を想わせる長大な四肢、東北タイプの凹凸《おうとつ》のある陰影《かげ》の深い容貌、おまけに神経質らしい眼はいかにもアランによく似ていた。そうしてそれは僕が「影」の作者の姿として心に描いていた通りのものだった。このくらい想像と実物とがピッタリ合ったことはなかった。

○

僕は病院の玄関を上って、屍体の置いてある手術室へ案内されながら、ふと、もう一度アランの顔を想い浮かべた。屍体はあの茶色の服を着たまま、患者を運ぶ車の附いたズックの台の上に仰向けに臥《ね》て、その上を外套で蔽われ、外套の上から腹のあたりへ両手を載せていた。血の附いたワイシャツの袖口から出ている手が、握り拳を作って、黄色く固く、既に「死んだ手」になっていた。「もうちょっと前息を引き取られました、まことにお気の毒です」と云って、巡査が顔のハンケチを取る。顔にはガーゼが血でぺったりと粘りついている。頭部の傷口を縫った痕が堆くふくれている。その傷口から後頭部へかけて、何か棒のような物が突き刺さっているらしいと医師は語った。しかし此の打撃は急所を外れているので、致命傷は脳の内出血か、或いは胸を強く打ったため心臓をやられたか、念のためにレントゲンで写真を撮って置きましょうと云う。左の肋骨を折った助手と、血だらけなカラーを着けて顔の半分へ膏薬を貼られた楢原君とは診察室に臥かされていた。運転手は服の背中にレールの痕を印《いん》しながら、思いの外の軽傷らしく、起きてストーヴにあたり始めた。そして霧雨が降っていたのでガラスが曇って見えなかったこと、中のお客は二人とも酔ってぐうぐう寝ていたことなどを、ぽつぽつ語った。此の運転手は非常に気丈で、体じゅうの痛みを怺《こら》えつつ独りで負傷者を運搬したり、近所のガレージを起したり、病院へ担ぎ込んだり、警察署へ駈け付けたりした。汽車の機関手たちは、邪魔になる壊れた自動車を線路の下へ投げ捨てただけで、そのまま列車を走らしてしまった。そのため事故の起ったのが一時五十何分であるのに、それから病院へ運ぶ迄に一時間半以上もかかった。そんなことを話しながら自分も生きてはいられないように悲観している運転手を巡査が傍から慰めてやったりいたわったりしていた。あたたかみのある、親切な、いい巡査であった。

楢原君の経験では、踏み切りへかかったことも、衝突したことも、何も覚えがない。病院へ来て始めて事態を悟ったくらいで、全く恐怖を知らずに済んだ。それほどぐっすり寝込んでいたのだそうである。だから勿論渡辺君も寝ながら汽車に横腹を打たれて、夢中で死んで行ったであろう。その光景の凄惨さに比べて、案外苦しまなかったであろう。そう思うことがせめてもの慰めである。岡田時彦、楢原君を始めとして故人の友人には其の道の人が甚だ多い。日本のキネマ界も今や昔日のようではあるまい。一つ故人の追福のために「影」を映画化してはどうか。そして立派なものが出来たら、地下の故人と小山内氏とは手を執り合って喜ぶであろう。僕は此のことを切に友人諸氏にすすめる。

Dream Tales

○

東京座の一と幕見が非常な大入で、場内へギッシリ詰まった黒山のような見物人の波をウムと力んで背中で堰《せ》き止めながら、前列に居る私は、一生懸命鉄棒《かなぼう》に摑まって居た。鉄棒はざらざらに錆びて居て、人いきれの為めに熱く火照《ほて》った私の頰へ、ひいやりと触れて居るのが、大変好い心持ちである。そう思いながら、私はじッと顔を舞台の方へ向けて居る。あまり後ろから押し付けられる息苦しさに、時々背伸びをしようとしたり、肩を揺す振ろうとして見るが、立錐の余地もない雑沓《ひとごみ》で、殆んど身動きが出来ぬ。まるで枷を篏められたようである。

「………そうだ、己は人肉の枷を篏められて居るのだ。」

と、私は考えた。右や左の人の体が、びッたりと私にくッ着いて居る。折々は先方の手が、懐《ふところ》へ入って来たり、脚が両膝の間《あいだ》へ割り込んだりする程、くッついて居る。何処迄が自分の体で、何処までが他人《ひと》の体だか、判らない位である。そうして、お互に芝居の方へ気を取られて居ながら、精神のお留守になった肉体同士が、狭い暗い羽目板の蔭で、僅かの隙を求めては少しでも前へ出ようと藻掻き合い、縺れ合いつつ、犬のじゃれるように盲動して居た。窮屈ではあるが、仕方がないから、私は矢張じッと舞台の方を向いて居る。何でも其れは、前に度々見た事のある、悲しい、旧劇の芝居であった。右隣に私と顔を列べて居る人の、真白な、高い鼻の頭ばかりが、自分で自分の鼻端《はなさき》を視詰める時のように、ぼんやりと見えて居る。鼻の持ち主は確かに女である。どうかした加減で、前髪がちらちらと私の眼の前を掠めたり、涼しい眸《まなざし》が閃めいたりする。女の頬からは涙がさめざめと、止めどなく流れ落ちて、冷めたい鉄棒を伝わって、私の唇《くちびる》の中へ入って行く。………

○

私は万里の長城のような、幅の狭い、恐ろしく高い城壁の上に、仰向きになって臥《ね》て居る。頭の方から足の方へ、一二尺の広さの路《みち》が、真直ぐに走って居るが、右と左は千仞《せんじん》の谷底のように深い。左の谷底から一本の索《つな》が、私の胸の上を擦《こす》って、右の谷底へズルズルと下りて行く。誰か下で引張って居る奴があるらしいが、索は馬鹿に長いと見えて、いつ迄立っても限りなくズルズルと下りて行く。

漸《ようや》くの事で索が尽きたかと思うと、其の端に結び着けてある生首が上って来たが、私の頤《あご》の間へ引懸って、容易に離れない。其れでも関《かま》わずに、右の谷底ではグングン引張って居る。

「おうい、そんなに引張るなよウ！　己が落《おっこ》ってしまうじゃないか。」

私は思わず下を向いて、こう叫んだ。

○

「さあ、あたしが斯うして上げたら、もう其んなに恐ろしい事はないでしょう。」

女は斯う云って、激しい恐怖に襲われて打ち慄《ふる》えて居る私の額へ、そっと右の掌《たなごころ》を置いた。

すると、私の額《ひたえ》の触覚は丁度舌が微細な料理の味わいを翫賞するように、女の掌の暖かさ、柔かさ、懐かしさ、優しさを、しみじみと舐め試みた。恋の歓楽の壺の中に秘められた甘露の、汲めども汲めども尽きざる美味が、滾々《こんこん》と流れ出て、不思議にも、今迄体中に充ち充ちて居た恐怖は、拭うが如くに忘れられる。

「あなたが其の手で始終触ってさえ居てくれれば、私はこのまま生きて居られる。其の手の味わいより外《ほか》に、私の生を充実させるものはないのだから。」

と、私は其の女に答えた。

感覚的な「悪」の行為

もう七八年以前にもなろうか、小田原でこうした筋の芝居を見たことがある。慥かに北越あたりのお家騒動だと思う。ふにゃけたお約束の若殿様が、大膳もどきの忠臣から その不身持を諫止せられて怒る。それが全く理由も根拠もなしに立腹する、凡そ恁うした莫迦殿様は大抵理不尽に憤り抜くものに違いはないのだけれど、実に怒り方が滅茶苦茶に暴《あら》くて、気が狂ったのかと怪まれるほどであった。而かもその役者は年の若いわりに巧くて、嫌に蒼白く塗った扮《つく》りが今も尚お眼の底に貽《のこ》っている。先ずそれが私にはおもしろかった。然うして件の忠臣は閉門を仰せつけられ、己が屋敷に閉じ籠って、妻子や家来が悲歎の泪に浸っていると、そこへ殿様から迎えの使者がくる。そこで早速出かけようとする時、子供が弄んでいた玩具の人形の首がコロリと抜ける、ハテ気懸りな予兆だと云った風な想い入れで、草履に片足かけるとまた例の鼻緒がプッツリ切れた。が、兎に角登城して了うと、跡へまた殿からの厳命とあって大勢の荒くれ侍なんぞが駆け込んできて、泣き叫ぶ妻子に有無を云わせず縄打って引立てる。一方忠臣は殿に見えると、妙に機嫌がよくて上々首尾である。そして褒美に短刀をやろうと云う。愈々変だと訝かりながら、受取ろうとして手をさし出した掌の裏から表へ、グサとばかりにその短刀が刺し貫ぬかれ、忽ちタラタラと流れる赤い血の滴り……その光景はいとも鮮かに描き出されて、慾《なま》じ殺害せられないだけに、却って一層凄惨な感じを覚えた。そして殿様は一命を救ける代償《かわり》に、二人の罪人の首を打てと吩咐《いいつ》け、わざと明りを消して真ッ暗にして、引き出されたのは先刻の妻と子だったが、暗いので何も分らずに一気に二人の首を刎ねる。すると再びぱっと明りがつく、仔細に見ると己が妻子だから堪らない筈だ。逆上《のぼ》せ切って、その二つの首を小脇に抱えこむや、花道から揚幕を屹っと見込んで駆け込む、――――その怨嗟と憤激とに燃えた眼の色や形相、その背方から不気味なほどに浴せかける殿様のせせら笑い、それが大変私の感興を募らせたように記憶している。

○

これは一つの例であるが、私の歌舞伎劇から味う「悪」の気持は殆んど凡てが恁うした「行為」の上の悪と云っていい。従って、それが院本物であろうと、世話物であろうと敢て選ばない。それどころか、一つの狂言として優秀なものだろうが、愚劣なものだろうが、尠くもこの場合に於ては、兎や角と云うべきではない。要は感覚的に示唆する「悪の行為」が深刻に多量であればあるだけ、歌舞伎劇の持つ特有な感じに陶酔せられると云った訳になる。その意味から云えば、愚劣なる狂言により多く「悪」の分子が濃厚と云い得よう。云うまでもない、矛盾や非理論的なところにこそ、人の官能を異常に刺戟する「悪の齎らす一種の快さ」を感ずるからである。

全体私は、歌舞伎劇のおもしろ味なるものは、多く「形」の上に在るのではないかと思っている。この「形」の上のおもしろ味を別にすると、歌舞伎劇の持つ魅力も可成り減殺せられはしないだろうか。但しこの意味が、直ちに私の云う「行為」の上の悪をたのしむ根拠とは云い切れないにしたところが、――慾じいい加減に取扱われた人物の性根の描写などよりは、刻々に描かれてゆく「行為の上の種々なる形」の方が、歌舞伎劇として遥かにすぐれた力を持っていると考えられる。

そこで「行為の上の悪」と云っても、勿論種々雑多だけれども、私の一番力強く曳きよせられるのは、やはり「凄惨な行為」であり「凄惨な場面」である。冒頭に述べたごとくに、あゝした惨酷な行為やシーンに纏絡してまわる悪の気分が、私達をして一種の美しい幻想を育くませてくれる、――畢竟そこに、悪の快感が存する、と云って置こうか。蓋し、この種の陶酔的魅力はひとり歌舞伎劇に於てのみよく味われるべきだが、別に新派の創生期時代の芝居にも亦た私は類似した「悪の行為」を見出したことがある。

○

今でこそ遠くなったが、まだずっと若い当時には、あの薄暗い、ジメジメとした宮戸座の立見を懐かしんで、しげしげと出かけたものである。そのころ見た芝居の記憶も今では大分怪しいが、中に忘られないのは、何でも人の死顔の皮を剝ぎ取ると云う筋で、その時の舞台の光景は今想い出しても戦慄するようであった。それから茅場町に住っていた頃、例のお茶の水に起ったおこの殺しを脚色《しく》んで山口定雄一座が演じたのを、多分常盤座で見たと思う。おこのの首を絞めて、その顔面を分らぬようにと縦横に斬り刻み、揚句に髻《たぶさ》を摑んで曳き摺り起し、その二目と見られぬ面を見物の方へ向けられた――には流石に竦然としたことを覚えている。その他、卯三郎などの、手掛けた物にもこう云う風な狂言の記憶はあるが、爰には云わないことにする。

しかし以上の昔話によって、私の云う悪の興味が、どこに繋っているかは一層明白になったであろう。そこで今度は、お質問に応じて悪人の研究を試みたいけれど、卒直に云って前述の「アクティングの上の悪」を除いては他に何等認むべき興味の穂がないのを遺憾とする。なぜと云って、古来幾多の歌舞伎狂言に描かれた多くの悪人の姿を思い泛べて、即ちその悪玉に深い考えを傾けさせられない。一口に云うと、由来悪人の性根とか性格なるものが、寧ろ余りに類型的であり過ぎることだ。

例を挙げるまでもないが「光秀」にしろ、「頓兵衛」にしろ、悪人として一通りは描き得ているが、これらの芝居のおもしろ味から云えば、やはり「形の上」に存するのではないか。決して「光秀」や「頓兵衛」などの人物描写に心服せられるのでは毛頭ないことになる。所詮、悪人とは云い乍ら、本当の意味の人間の本質が描かれていない限りは、悪人として心理的に深く立ち入って描かれていない限りは、――感興を持ち合せない方が当然だと云わなければなるまい。

現在私は、所謂善悪観なるものについて考えているが、――尠くとも歌舞伎狂言に現われている悪人は、それ一個として実在の必然性に乏しい。いかにも存在的根拠が稀薄である。同時にそれは、筋のために体《てい》よくでッち上げられた悪人と云うことになる。作意のために拵えられた悪人だから、肝腎の性根や性格が散文的に、間に合わせ式になっているのだ。黙阿弥物などは、孰《いず》れもこの点に大きな欠陥のあることは見遁がせない。況んやその他の狂言作者は凡て然りである。従って私は、歌舞伎劇から本当の悪人と云うものを見出し得ない。よし悪人と称する者があっても、それを是認することは出来ない。只だ南北の物に一種の特色を認めるけれど、それもまだ研究の余地がありそうに思う。

○

結論は、――歌舞伎劇の悪玉自身には、何等人間的な本質を発見し得ないが、一たびその悪の行為の上に及ぶと、間々私達に惨美な快感を与えてくれる。が、恁うした歌舞伎劇の持つ一面のいい味も、官憲の手によって遠慮なくカットせられることは、そうしてそのかみの俤《おもかげ》が次第に減退してゆくことは、堪らなく憾《うら》みに思う。（談）

魔術師

私があの魔術師に会ったのは、何処《いずこ》の国の何と云う町であったか、今ではハッキリと覚えて居ません。――どうかすると、其れは日本の東京のようにも思われますが、或る時は又南洋や南米の殖民地であったような、或は支那か印度辺《へん》の船着場であったような気もするのです。兎にも角にも、其れは文明の中心地たる欧羅巴《ヨーロッパ》からかけ離れた、地球の片隅に位《くらい》して居る国の都で、而も極めて殷富《いんぷ》な市街の一廓の、非常に賑やかな夜の巷でした。しかしあなたが、其の場所の性質や光景や雰囲気に関して、もう少し明瞭な観念を得たいと云うならば、まあ私は手短かに、浅草の六区に似て居る、あれよりももっと不思議な、もっと乱雑な、そうしてもっと頽爛《たいらん》した公園であったと云って置きましょう。

若しもあなたが、浅草の公園に似て居ると云う説明を聞いて、其処に何等の美しさをも懐しさをも感ぜず、寧ろ不愉快な汚穢な土地を連想するようなら、其れはあなたの「美」に対する考え方が、私とまるきり違って居る結果なのです。私は勿論、十二階の塔の下に棲んで居る、"venal nymph" の一群をさして、美しいと云うのではありません。私の云うのは、あの公園全体の空気の事です。暗黒な洞窟を裏面に控えつつ、表へ廻ると常に明るい歓ばしい顔つきをして、好奇な大胆な眼を輝かし、夜な夜な毒々しい化粧を誇って居る公園全体の情調を云うのです。善も悪も、美も醜も、笑いも涙も、凡べての物を溶解して、ますます巧眩な光を放ち、炳絢《へいけん》な色を湛えて居る偉大な公園の、海のような壮観を云うのです。そうして、私が今語ろうとする或る国の或る公園は、偉大と混濁との点に於いて、六区よりも更に一層六区式な、怪異な殺伐な土地であったと記憶して居ます。

浅草の公園を、鼻持ちのならない俗悪な場所だと感ずる人に、あの国の公園を見せたなら果して何と云うであろう。其処には俗悪以上の野蛮と不潔と潰敗とが、溝《どぶ》の下水の澱んだように堆積して、昼は熱帯の白日の下に、夜は煌々たる燈火の光に、恥ずる色なく発《あば》き曝され、絶えず蒸し蒸しと悪臭を醱酵させて居るのでした。けれども、支那料理の皮蛋《ぴいだん》の旨さを解する人は、暗緑色に腐り壊れた鶩《あひる》の卵の、胸をむかむかさせるような異様な匂を掘り返しつつ、中に含まれた芳鬱《ほううつ》な渥味《あくみ》に舌を鳴らすと云う事です。私が初めてあの公園へ這入った時にも、ちょうど其れと同じような、薄気味の悪い面白さに襲われました。

何でも其れは初夏の夕べの、涼しい風の吹く時分だったでしょう。私が其の町のとあるカフェで、私の恋人と楽しい会合を果たした後、互いに腕を組み合って、電車や自動車や人力車の繁く往き交うアヴェニュウを、睦じそうに散歩して居る最中でした。

「ねえあなた、今夜此れから公園へ行って見ようではありませんか。」

と、彼の女が突然、あの妖艶な大きな瞳をぱっちりと開いて、私の耳元で囁いたのです。

「公園？　公園に何があるのさ。」

と、私は少し驚いて尋ねました。なぜと云うのに、私は今迄、其の町にそんな公園のあった事を知らなかったのみならず、その時の彼の女の言葉には、何処となく胡散臭《うさんくさ》い調子が潜んで居て、云わば秘密な悪事でも唆《そその》かすように聞えたからです。

「だってあなたはあの公園が大好きな筈じゃありませんか。私は初めあの公園が非常に恐ろしかったのです。娘の癖にあの公園へ足を踏み入れるのは、恥辱だと思って居たのです。其れがあなたを恋するようになってから、いつしかあなたの感化を受けて、ああ云う場所に云い知れぬ興味を感じ出しました。あなたに会う事が出来ないでも、あの公園へ遊びに行けば、あなたに会って居るような心地を覚え始めました。………あなたが美しいようにあの公園は美しいのです。あなたが物好きであるように、あの公園は物好きなのです。あなたはよもやあの公園を、知らない筈はないでしょう。」

「おお知って居る、知って居る。」と、私は思わず答えました。そうして更に斯う云いました。「………彼処《あすこ》にはたしかいろいろな、珍しい見せ物があった筈だ。世界中の奇蹟と云う奇蹟の凡てが集まって居た筈だ。彼処には古代の羅馬《ローマ》に見るような、アムフィセアタアもあるだろう。スペインの闘牛もあるだろう。其れよりももっと突飛な、もっと妖麗な、Hippodromeもあるだろう。それから私の大好きな、いとしい可愛いお前よりも尚大好きな活動写真があるだろう。そうして彼《あ》の、世界中の人間の好奇心を唆かしたFantomasやProteaよりも、もっと身の毛の竦《よだ》つようなフィルムの数々が白昼の幻の如くまざまざと映されて居るだろう。」

「私は此の間、彼処の活動写真館で、あなたが平生耽読して居る古来の詩人芸術家の、名高い詩篇や戯曲の映画を幾巻も幾巻も見せられました。ホオマアのイリアッドだの、ダンテの地獄の写真などは、あなたも多分御存じでしょう。しかしあなたは、支那小説の西遊記の、西梁女国《さいりようじよこく》の艶魔の媚笑を御覧になった事がありましょうか。又アメリカのポオの作った、恐怖と狂想と神秘との、巧緻な糸で織りなされた奇《あや》しい幾個の物語が、フィルムの上に展開して、眼前に現われて来る凄《すさまじ》さを、嘗て想像したことがあるでしょうか。“The Black Cat”の戦慄すべき地下室の情況や、“The Pit and the Pendulum”の暗澹たる牢獄の有様が、小説よりも更に無気味に、実際よりも更に鮮かに、強く明るく照し出される刹那の気持ちを味わって御覧なさい。而もそれ等の幻燈劇を、黙って静かに見物して居る数百人の観客は、みんな悪夢に魘《うな》されたようにビッショリと冷汗を掻き、女は男の腕に絡まり男は女の肩にしがみ着いて、歯を喰いしばっておののきながら、一心に執拗に、昂奮した怯えた瞳を、映画の上へ注いで居るのです。彼等は折々、熱に浮かされた病人のような微かな嘆息《ためいき》を洩らすばかりで、咳《しわぶき》一つ、眼瞬《またた》き一つしようとする者は居ませんでした。そんな事をする隙《すき》のない程、彼等の魂は驚異に充たされ、彼等の体は硬直して居るのです。たまたま余りの明白さに堪えかねて、面を背けて逃げ出そうとする者があると、真暗な観客席の何処からともなく、気違いじみた、けたたましい拍手の声が起ります。すると拍手は忽ちの間に四方へ瀰漫《びまん》し、内々浮き腰になって居た連中迄が相和して、館の建物を震撼するような盛んな響きが、暫く場内にどよめき渡るのです。………」

彼の女の語る挑発的な巧妙な舒述は、一言一句大空の虹の如く精細に、明瞭な幻影を私の胸に呼び起して、私は話を聴いて居るより、寧ろ映画を見て居るような眩ゆさを感じました。同時に私は、其の公園へ今迄何度も訪れたことがあるらしく感ぜられました。少くとも彼の女が見物したと云う其れ等の幻燈の数々は私の心の壁の面に、妄想ともつかず写真ともつかず、折々朦朧と浮かび上って私の注視を促すことは屢々あるのです。

「しかし恐らく彼《あ》の公園には、もっと鋭くわれわれの魂を脅かし、もっと新しくわれわれの官能を蠱惑《こわく》する物があるだろう。――物好きな私が、夢にも考えたことのない、破天荒な興行物があるだろう。私には其れが何だか分らないが、お前は定めし知って居るに違いない。」

「そうです。私は知って居ます。其れは此の頃公園の池の汀《みぎわ》に小屋を出した、若い美しい魔術師です。」

と、彼の女は即座に答えました。

「私は度び度び其の小屋の前を素通りしましたが、まだ一遍も中へ這入ったことがないのです。其の魔術師の姿と顔とは、余りに眩く美しくて、恋人を持つ身には、近寄らぬ方が安全だと、町の人々が云うのです。其の人の演ずる魔法は、怪しいよりもなまめかしく、不思議なよりも恐ろしく、巧緻なよりも奸悪な妖術だと、多くの人は噂して居ます。けれども小屋の入口の、冷い鉄の門をくぐって、一度魔術を見て来た者は、必ずそれが病み付きになって毎晩出かけて行くのです。どうしてそれ程見に行きたいのか、彼等は自分でも分りません。きっと彼等の魂までが、魔術にかけられてしまうのだろうと私は推量して居るのです。——ですがあなたは其の魔術師をまさか恐れはしないでしょう。人間よりも鬼魅《きみ》を好み、現実よりも幻覚に生きるあなたが、評判の高い公園の魔術を見物せずには居られないでしょう。たとえいかなる辛辣な呪咀や禁厭《まじない》を施されても、恋人のあなたと一緒に見に行くのなら、私も決して惑わされる筈はありません。………」

「惑わされたら惑わされるがいいじゃないか。其の魔術師がそんなに綺麗な男なら。」

私は斯う云って、春の野に啼く雲雀のように、快濶な声でからからと笑いました。しかし其の次ぎの瞬間には、ふと、胸の底に湧いて来た淡い不安と軽い嫉妬に裏切られて、早速言葉を荒《あら》らげずには居られませんでした。

「それでは此れから直ぐ公園へ行って見よう。われわれの魂が魔法にかかるかかからないか、お前と一緒に其の男を試してやろう。」

二人はいつか町の中央にある広小路の、大噴水の滸《ほとり》をさまようて居たのでした。噴水の周囲には、牛乳色の大理石の石垣が冠《かんむり》のような円形を作って、一間毎に立って居る女神の像の足下《もと》から、泉の水は淙々として溢れ膨らみ、絶えず大空の星を目がけて吹き上げながら、アーク燈の光のうちに虹霓《こうげい》となり雲霧《うんむ》となりつつ、夜の空気に潺湲《せんかん》と咽《むせ》び泣いて居るのです。とある行路樹の、鬱蒼とした葉蔭のベンチに腰を卸して、暫く街頭の人ごみを眺めて居た私は、間もなく其処の雑沓に異常な現象が現われて居る事を発見しました。町の四方から、其の四つ辻の噴水に向って集まって来る四条《よすじ》の道路は、いずれも夕方のそぞろ歩きを楽しむらしい群衆に依って賑わって居ますが、而も其れ等の人々の殆んど全部は、一様に同じ方角を志しつつゆるくなだらかに流れて行くのです。南と北と西と東との道路のうち、南の一条《ひとすじ》を除く以外の三つの線を歩く者は、一旦悉く四つ辻の広場に落ち合った後、今度は更に濃密な隊を作り、真黒な太い列を成して、南の口へぞろぞろと押して行きます。そうして今しも、噴水の傍のベンチに憩《いこ》うて居る私等二人は、云わば大河のまん中に停滞して居る浮《う》き洲《す》のように、独り静かに周囲から取り残されて居るのでした。

「御覧なさい。これ程多勢の人たちがみんな公園へ吸い寄せられて行くのです。——さあ、われわれも早く出掛けましょう。」

彼の女は斯う云って、やさしく私の背中を擁して立ち上りました。二人はどんなに押し返されても別れ別れにならないように、鉄の鎖の断片の如く頑丈に腕を絡み合って、人ごみの内に交ったのです。

やや長い間、私は唯、無数の人間の雲の中を嫌応《いやおう》なしに進みました。行く手を眺めると、公園は案外近い所にあるらしく、燦爛《さんらん》としたイルミネエションの、青や赤や黄や紫の光芒が、人々の頭に焦げつく程の低空に、炎々と燃え輝いて居るのです。道路の両側には、青楼とも料理屋ともつかない三階四階の楼閣が並んで、花やかな岐阜提灯を珊瑚の根掛けのように連ねたバルコニイの上を見ると、酔いしれた男女の客が狂態の限りを尽して野獣のように暴れて居ました。彼等の或る者は、街上の群衆を瞰《み》おろして、さまざまの悪罵を浴びせ、冗談を云いかけ、稀には唾を吐きかけます。彼等はいずれも外聞を忘れ羞恥を忘れて踊り戯れ、馬鹿騒ぎの揚句には、蒟蒻《こんにゃく》のようにぐたぐたになった男だの、阿修羅のように髪を乱した女だのが、露台の欄杆から人ごみの上へ真倒《まっさかさ》まに落ちて来るのです。そうして見る見る野次馬の為めに、顔を滅茶滅茶に掻き挘られ、衣類をずたずたに引き裂かれて、或る者は悲鳴を放ちながら、或る者は絶息して屍骸のようになりながら、水に浮かぶ藻屑《もくず》の如く何処までも何処までも運ばれて行くのです。私は、自分の前へ落ちて来た一人の男が、逆立ちになって二本の脛を棒杭のように突き出したまま、止めどもなく流れて行くのを見て居ました。其の男の足は、四方八方から現われて来る無頼漢の手に依って、最初に先ず靴を脱がされ、次にはズボンをぼろぼろに破られ、果ては靴足袋《くつたび》を剝ぎ取られて、打ったり抓《つね》ったりされるのでした。それから又、酒ぶくれに太った一人の女が、ジオヴァンニ・セガンティニの「淫楽の報い」と云う絵の中にある人物のような形をして、胴上げにされながら、「やっしょい、やっしょい」と担《かつ》がれて行くのも見物しました。

「この町の人たちは、みんな気が違って居るようだ。今日は一体、お祭りでもあるのか知ら。」

と、私は恋人を顧みて云いました。

「いいえ、今日ばかりではありません。此の公園へ来る人は年中こんなに騒いで居るのです。始終此のように酔払って居るのです。此の往来を歩いて居る人間で、正気な者はあなたと私ばかりです。」

彼の女は相変らずしとやかな、真面目な句調で、そっと私に告げました。どんな喧囂《けんごう》の巷に這入っても、どんな乱脈な境地にあっても、常に持ち前の心憎い沈着と、純潔な情熱とを失わない彼の女は、悪魔の一団に囲まれた唯《たった》一人の女神のように、清く貴く私の眼に映じたのです。私は彼の女の冴え冴えとした瞳を見ると、吹き荒《すさ》ぶ嵐の中に玲瓏と澄み渡った、鏡のような秋の空を連想せずには居られませんでした。二人は人波に揉まれ揉まれて、一尺の地を一寸ずつ歩く程にして、つい鼻先に控えて居る公園の入口へ、漸く辿り着く迄に一時間以上も費したようでした。其処までぎっしりと密集して、巨大な蜈蚣《むかで》の這うが如く詰め駈けて来た人々は、門内の広場に達すると、やがて参々伍々に別れて、思い思いの方面へ散らばって行くのです。公園と云っても、見渡す限り丘もなく森もなく、人工の極致を悉《つく》した奇怪な形の大廈《たいか》高楼《こうろう》が、フェアリー・ランドの都のように甍《いらか》を連ね、幾百万粒の燭《ともしび》を点じて、巍々《ぎぎ》として聳えて居るのでした。広場の中心に茫然と彳立《てきりつ》したまま、其の壮観を見渡した私は、先ず何よりも、天の半ばに光って居る Grand Circus と云う広告燈のイルミネエションに胆を奪われました。其れは直径何十丈あるか分らない極めて尨大な観覧車の如きもので、ちょうど車の軸のところに、グランド・サアカスの二字が現れているのです。そうして、数十本の車の輻《や》には、一面の電球が赫爍《かくしやく》たる光箭《こうせん》を放ち、さながら虚空に巨人の花傘《はながさ》を拡げたような環を描いて、徐々に雄大に廻転を続けて居ます。而も一層驚く可き事は、素肌も同然な肉体に軽羅を纏うた数百人のチャリネの男女が、炎々と輝く火の柱に攀《よ》じ登りつつ、車の廻《めぐ》るに従って、上方の輻《や》から下方の輻へと、順次に間断なく飛び移って居る有様です。遠くから其れを眺めると、車輪全体へ鈴なりにぶら下って居る人間が、火の粉の降るように、天使の舞うように、衣を翩々《へんぺん》と翻《ひるがえ》して、明るい夜の空を翺翔《こうしょう》して居るのでした。私の注意を促したのは、此の車ばかりでなく、殆んど公園の上を蓋《おお》うて居る天空のあらゆる部分に、奇怪なもの、道化たもの、妖麗なものの光の細工が、永劫に消えぬ花火の如く、蠢《うご》めき、閃めき、のたくって居るのを認めました。若しあの空の光景を、両国の川開きを歓ぶ東京の市民や、大文字山の火を珍らしがる京都の住民に見せたなら、どんなにびっくりすることでしょう。私が其の時、ちょいと見渡したところだけでも、未だに忘れられない程の放胆な模様や巧緻な線状が、数限りなくあるのです。たとえて云えば、其れは誰か、人間以上の神通力を具備して居る悪魔があって、空の帳《とばり》に勝手気儘な落書きを試みたとも、形容することが出来るでしょう。或は又、世界の最後の審判の日、Doom's Day の近づいた知らせに、太陽が笑い月が泣き彗星が狂い出して、種々雑多な変化星《へんげぼし》が、縦横無尽に天際《てんさい》を揺曳するのにも似て居るでしょう。

私たちの立って居る広場は、正確な半円形を形作って、その円周の弧の上から、七条《しちじょう》の道路が扇の骨の如く八方へ展いていました。七条のうちで最も広い、最も立派なのは、まん中の大通りでした。何十軒何百軒あるか分らない公園の見せ物の中で、取り分け人気を呼んでいる小屋は大概其処にあるらしく、或は厳《いかめ》しい、或は危っかしい、或は頓興な、或は均整な、ありとあらゆる様式の建築物が、城砦のように軒を並べ、参差《しんし》として折り重なって居るのです。其処には日本の金閣寺風の伽藍《がらん》もあれば、サラセニックの高閣もあり、ピサの斜塔を更に傾けた突飛な櫓《やぐら》があるかと思えば、杯形に上へ行く程脹らんでいる化物じみた殿堂もあり、家全体を人面に模した建物や、紙屑のように歪んだ屋根や、蛸の足のように曲った柱や、波打つもの、渦巻くもの、彎屈するもの、反《そ》り返るもの、千差万別の姿態を弄《ろう》して、或は地に伏し、或は天を摩《ま》して居ます。

「あなた……」

そうして其の時、私の愛らしい恋人は、斯う云いかけて軽く私の袂を引きました。

「あなたは何が珍らしくて、そんなに見惚《みと》れていらっしゃるの？　此の公園へは度び度びお出でになったのでしょう。」

「私は此処へ何度も来て居る。」

そう云わなければ耻辱を受けるように感じて、私は惶《あわ》て頷きました。「………だがしかし、幾度来ても私は見惚れずに居られないのだ。其れ程私は此の公園が好きなのだ。」

「まあ」と云って、彼の女はあどけなくほほ笑みながら、「魔術師の小屋は彼処《あすこ》にあるのです。さあ早く行きましょう。」

と、左手を挙げて、其の大通りの果てを指《ゆびさ》しました。

広場から大通りへ這入る口には、鎌倉の大仏程もある、真赤な鬼の首がわれわれの方を睨んで居ました。鬼の眼にはエメラルド色の、濃緑色の電燈が爛々と燃えて、鋸《のこぎり》のような歯を露《あら》わして笑って居ます。ちょうど其の歯の生えて居る上顎と下顎との間が、一箇のアーチになって居て、多勢の人は其処をくぐって行くのです。それでなくても、公園全体が溶礦炉の如く明るいのに、其の大通りの明るさは又一段と際《きわだ》立って、一道の火気が鬼の口から烈々と噴き出て居ます。私は恋人に促されて其の火の中へ飛び込んだ時、さながら体が焦げるような心地を覚えました。

両側に櫛比《しっぴ》して居る見世物小屋は、近づいて行くと更に仰山《ぎょうさん》な、更に殺風景な、奇想的なものでした。極めて荒唐無稽《こうとうむけい》な場面を、けばけばしい絵の具で、忌憚なく描いてある活動写真の看板や、建物毎に独特な、何とも云えない不愉快な色で、強烈に塗りこくられたペンキの匂や、客寄せに使う旗、幟《のぼり》、人形、楽隊、仮装行列の混乱と放埒《ほうらつ》や、其れ等を一々詳細に記述したら、恐らく読者は竦然《しょうぜん》として眼を掩うかも知れません。私があれを見た時の感じを、一言にして云えば、其処には妙齢の女の顔が、腫物《できもの》の為めに膿《うみ》ただれて居るような、美しさと醜さとの奇抜な融合があるのです。真直ぐなもの、真ん円なもの、平なもの、——凡て正しい形を有する物体の世界を、凹面鏡《おうめんきょう》や凸面鏡《とつめんきょう》に映して見るような、不規則と滑稽と胸悪さとが織り交って居るのです。正直をいうと、私は其処を歩いて居るうちに、底知れぬ恐怖と不安とを覚えて、幾度《いくたび》か踵《きびす》を回《かえ》そうとしたくらいでした。

若しも彼の女が一緒でなかったら、私はほんとうに中途で逃げたかも分りません。私の心の臆するに従い、彼の女はますます軽快に、子供のような無邪気な足どりで、勇ましく進んで行くのでした。私が物に脅かされた怯懦《きょうだ》な眼つきで、訴えるように彼の女の様子を窺うと、彼の女はいつも面白そうな、罪のない笑顔を見せてにこにこして居るのです。

「お前のような正直な、柔和な乙女が、この恐ろしい街の景色を、どうして平気で見て居られるのだろう。」

私は屢々、彼の女に尋ねようとして躊躇しました。けれども私が実際斯う云う質問を発したら、彼の女は何と答えたでしょう。「わたしが平気で居られるのは、あなたの感化だ。」と云うでしょうか。「わたしにはあなたと云う恋人がある為めなのです。恋の闇路《やみじ》へ這入った者には、恐ろしさもなく恥かしさもない。」と云うでしょうか。――――そうです。彼の女はきっと此れ等の言葉を答えるに違いないでしょう。彼の女は其れ程熱心に私を信じ、其れ程純粋に私を愛して居るのです。羊のように大人《おとな》しい、雪のように浄い彼の女が、此の公園を喜ぶのは、たしかに私を恋している証拠なのです。私の趣味を自分の趣味とし、私の嗜好を自分の嗜好にしようと努めた結果なのです。世間の人は彼の女の事を、私の為めに堕落をしたと云うかも知れません。しかし彼の女の趣味や嗜好が如何程《いかほど》悪魔に近づいたにせよ、彼の女の心、彼の女の心臓はいまだに人間らしい温情と品威とを、失わずに居たのでした。そう考えると、私は彼の女に感謝せずには居られませんでした。私のような、世の中に何の望みもなく、唯美しい夢を抱いて国々を漂泊しながら、慵《ものう》く佗しく生きて居る人間が、貴い乙女の魂を征服して居る事を思うと、私は非常に勿体ない心地がしました。

「私はとてもお前のような優しい女子《おなご》の恋人になる資格はないのだ。お前は私と一緒になって、此の公園へ遊びに来るには、余りに気高い、余りに正しい人間だ。私はお前に忠告する。お前の為めには、二人の縁を切った方が、どんなに幸福だか分らない。私はお前が、こんな所へ平気で足を踏み入れる程、大胆な女になったかと思うと、自分の罪が空恐《そらおそ》ろしく感ぜられる。」

私は不意に斯う云って、彼の女の両手を捕えたまま、往来に立ち竦《すく》んでしまいました。しかし彼の女はやっぱり平気で、にこやかに笑って居るばかりです。自分の一身が、いかに忌まわしい滅亡の淵に臨んで居るかを、心付かない小児《こども》のように、朗かな瞳を開き、爽かな眉を

示して居るのです。私が同じ意味の言葉を再三再四繰返すと、

「私は覚悟して居ます。今更あなたに伺わないでも、私にはよく分って居ます。あなたと一緒に、斯うして此の町を歩いて居る今の私が、自分にはどんなに楽しく、どんなに幸福に感ぜられるでしょう。あなたが私を可哀そうだと思ったら、どうぞ私を永劫に捨てないで下さい。私があなたを疑わないように、あなたも私を疑わないで居て下さい。」

彼の女は相変らず機嫌のよい、小鳥のような麗《うらら》かな声で、ただ訳もなく斯う云い捨ててしまいました。そうして、ふたたび私を促して、例の魔術師の小屋の前までやって来た時、

「さああなた、此れから私達は試しに行くのです。二人の恋と、魔術使《まじゅつつかい》の術と、孰方《どっち》が強いか試してやりましょう。私はちっとも恐くはありません。私は自分を堅く堅く信じて居ますから。」

と、私を激励するように幾度となく念を押しました。それ程迄に突き詰めた、彼の女の真心のうるわしさを見せられては、たとえ私がいかに卑劣な、根性の腐った人間でも、どうして感奮せずに居られましょう。

「先《さっき》の言葉は私が悪かった。お前のような清い女が、私のような汚れた男と結び着く事になったのは、大方《おおかた》運命と云うものだろう。二人の体と魂とは、眼に見えぬ宿縁の鎖で、生れ

ぬ前から一緒に縛られて居たのだろう。お前は清い女のままで、私は汚れた男のままで、二人は永《とこし》えに愛し合うべき因果に支配されて居るのだ。――――魔術師は愚か、どんなに不思議な、どんなに凄じい地獄へでも、私はお前を連れて行こう。お前でさえ恐くないと云うのに、何で私に恐いものがあるだろう。」

私は斯う云って、彼の女の前に跪《ひざまず》いて、神々しい白衣《びゃくえ》の裾に長い接吻を与えました。

魔術師の小屋のある所は、彼の女が云った通り、繁華な街《まち》区の果てにある物淋しい一廓でした。湧き返るような鬧嚷《どうじょう》の巷《ちまた》から、急にうす暗い、陰気な地域へ出て来た私の神経は、鎮静するというよりも、却って一層の気味悪さに襲われて、不測の災《わざわい》に待ち受けられて居るような、疑心の昂まるのを覚えました。私は今迄、此の公園には何等の自然的風致、――――木とか森とか水とか云う物が、全く欠けて居る事を訝しんで居ましたが、此の一廓へ来た時に、初めて其れが幾分応用されて居るのを認めました。しかし勿論、其処に使われて居る自然的要素は、決して自然の風致を再現する為めに塩梅《あんばい》せられるものではなく、寧ろ飽くまでも人工を助け、其の拗《ひね》れた技巧の効果を補う為めの材料として、取り入れられて居るのでした。こう云ったらば或る読者は、「アルンハイムの領地」とか、「ランダアの小屋」とか云うポオの小説に描かれた園芸術を想像するかも知れませんが、私の云う人工的の山水は、あれよりももっと小細工を弄した、もっと自然に遠ざかった景色のように思われました。つまり、木だの、草だの、水だのを、アーチや看板や電燈などと全く同じに、或る建物を作り上げる道具の一種として、取り扱って居るのです。其処にあるものは、縮小された自然、若しくは訂正された自然でなくて、山水の形を取った建築物だという方が、適当だかも知れません。森や林が、植物らしい潑溂とした生気を欠き、器用な模造品のような、誂え向きの線状をたっぷりと湛えて、庭というよりも芝居の道具立てに近い感じを起させます。絵の具の代りに木の葉を使い、波幕《なみまく》の代りに水を使い、張子《はりこ》の代りに丘を使ったと云うだけの事なのです。その山水を、一個の舞台装置として評価すれば、たしかに凄惨な、特有な場面になって居て、到底自然の風致などの、企及し難い或る物を摑んで居ました。其処では一本の樹木の枝、一塊の石の姿まで、幽鬱な暗示を含み、深遠な観念を表わすように配置され、吾人は其れが樹木であり、石である事を忘れる迄に、慄然たる鬼気を感ずるのです。読者は多分、ベックリンの描いた、「死の島」という絵のある事を御存知でしょう。そうして私が、現在説明しようとして居る場面は、多少あの絵に似通った効果を、更に冷く、更に晦《くら》く、更に寂寞たる物象に依って現わして居るのでした。先ず第一に、私の神経を極端に脅かしたものは、あの一廓を屏風の如く囲繞《いじょう》して、黒く、堆《うずたか》く、矗々《ちくちく》と攢立《さんりつ》しているポプラアの林です。私が其れを林であると気がつく迄には、余程の時間を要しました。なぜと云うのに、遠くから望むと其れは殆ど林と思えないくらい、不可解な恰好をしていたからです。たとえて見れば、ちょうど監獄署の塀のような、頭もなく足もなく、ただ真黒な平な壁が井戸側の如く円く続いて、天《そら》に聳えて居るのです。而もだんだん精細に熟視すると、此の蜿蜒《えんえん》たる塁壁の輪は、二匹の偉大な蝙蝠が、右と左に立ち別れつつ両方から暗澹たる翼を拡げて、手を握り合った形状を備えて居るのでした。注意すれば注意する程、蝙蝠の眼や耳や、手や足や、翼と翼との間隙などが、明瞭な輪廓を以て、障子へ映る影法師のように、ありありと、天地の間に塞がって居るのです。それ故、此の巧妙なSilhouetteが何で造られたものであろうか、私が判断に苦しんだのも無理がありません。一番最初は森に見え、其の次ぎには壁に見え、其の次ぎに蝙蝠に見え出したモンスタアが、実はやっぱり枝葉の繁った白楊樹《はくようじゅ》の密林を、非常に大規模な、非常に精妙な技術に依って、怪物の姿に模したものだと分った時、私は一段の驚異と讃嘆とを禁じ得ませんでした。

「あなたは誰が此の森を設計したか御存知ないでしょう。此れはあの魔術師が作ったのです。つい近頃、自分が勝手に植木屋を指図して、大木をどんどん運ばせて、僅かの間に植えさせてしまったのです。仕事に与《あずか》った多勢の人夫たちは、誰一人も此の森がどんな形に出来上るか、気が付いた者は居ませんでした。彼等はただ魔術師の命ずるままに、一本一本樹を植えて行っただけでした。いよいよ森が出来上った時、魔術師は愉快そうに笑って、『森よ、森よ、お前は蝙蝠の姿になって、人間共を威嚇してやれ。』と叫びながら、魔法杖を振り上げて大地を三度び叩きました。すると忽ち、其処に居合わせた人夫等は、自分たちが今迄夢中で拵えていた白楊樹の森が、偶然にも怪鳥の影法師に似て居る事を発見したのです。其れ以来、魔術師の評判は、此の森の噂と共に、普《あまね》く街中へ広まりました。或る人の説では、実際森が怪鳥の形を持って居るのではなく、見る人の方が、そう云う幻覚を起すのだと云います。しかし兎に角、魔術師の小屋へ行こうとして、此処を通りかかった者は、必ず常に影法師に脅されて、胆を冷やさずには居りません。森が魔法にかけられて居るのか、見る人の方がかけられて居るのか、其の秘密を知って居るのは、ただ当人の魔術師ばかりです。」

こういう彼の女の物語を聞きながら、私は尚も瞳を凝らして、附近一帯の風物を細やかに点検しました。魔法の森――これは町の人が附けた名前なのです。――は、単に形態が妖怪じみて居るばかりでなく、空の中途に濃い高い帳《とばり》を繞《めぐ》らして、その圏内に包まれた区域を、公園全体の花やかな色彩から都合よく遮蔽し、闇と呪《のろい》とに充たされた荒涼たる情景を作るのに、極めて主要な役目を勤めて居るのでした。森に取り巻かれた場所の広さは、何でも不忍池《しのばずのいけ》ぐらいはあったでしょう。そうして其の大部分には、真暗な、腐った水のどんよりと澱んだ、じめじめとした沼が、氷のように冷かな底光りを見せて、一面に行き瀰《わた》っている様子でした。魔法の森で、自分の視覚を疑った私は、その沼に対しても、あんまり水面が静かである為めほんとうの水が湛えてあるのか、それともガラスが張ってあるのか、暫く断案《だんあん》を下すのに躊躇しました。実際、ガラス張りだと信ずる事が可能な程、その水は磑々《がいがい》として動かず流れず、一つ所に凝り固まって、試しに石を投げ込んでも、戛々《かつかつ》と鳴って撥ね返りそうに思われました。此の粛然とした「死」のように寂しく厳《いか》めしい沼の中頃に、島とも船とも見定め難い丘のような物が浮かんで居て、"The Kingdom of Magic" と微かに記した青い明りが、たった一点、常住の暗夜を照らす星の如く、頂きの尖った所に灯されて居ます。

「丘のような物」が何であるかは、今少し精しく説明する必要がありますが、其れは恰も地獄の絵にある針の山に酷似した、突兀《とっこつ》たる巌石の塊なのです。三角形の、矛《ほこ》のように鋭い岩が磊々《らいらい》と積み重なって、草もなく木もなく家もなく、黙然と蟠《わだか》まって居るのです。ただ此れだけで、「魔術の王国」と云う看板はあるものの、其の王国が何処にあるのやらさっぱり分りません。

「あそこです。――あそこが小屋の入口です。」

と云って、彼の女が指さした方を見ると、成る程看板の辺に、岩と岩との間に挟まった、小さな、窮屈な、鉄の門らしいものがありました。そうして私たちの立って居る沼の滸《ほとり》から、一条《いちじょう》の細長い危っかしい仮橋《かりはし》が、此の門の前までかかって居るのです。

「だが彼《あ》の門は堅く締まって居るようだ。見物人の出這入りする風もなければ、人間らしい声と云うものがまるきり聞えない。あれでも魔術をやって居るのか知ら。」

私は独り言のように云うと、彼の女は直ぐに頷きました。

「そうです。今が大方、魔術の始まって居る最中でしょう。あの魔術師は普通の手品使いと違って、演技の半ばに囃しを入れたり、拍手を求めたりしないそうです。それ程魔術が深刻で、敏速だと云う話です。見物のお客も一様に固唾《かたず》を呑んで、殆んど総身へ水をかけられたような気持ちになって、時々こっそりと溜息を洩らすばかりだと云います。あの静かさから推量すると、今がきっと演技の最中に違いありません。」

斯う云った彼の女の声は、抑え切れない恐怖の為めか、それとも怪しい昂奮の為めか、例になく皺嗄れて顫えて居るようでした。

二人は其れ切り黙り込んで、島に通ずる仮橋を渡り始めました。

門を這入って僅かに五六歩進んだ時、今まで陰惨な暗黒の世界に馴れて居た私の瞳は、俄かに満場の眩い光線に射竦《いすく》められて、ぐりぐりと抉《えぐ》られるような痛みを覚えました。あの、磊々《らいらい》たる土塊の外見を持って居た魔術の王国は、意外にも金壁燦爛たる大劇場の内部を備えて、柱や天井に隙間なく施された荘厳な装飾が、煬々《ようよう》とした電燈に映じて眼の醒めるように輝いて居るのです。そうして場内のあらゆる坐席は、土間も二階も三階も、ぎっしりと塞がって、身動きも出来ない大入でした。観客のうちには、支那人だの、印度人だの、欧羅巴人だの、種々雑多な服装をした凡べての人種が網羅されて居ましたが、なぜか日本人らしい風俗の者は、われわれ以外に一人も見当りませんでした。それから又、特等席のボックスには、此の都の上流社会の、公園などへ容易に足を踏み入れる筈のない、紳士や貴婦人のきらびやかな一団が並んで居ました。彼等の婦人の或る者は、由緒ある身の外聞を憚る為めか、回々教徒《ふいふいきょうと》の女人《にょにん》のような覆面をして、人影に肩をすぼめて居ましたけれど、猶且《なおかつ》舞台に注がれた二つの瞳には、秘密を裏切る品威と情慾との、鮮やかな色が現れて居るのでした。紳士の中には此の国の大政治家や、大実業家や、芸術家や宗教家や道楽息子や、いろいろの方面で名を知られた男たちが交って居ました。私は彼等の多くの顔を、嘗て幾度も写真で見た事があるように感じました。彼等の或る者はナポレオンに似、又或る者はビスマルクに似、或る者はダンテのような、或る者はバイロンのような輪廓を備えて居るのでした。其処にはネロもソクラテスも居たでしょう。ゲエテもドン・ファンも居たでしょう。私は彼等が、どうしてこんな魔の王国に来て居るのか、其の理由を直ちに解釈する事が出来ました。聖人でも暴君でも詩人でも学者でも、みんなやっぱり「不思議」と云うものに惹き寄せられる心を持って居るのです。彼等は或いは研究の為め、経験の為め、布教の為めに来たのだと云うでしょう。ひょっとすると、彼等は自分でもそう信じて居るでしょう。しかし私に云わせると、彼等の魂の奥底には、程度こそ違え、私が感ずると同じような美を感じ、私が夢《ゆめみ》ると同じような夢を夢る素質が潜んで居るのです。彼等はただ、私のように其れを意識し、若しくは肯定しないだけの相違なのです。――私は何と云う事もなく、こんな風に考えました。

私と彼の女とは、支那人の辮髪だの、黒人の頭帕《タアバン》だの、婦人のボンネットだのが、紅蓮白蓮《ぐれんびゃくれん》の波打つように錯綜して居る土間の椅子場に分け入って、辛うじて二つの席に坐を占めました。舞台と私たちとの間には、少くとも五六行の椅子が列んで居て、其の大部分には、瀟洒《しょうしゃ》たる初夏の装いを凝らした欧洲種の若い女等が、肉附のいい清らかな項《うなじ》を揃えて、白鳥のように群って居るのでした。私の視線は此れ等の幾層にも重なり合った女の肩を打ち超えて、其の向うにある舞台の上に注がれたのです。

舞台の背景には、一面に黒幕が垂れ下って、中央の一段高い階段の上に、素晴らしく立派な、玉座の如き席が設けてありました。此れが所謂《いわゆる》「魔術のキングドム」の王の拠る可き席なのでしょう。其処には生きた蛇の冠を頭に戴き、羅馬《ローマ》時代の袍衣《トーガ》を身に着けて、黄金の草鞋《サンダル》を穿いた極めて年若な魔術師が、端然として腰掛けて居るのです。階段の下の、玉座の右と左とは、三人ずつの男女の助手が、奴隷のように畏まり、足の裏を観客の方へ曝して、さも賤《いやし》げに額《ぬか》づいて居ます。舞台の装置と人物とは、纔《わずか》に此れだけの、簡単過ぎたものでした。私は上着のポケットを捜って、門を這入る時に渡されたプログラムを開けて見ましたが、其れには大凡そ二三十種の演技の数が記してあって、孰《ど》れも此れも悉く前古未曾有《ぜんこみぞう》な、驚天動地の魔術であるらしく想像されました。最も私の好奇心を煽った二三番の例を挙げれば、第一にメスメリズムと云うのがあります。此れは小書きの説明に依ると、場内の観客全体に催眠作用を起させるので、劇場内のあらゆる人間が、魔術師の与える暗示の通りに錯覚を感ずるのです。たとえば魔術師が、「今は午前の五時だ。」と云えば、人々は爽かな朝の日光を見、自分たちの懐中時計がいつの間にやら五時を示して居る事に気が付きます。其の外「此処は野原だ。」と云えば野原に見え、「海だ。」と云えば海に見え、「雨だ。」と云えば体がビショビショと濡れ始めます。次ぎに恐ろしいのは「時間の短縮」と云う妖術です。魔術師が一箇の植物の種子を取って土中に蒔き、徐《おもむろ》に呪文を唱えると、十分間に其れが芽を吹き茎を生じて花を咲かせ実を結ぶのです。而も其の植物の種子は、観客の方で勝手な物を何処からでも択んで来ることを望むばかりか、亭々《ていてい》として雲を凌ぐような高い幹でも、鬱蒼として天を蔽うような繁った葉でも、十分間に必ず発育させると云うのです。其れに似たのでもっと不気味なのは、「不思議な姙娠」と題せられた演技でした。此れも同じく呪文の力で、十分間に一人の婦人を姙娠させ分娩させるのだそうです。此の魔法に使われる婦人は、多くの場合「王国」の奴隷の女ですが、若しも見物人の内に有志の婦人があってくれれば、更に有り難いと書いてあります。以上の例を読んだだけでも、読者はいかに此の魔術師が、凡庸の手品使いと類を異にして居るか、了解する事が出来るでしょう。

しかし非常に残念な事には、私が入場した折には、既にプログラムの大部分が演了せられて、纔かに最終の一番を剰《あま》して居る所でした。私たちが席へ就いてから間もなく、玉座に据わって居た彼《か》の魔術師は、やおら立上って舞台の前面に歩み出で、子供のように顔を赧らめながら、可愛らしい、羞恥を含んだ低い声音《こわね》で、今から取りかかる魔法の説明を試みました。

「………さて、今晩の大詰の演技として、私は茲《ここ》に最も興味ある、最も不可解な幻術を、諸君に御紹介したいと思います。此の幻術は、仮りに『人身変形法』と名づけてありますが、つまり私の呪文の力で任意の人間の肉体を、即坐に任意の他の物体――鳥にでも虫にでも獣にでも、若しくは如何なる無生物、たとえば水、酒のような液体にでも、諸君のお望みなさる通りに変形させてしまうのです。或は又、全身でなくとも、首とか足とか、肩とか臀《しり》とか、ある一局部だけを限って、変形させる事も出来ます……。」

私は、魔術師が諄々として語り続ける滑かな言葉よりも、寧ろ彼の艶冶《えんや》な眉目と阿娜《あだ》たる風姿とに心を奪われ、いつ迄もいつ迄も恍惚として、眼を睜《みは》らずには居《お》られませんでした。彼が超凡の美貌を備えて居る事は、前から聞いて居たのですが、其れにしても私は今、話に依って予想して居た彼の顔立ちと、実際の輪廓とを比較して、美《うつく》しさの程度に格段の相違があるのを認めました。就中《なかんずく》、一番私の意外に感じたのは、うら若い男子だとのみ思って居た其の魔術師が、男であるやら女であるやら全く区別の付かない事です。女に云わせれば、彼は絶世の美男だと云うでしょう。けれども男に云わせたら、或は曠古《こうこ》の美女だと云うかも知れません。私は彼の骨格、筋肉、動作、音声の凡ての部分に、男性的の高雅と智慧と活潑とが、女性的の柔媚と繊細と陰険との間に、渾然として融合されて居るのを見ました。たとえば彼の房々とした栗色の髪の毛や、ふっくらとした瓜実顔《うりざねがお》の豊頬や、真紅《まっか》な小さい唇や、優婉にして而《しか》も精悍な手足の恰好や、其れ等の一点一劃にも、此の微妙なる調和の存在して居る工合は、ちょうど十五六歳の、性的特長がまだ充分に発達し切らない、少女或は少年の体質によく似て居ました。それから彼の外見に関するもう一つの不思議は、彼が一体、何処に生れた如何《どん》な人種であろうかと云う問題です。此れは恐らく、誰しも彼の皮膚の色を見た者には当然起る可き疑いで、その男――だか女だかは、決して純粋の白人種でも、蒙古人種でも、黒人種でもないのです。強《しい》て比較を求めたなら、彼の人相や骨格は、世界中での美人の産地と云われて居るコウカサスの種属に、いくらか近い所があるかも知れません。けれどももっと適切に形容すると、彼の肉体はあらゆる人種の長所と美点ばかりから成り立った、最も複雑な混血児であると共に、最も完全な人間美の表象であると云う事が出来ます。彼は誰に対しても常にエキゾティックな魅力を有し、男の前でも女の前でも、擅《ほしいまま》に性的誘惑を試みて、彼等の心を蕩《とろ》かしてしまう資格があるのです。

「……ところで私は、予《あらかじ》め皆さんに御相談をして置きますが……」

と、魔術師は猶も言葉を続けました。

「私は先ず試験的に、此処に控えて居る六人の奴隷を使用して、彼等を一々変形させて御覧に入れます。しかし私の妖術のいかに神秘な、いかに奇蹟的なものであるかを立証する為め、私は是非共満場の紳士淑女が、自ら奮って私の魔術にかかって頂く事を望みます。既に私が此の公園で興行を開始してから、今晩で二た月余りになりますが、其の間毎夜のように観客中の有志の方々が、常に多勢、私の為めに進んで舞台へ登場され、甘んじて魔術の犠牲となって下さいました。犠牲——そうです。其れはたしかに犠牲です。貴き人間の姿を持ちながら、私の法力に弄《もてあそ》ばれ、犬となり豚となり、石ころとなり糞土《ふんど》となって、衆人環視のうちに恥を曝す勇気がなければ、此の舞台へは来られない筈です。にも拘らず、私は毎夜観客席に、奇特《きとく》な犠牲者を幾人でも発見する事が出来ました。中には身分の卑しからぬ貴公子や貴婦人なども密かに犠牲者の間へ加わって居られると云う噂を聞きました。それ故私は、今夜も亦例に依って、沢山の有志家が続々と輩出せられる事を信じ、且つ誇りとして居る次第なのです。」

斯う云った時、青白い魔術師の顔にはさも得意気な凄惨な微笑《ほほえ》みが浮かびました。而も多くの見物人は、彼の不敵な弁舌を聴き、傲慢な態度に接すれば接する程、だんだん彼に魂を惹き付けられ、征服されて行くような心地がするのです。

やがて魔術師は、その時まで玉座の前に跪いて、彫刻の群像の如く平伏して居た奴隷の中から、一人の可憐な美女《たおやめ》を麾《さしまね》くと、彼の女は夢遊病者の如くよろよろとして魔術師の前に歩み出で、再び其処に畏まりながら、糸の弛《ゆる》んだ操つり人形のように、ぐたりと頭《こうべ》を項垂《うなだ》れました。

「お前は私の奴隷のうちでも、一番私の気に入った、一番可愛らしい女だ。もう五六年、お前が辛棒してさえ居れば、私はきっとお前を立派な魔術師にさせてやる。人間は勿論、神でも悪魔でも及ばないような、世界一の魔法使いにさせてやる。お前は嘸《さぞ》かし、私の家来になった事を幸福に感じて居るだろう。人間界の女王になるより、魔の王国の奴隷になる方が、遥かに幸福な事を悟っただろう。」

魔術師は、床《ゆか》に垂れた彼の女の長い髪の毛を、自分の足に踏み敷きながら、反り身になって直立したまま、こんな文句を厳かに云い渡して、

「さあ、此れからいつもの変形術を行うのだが、お前は今夜は何になりたい？　私はお前が知って居る通り、非常に慈悲深い王様だ。何でもお前の望みのままにさせてやるから、好きな物を言うがいい。」

と、恰も歓ばしい恩寵を授けるような句調で云いました。

其の時、まるで石膏の如く硬張《こわば》って居た女人《にょにん》の全身は、忽ち電流を感じたようにもくもくと顫え始めたかと思うと、氷の融けた河水の如く彼の女の唇も動き始めて、

「ああ王様、有り難うございます。私は今夜美しい孔雀になって、王様の玉座の上に輪を描きつつ、飛び廻りとうございます。」

と、婆羅門の行者が祈禱するように、両手を高く天に掲げて合掌するのです。魔術師は機嫌よく打ち頷いて、直ちに口の内で呪文を唱え出しました。十分間と云う話でしたが、彼の女の五体が全く孔雀の羽毛に蔽われてしまう迄には、五分もかからなかったでしょう。そうして残りの五分間に、肩から上の人間の部分が、次第に孔雀の首に変って行くのでした。此の、後の五分間の始まりに、まだうら若い女の顔を持った孔雀が、さも嬉しげな瞳を挙げてほほ笑みつつ、次ぎにはうっとりと眼を眠って眉根を寄せ、だんだん切ない鳥の頭に推移しようとする過程が、凡べてのうちで最も詩的な光景のように感ぜられました。斯くて十分間の終り目に、一羽の孔雀と化し去った彼の女は、颯爽たる羽ばたきの音を立てて瓢颻《ひようよう》と舞い上り、観客席の天井を二三回翔《あまがけ》って、玉座の傍《かたわら》に飛び帰るや否や、一朶《いちだ》の錦《きん》雲《うん》の地に落つる如く、階段の中途にしずしずと降《くだ》って、さっと綵扇《さいせん》を開いたように尻尾《しりお》を一杯に拡げました。残りの五人の奴隷たちも、順々に魔王の前へ麾かれて、一人一人矢継ぎ早やに妖術を施されて行くのです。三人の男の奴隷のうち、一人は豹の皮となって、王様の玉座の椅子に敷かれたいと云いました。二人は二本の純銀の燭台となって、階段の左右を照らしたいと云いました。最後に二人の女奴隷は、二匹の優しい蝶々と化して、身も軽々と王様のお姿に附き纏いたいと云うのでした。そうして其れ等の五人の願いは、即座に聴き届けられたのです。

此の、破天荒な妙技の数々を眼前に眺めた満場の観客は、震駭《しんがい》の余り鳴りを静めて、自分で自分の視覚の作用を疑いながら、茫然自失するばかりでした。殊に第一の男の奴隷が、魔術師の杖に叩かれて煎餅のように薄くなり、やがて美しい豹の皮に変ろうとする一刹那の、苦しい呻き声を聞かされた瞬間に、私は自分の前に腰かけた一人の女が、慄然として面を蔽いつつ連れの男に抱き着いたのを認めました。

「どうですか皆さん、………誰方《どなた》か犠牲者になる方はありませんか。」

と、魔術師は前よりも一層勝ち誇った態度を示して、身辺に飛び交う二匹の蝶を追いやりながら、舞台の上を往ったり来たりして居るのです。

「………皆さんは魔の王国に捕虜となる事を、そんなに気味悪く思うのですか。人間の威厳や形態と云うものに、それ程執着する値打ちがあると思うのですか。あなた方は、私の為めに変形させられた奴隷たちの境遇を、浅ましいものの哀れなものと考えるかも知れません。しかし彼等の外見は、たとえ蝶々であり孔雀であり、豹の皮であり燭台であっても、彼等は未だに人間の情緒と感覚とを失わずに居るのです。そうして彼等の胸の中《うち》には、あなた方の夢にも知らない、無限の悦楽と歓喜とが溢れ漲って居るのです。彼等の心境が如何に幸福を感じて居るかは、一遍私の魔術を試したお方には、大概お分りであろうと思います……。」

魔術師が斯う云って場内の四方を見廻すと、人々は彼の瞳に睨まれて催眠術にかけられる事を恐れたのか、皆一度に肩を縮めて膝に突伏《つっぷ》してしまいました。すると忽ち、さやさやと鳴る衣擦《きぬず》れの音に連れて、土間の一隅から舞台の方へ歩いて行く微かな女の靴の響きが、深い沈黙の底を破って聞えたのです。

「……魔術師よ、お前は私を定めて覚えて居るだろう。私はお前の魔術よりも、お前の美貌に迷わされて、昨日も今日も見物に来ました。お前が私を犠牲者の中《うち》へ加えてくれれば、それで私は自分の恋がかなったものだとあきらめます。どうぞ私を、お前の足に穿いて居る金の草鞋《サンダル》にさせて下さい。」

斯う云う声に誘われて、おずおずと顔を擡げた私は、先刻特等席に居た覆面の婦人が、殉教者の如くひれ伏して、魔術師の前に倒れて居るのを見出しました。

魔術師の魅力に惑わされて、舞台へふらふらと進み出た男女は、覆面の婦人の後《あと》にも数十人ありました。そうして、ちょうど二十人目の犠牲者となる可く、夢中で席を離れたのは斯く云う私自身でした。

あの時、私の恋人は、私の袖をしっかりと捕えて、涙をさめざめと流して云いました。

「ああ、あなたはとうとう魔術師に負けてしまったのです。私のあなたを恋する心は、あの魔術師の美貌を見ても迷わないのに、あなたは彼《あ》の人に誘惑されて、私を忘れてしまったのです。私を捨てて、あの魔術師に仕えようとなさるのです。あなたは何と云う意気地のない、薄情な人間でしょう。」

「私はお前の云う通り、意気地のない人間だ。あの魔術師の美貌に溺れて、お前を忘れてしまったのだ。成る程私は負けたに違いない。しかし私には、負けるか勝つかと云う事よりもっと大切な問題があるのだ。」

こう云う間も、私の魂は磁石に吸われる鉄片のように、魔術師の方へ引き寄せられて居るのでした。

「魔術師よ、私は半羊神《ファウン》になりたいのだ。半羊神《ファウン》になって、魔術師の玉座の前に躍り狂って居たいのだ。どうぞ私の望みをかなえて、お前の奴隷に使ってくれ。」

私は舞台に駈け上って、譫言《うわごと》のように口走りました。

「よろしい、よろしい、お前の望みは如何《いか》にもお前に適当して居る。お前は初めから、人間などに生れる必要はなかったのだ。」

魔術師がからからと笑って、魔法杖で私の背中を一と打ち打つと、見る見る私の両脚には髿々《さんさん》たる羊の毛が生え、頭には二本の角が現れたのです。同時に私の胸の中には、人間らしい良心の苦悶が悉く消えて、太陽の如く晴れやかな、海の如く広大な愉悦の情が、滾々《こんこん》として湧き出でました。

暫くの間、私は有頂天になって、嬉し紛れに舞台の上を浮かれ廻って居ましたが、程なく私の歓びは、私の以前の恋人に依って妨害されました。

私の跡を追いかけながら、惶《あわ》てて舞台へ上って来た彼の女は、魔術師に向ってこんな事を云ったのです。

「私はあなたの美貌や魔法に迷わされて、此処へ来たのではありません。私は私の恋人を取り戻しに来たのです。彼《あ》の忌まわしい半羊神《ファウン》の姿になった男を、どうぞ直ちに人間にして返して下さい。それとも若し、返す訳に行かないと云うなら、いっそ私を彼《あ》の人と同じ姿にさせて下さい。たとえ彼《あ》の人が私を捨てても、私は永劫に彼《あ》の人を捨てる事が出来ません。彼《あ》の人が半羊神《ファウン》になったら、私も半羊神《ファウン》になりましょう。私は飽く迄、彼《あ》の人の行く所へ附いて行きましょう。」

「よろしい、そんならお前も半羊神《ファウン》にしてやる。」

此の魔術師の一言と共に、彼の女は忽ち、醜い呪《のろわ》しい半獣の体に化けたのです。そうして、私を目がけて驀然と走り寄ったかと思うと、いきなり自分の頭の角を、私の角にしっかりと絡み着かせ、二つの首は飛んでも跳ねても離れなくなってしまいました。

（大正五年十二月作）

浅草公園

活動写真にカフェエに自動車、そう聞くと僕は直ぐに浅草公園を想い出す。実際僕等の娯楽と云えば、今の所浅草公園へ行くより外に仕方が無い。僕は鵠沼に住んで居ても、十日に一遍はどうしても東京へ出て来たくなる。東京へ出て来て浅草公園を見て帰らなければ、気が済まない。その位僕は熱心なる浅草党の一人である。

浅草公園を褒める為めには、勢い外の娯楽機関、芸者趣味、待合趣味、旧劇趣味、新派劇趣味、それからあらゆる通人趣味に対して、悪口を云わなければならぬ。

芸者の悪口と新派の悪口は、「中外」の七月号にもちょいと書いたが、僕はあれだけでは未だ云い足りないような気がする。芸者というものは、電車や汽車の中で乗合せた時や、避暑地や温泉地の旅館の廊下で擦れ違った時や、夏の夕方街頭を歩いて居る浴衣掛けの姿を見た時や、そんな場合にちょいと心を惹かれるだけで、お座敷で会って見ると、とんと面白くも何ともない。彼等の内には、美人と呼ばれている女も居る。しかしその美しさは髪を綺麗に結って、白粉をこってり塗って、ぞろりとした衣裳を着込んで、いろいろに苦心惨憺して一生懸命につッかい棒で持たせてあるような美しさである。きちんと据わってじっと済まして居なければ、直ぐにも壊れて終いそうな美しさである。鼻の周りの皺一本でもウッカリ寄せたら大変で、実際観て居ても危っかしくって、気が揉める事夥しい。僕はああいう美人を見ると、倒まにひっくり反して、尻の穴が有るか何うか検べてやりたくなる。尤も、美人の嫌いなお客には、お座敷の面白い、気取らない芸者というのもある。所がそれが又厄介な代物で、お客を馬鹿か白痴のように心得て、のべつまくなしに頓狂な声を挙げて、愚にも付かない滑稽を云う。そうして客が笑わないでも一向平気で、一人でからからと雞が啼くように笑って見せる。こんな芸者に懸ったら、実際溜ったものではない。お客同士で何か話しをしようと思っても、其奴に遮魔をされて話の腰を折られてしまう。その癖彼等は一向滑稽の趣味を解しては居ず、今日では田舎出の書生の方が、まだしも彼等よりは気の利いた洒落を云う。ああいう奴等は、客の機嫌を取って居る積りで、実はお客に機嫌を取られて居るのである。その外文学芸者と称して、いろいろ歯の浮くような文学談をする芸者、それから又、湿っぽい内輪話やお金の話ばかりする芸者、まだ随分変ったものもあるが、孰《ど》れ一つとして、潑溂とした愛嬌や、快活や、怜悧さを有って居るものが無い。彼等は悉く馬鹿の癖に嘘吐きで、鉄面皮の癖に弱虫で、欲張りの癖に上品振って居る。其等はまァ可いとしても、そういうものに高い金を払うかと思うと、つくづく腹が立って来る。

次には新派の芝居である。凡そ世の中に何が腹立たしいと云って、自ら芸術に携って居ながら、その芸術について無知であり、厚顔であり、低能である程腹立たしい事は無い。一般に低能というものは、憎む可きものではなくて、憫れむ可きものであるが、芸術の上の低能だけは何だか許し難いような気がする。低能の芸術を低能らしく発表するなら、それでも可いが、低能の芸術を以て一流の芸術らしく振り翳そうとするのは慥かに厚顔である。こう云ったからといって、僕は決して通俗芸術が悪いと云うのではない。通俗芸術という事と、低能と云う事とは別問題である。偉大なる芸術は通俗であって、而かも高級なものでなければなるまい。然し低能な芸術は、通俗芸術としても決して流行する筈はない。今の新派の芝居の馬鹿馬鹿しさは、正に芸者の馬鹿馬鹿しさと同程度のものである。而もそれが仮りにも芸術の仲間に伍して居るだけに、僕には芸者よりも余計に癪に触る。

旧派の芝居は、前の二つのものとは違って、確かに立派な完成された芸術ではあるが、然しそれは何と云っても既に過去の芸術であって、おまけにその有力な後援者が、僕の嫌いな花柳界の人々であるとすると、そうしてその俳優達の頭の程度が、芸者の頭と同じ位なものだとすると、僕は矢張一種の反感を抱かずには居られない。将来旧劇は、能楽が保存されるような意味で、命脈を保つには違いないが、その勢力は今よりぐっと衰微するものと見て差支えなかろう。

僕が浅草を好む訳は、其処には全く旧習を脱した、若々しい、新しい娯楽機関が、雑然として、ウヨウヨと無茶苦茶に発生して居るからである。亜米利加合衆国が世界の諸種の文明のメルチング・ポットであるというような意味に於て、浅草はいろいろの新時代の芸術や娯楽機関のメルチング・ポットであるような気がする。今日旧派や新派の一流の俳優達が、浅草という所を卑しめて、自ら高しとして居るのは、僕に云わせると、チャンチャラ可笑しい次第である。曾て久米正雄君が、今日の劇場の見物の内では、浅草のお客が一番頭が進歩して居ると云ったが、僕も此れには同感である。曾て近代劇協会でやった「ファウスト」や「マクベス」や「ヴェニスの商人」や、或は又メーテルリンクの「ブリュー・バアド」のようなものを、之れからどんどん浅草でやった方がいいと思う。それで立派に見物が来る位、浅草のお客は進歩して居ると思う。

さていよいよ本題に入る訳であるが、大分脱線してしまったから、簡単に書く事にしよう。活動写真については、昨年九月の「新小説」に、自分の考《かんがえ》を委しく述べて置いたから、重複を避けて茲《ここ》には唯大体の趣旨を述べて置く。僕の考えでは、演劇は勿論、音楽、文学、絵画、彫刻、凡ての芸術に比べて、活動写真は優るとも劣らない、将来最も発達の望のある、真箇の芸術であると思う。一面には非常に写実的であって、一面には非常に夢幻的である活動写真は、その領域の広さに於て、他の如何なる芸術にも優って居る。芸者と料理屋とが附き物になって了って居る今日では、極く少数の「うまい物屋」を除いて、芸者を揚げずに料理を食うという事が出来ない。而も芸者の這入る茶屋に限って、料理のうまい家はめったに無い。たまに食いに行っても、見る許りで食う事の出来ないお頭付きや口取が出て来るので、僕のように片っぱしからムシャムシャと食わなければ承知の出来ない野蛮な人間は、何かお行儀の稽古でもして居るようで、食いたいものが一向腹に沁みない。従ってつい支那料理や西洋料理を食いに行く事になるから、カフェエの御厄介になる事が多い。然し慾には、カフェエの洋食をも少し美味いものにして貰いたいものである。そうして中に舞台を拵らえて、女の友達と一緒に酒を飲みながら、活動写真やオペレットを見物するような設備には出来ないものか。僕はそういうカフェエが五六軒も、浅草に出来る事を望んで居る。

自動車についても云いたい事は無いでもないが、大分気焔を上げたから、先ず此の位にして置こう。

アッシャア家の覆滅

その年の秋の、重々しい雲が空に低く垂れ懸った、ものうい、暗い、ひそりとした日のことである。私は終日、たった独り馬に跨《またが》って怪しく荒れ果てた田舎路を通って行った。そうして日脚が傾いた時分に、ようよう陰鬱なアッシャアの邸が見える所まで辿り着いた。私には其れがどう云う訳だか分らない――が、その建物を一と目見るや否や、或る堪え難い悲しい気持ちが、私の胸に泌み徹って行った。私は特に堪え難いと云う。なぜかと云うのに、人間の心と云うものはたとえ世の中の最も物凄い、どんなに荒廃した、どんなに恐ろしい光景に接しても、詩的な感情に助けられて半《なかば》は慰められるのが常であるのに、その時の気持ちは少しもそんな余裕を許さなかったからである。私は自分の眼の前にある景色を眺めた。――そこに立って居る一箇の邸宅、構えの内にある単純な田園の風物、――青褪めた土塀の壁、――がらんとした眼玉のような窓、――それから二三本の白い枯木の幹、――それ等の物を眺めた折の切ない重苦しい心持ちは到底此の世に喩うべきものもない、強いて云うならば其れは阿片の毒に惑溺して、――日に日に傷ましい堕落を重ねつつ、――醜悪な弱点を曝露する人間の、寐覚めの悪さにでも比較すべきであろう。そこにはただ心《しん》の臓を氷の如く寒からしめ、深く深く、病人のように滅入らせるものがあるばかり、――いかなる空想の力を藉《か》りても何等の緊張した荘厳さをも感ずる事の出来ないような、満目荒涼たる、癒やし難い観念があるばかり。一体どういう訳であろう、――私は立ち止まって考えて見た、――一体どういう訳で、アッシャア家の景色がこんなにまで私を慄然たらしめるのであろう? それは凡べて解し難い謎であって、考えれば考えるほど私の頭の中には影のような幻がもやもやと湧き上って来たが、私はそれさえも捕捉する事が出来なかった。私は結局、不満足ながらもこういう結論に到着するより仕方がなかった。つまり、極めて単純な自然物を或る一定の方法で配列すれば、そこにわれわれを斯《かく》までも感動させるような力が生ずるのである。其れは疑いもない事実であるが、しかし此の力を分析する事は到底吾人の思索の外にあるのだ。その画面の中にあるディテイル、その風景の中の箇々物の位置をちょいと取り換えれば、此の陰鬱な印象を制限し、或いは滅却するに充分であろうと私は思った。そう考えると共に、私は馬を進めて、邸の傍にどんより光って居る暗澹たる古沼の嶮しい涯の縁まで行った、そうして、水の面へ倒《さかし》まに形を映して居る灰色の葦蘆や、幽霊じみた枯木の幹や、がらんとした眼玉のような窓の影を——嘗て覚えた事のない激しい戦慄に襲われながら——瞰《み》おろしたのであった。

而《しか》も私は、今や此の憂鬱な邸宅に数週間を送ろうとしてやって来たのである。此の家の主人の、ロデリック・アッシャアと云う人は、以前少年時代には私と気の合った仲間同士であったのだが、その後二人は長い年月の間別れ別れになって居た。ところが先だって一本の手紙が、——彼の書いた一本の手紙が、——遠い田舎の地方から私の許へ届いたのである。その恐ろしく執心《しゅうしん》な懇願的な調子を見ると、私はどうしても訪ねて来ずには居られなかった。彼の神経が焦ら立って居る事は、書信の面に一目瞭然と露れて居た。手紙の主は自分の肉体が激烈な病気に罹って居ること、——精神上の懊悩の為めに苦しんで居ること、——などを訴えて、彼の最も親密な、そうして而も唯一の友人である私が側に居て慰めてくれたなら、少しは容態も軽くなるであろうから、是非顔を見せてくれるようにと頼んで来たのであった。これ等の事がこまごまと認《したた》められてある外に、猶それ以上の――彼の切なる表情が生々しく文字の底に迸発して居る其の手紙の書き方は、私に何等の躊躇をも与えなかった。そこで私は、いまだに此の奇怪なる召喚の理由が分らないにも拘らず、兎にも角にも直ちに其の乞《こい》を容れたのである。

二人は子供の時分に、随分仲の好い間柄ではあったものの、実を云うと私は此の友達の事をあまりよくは知らないのである。彼の沈黙がちな性質はその当時極端に走って常に彼の特徴をなして居た。尤も私は、非常に古くから続いて居る彼の一家の人々が、いつとは知れぬ時代から、或る独特な、天稟《てんぴん》の感受性を備えて居て、それが累代の長い間に多くの高尚な芸術上の作品となって発露したり、又近年に及んでは、幾度か情深い奥床しい慈善事業となって現れたりした事や、此れもその発露の一例である熱烈な渇仰が、誰にでも気がつき易い美点を持った普通の音楽趣味よりも、恐らくはもっと眼立たない方面へ余計に注がれたらしい事をも知って居た。私はまた頗《すこぶ》る注目に値する斯う云う事実をも聞き込んで居た。と云うのは、昔も今も変らぬ尊敬を受けて居るアッシャア一族の血統と云うものは、嘗ていかなる時代に於いても、分家を出した事がないのである。語を換えて云えば、その全体の家系が一本の直線を成して伸びて居るばかりで、極めて些細な、一時的の変化はありながら、依然として其のまま今日に及んで居る。此の欠陥がある為めに、と、私は此の一家族の異常な特色と共に其の邸の光景の特色を精細に想い浮べながら、同時に又此の二つの物が、数世紀の長い間に、互いに及ぼし合ったに違いない影響の程度を考慮しながら、思案したのであった。――恐らく此の、傍系を出さなかったと云う欠陥がある為めに、且《かつ》その結果として、代々同じような調子で世襲財産と家名とが親から子へと伝えられて来た為めに、二つの物は遂に全然同一になって、その領地の元来の名義は「アッシャア家」と云う漠然とした曖昧な称呼の中に消えてなくなってしまったのであろう。――現に土地の百姓が用いて居る此の称呼のうちには、その家族と家族の住んで居る邸宅と、両様の意味が含まれて居るのである。

先にも云った通り、私のやや子供じみた実験が齎《もたら》した唯一の結果、――あの古沼の水面を瞰《み》おろした後の感じは、最初の不思議な印象をますます強くしたに過ぎなかった。私が自分の迷信の、――そうだ、迷信と呼んでも差支えはあるまい。――急激に増進しつつあるのを意識すればするほど、それは結局増進その物の速度を倍加させるに過ぎない事は明かであった。そう云う風になるのが、凡べて恐怖を根底にして居るあらゆる感情に共通な、奇妙な原則である事を、私は長い経験に依って知って居る。そうして大方それが原因であったのかも知れないが、私が水たまりの影像から目を離して実際の家を見た時、忽ち其処に或る怪しい幻想が私の心に浮かび上ったのである。――

（未完）

此れはエドカア・アラン・ポオの物語の飜訳なり。次号より漸を追うて全部訳出すべし。

――続き――

その幻想はいかにも荒唐無稽なもので、その折の私の胸が、どれほど生き生きとした力強い感情で充たされて居たかを示す為めに、私は玆に一言せざるを得ないのである。私は実際、そこの邸宅や領地の全体が、その一区域に特有な一種の空気、外界のものとは違った、朽ち腐った樹木や、灰色の土塀や、黙々たる古沼からじめじめと這い上る空気、――だるい、ものうい、微かに其れと分るような、鉛色をした、毒瓦斯のような神秘な水蒸気の中に、包まれて居るかの如く想像したのであった。

私は此れ等の夢でなければならない物を振り払って、もっと詳密に其の建物の実際の姿を点検した。それは大体が極めて昔風な特色を備えた、見るからに古色蒼然たる建物であって、細かい菌《きのこ》のような植物が家全体に蔽い被さり、精巧に縺れ絡んだ蜘蛛の巣細工のように軒端から垂れ下って居る。けれども別段、此れが為めに夥しく破損した箇所があると云う訳ではなく、その石造のどの部分にも壊れ落ちて居るところはない。そうして其処には、部分部分の均整が未だに完全に維持されて居ながら、それを組み立てている一つ一つの石ころがぼろぼろに崩れかかって居ると云う、合点の行かない不一致が存在して居るように見える。それは私に、外側《そとがわ》は立派な癖に目に付かない内側の方の円天井が、外気の交通を遮断されて長年の間に腐ってしまった、古い木造普請の全体を想わせるような趣があった。が、此の全体の上にひろがって居る衰頽の徴候を除いてしまえば、その建物には別に何等の不安定らしい所もない。尤も、非常に注意して観察する人さえあれば、その人は多分、殆んど目に見えないくらいな微かな亀裂が、家の前方の屋根から稲妻型のひびを入らせて、壁の面を這い降りながら、陰鬱な古沼の水の中へ消え失せて居るのに気が付くのだが。

今回はもっと沢山書くつもりで居たが、執筆の途中で風邪にかかったので、已むを得ずこんな短い物を載せることになった。次号には大いに奮発して沢山載せることにしよう。

（ＴＪ生）

クラリモンド　テオフィール・ゴーチエ

谷崎潤一郎
芥川龍之介　共訳

兄弟よ、お前はわたしが嘗て恋をしたことがあるかと云うのだね、それはある。それは怪しくも恐ろしい物語で、わたしは今年六十六になるけれど、今もなるべくはその記憶の灰を掻き廻わさない様にとして居るのだ。わたしはお前には何一つ分け隔てをしたいとは思わないが、しかしお前より経験の浅い人などにそんな話をしようとは思わない。その事件は余り不思議なので現在のわたしが嘗てそんな事に関係して居たとは我ながら信じることが出来ない。何故かというにわたしは三年以上も或る怪しい忌わしい幻惑の犠牲になって居たのだから。わたしは貧しい片田舎の僧侶であったが、毎夜の夢には（わたしはそれが夢であることを祈って居る）五慾に汚れた呪うべき生活を、いわばサルダナパルスの生活を送って居たのだった。そうして或る女をふいと一目見たばかりに、危くわたしの魂は地獄に堕ちるところだったが、幸にも神の御恵《みめぐみ》とわたしに加護を垂れてくれた聖徒の助けとによって、やっとわたしはわたしを捕えて居た悪魔の手から逃れることが出来たのである。わたしの昼の生活は、永い間全く性質の異った夜の生活と互い違いに織り交ぜられて居た。昼の間は、わたしは祈禱と神聖な事物とに専らな神の僧侶であったのに、夜目をつぶる刹那からは忽ち若い貴族になって、女と犬と馬とにかけては目の無い人間になってしまい、賭博《ばくち》を打つ、酒を飲む、神を冒瀆する、そうして明け方に目を醒ますと、却てわたしは未だ眠りの中に居て僧侶になった夢を見て居る様な心地がする。この夢遊病者の様な生活の或る場面や或る言葉の回想は今も猶わたしの心に残って居て、それをわたしはどうしても記憶から拭い去ることが出来ない。事実わたしは自分の教区を一度も離れたことのない人間なのだが、人がわたしの話を聞けば、浮世の歓楽に倦み果てて信仰の心を起した揚句、波瀾に富んだ生涯の結末を神に仕えて暮そうという沙門だと、そういう風にわたしのことを思うであろう。この世のあらゆる因縁を総て絶ち切って、森の奥の陰鬱な僧房に住み古るした学僧だとは思ってもくれなかろう。そうだ、わたしは恋をしたのだ、わたしの様に激しい恋をしたものはこの世に嘗てなかった程の、それがわたしの心臓をずたずたに裂かなかったのが不思議な位な愚かな凄じい情熱を以て恋をしたのだ。あ、何という夜！　何という夜であったろう！

わたしは幼い時分から、自分の天職が僧侶にあるのを感じて居た。それでわたしの凡べての学問はその理想を目標《めあて》にして積まれたのであった。二十四歳迄のわたしの生活というものは全く長い今道心《いまどうしん》の生活であった。神学の研究を仕上げた後、わたしは順々にあらゆる下級の僧位を得て行ったので、先達の人達はわたしが若いながらも最後の恐ろしい位階を得る資格があることを認めてくれた。わたしの授位式の日は復活祭の一週の間に定められたのであった。

わたしはそれ迄に世間というものを見たことがなかった。わたしの世界は大学と研究室との壁に限られて居たのだから。わたしは世の中に「女」と呼ばれて居る或る物があることは、ぼんやりと知っては居たけれど、わたしの思想がこの様な題目の上に止まることを許さなかったので、わたしは絶対に純潔無垢な人間であった。一年にたった二度、わたしは年をとった身体の弱い母親に遇ったが、それがわたしの外界に対する交渉の極限だったのである。わたしは最後の避く可からざる一歩を投ずるに方って、何等の悔いるところもなく躊躇するところもなかった。わたしは唯喜悦と焦慮とに満たされて居たのであった。婚礼をする若人《わこうど》でも、わたし以上の熱に浮かされた感激を以て時の歩みを数えはしなかったであろう。わたしは寝ても寝られなかった、ただ祈禱をする夢ばかりを見て居た。わたしはこの世の中で僧侶になる程貴いことはないと思って居た。たとえ国王になれても詩人になれても、わたしはそれを拒絶したであろう。わたしの野心はこれ以上の高い目標を考えることが出来なかったのである。

わたしは、その後わたしの身上に起った事件が、順当に行けば決して起る可きではなかったということをお前に知らせる為に、そうしてわたしが如何に不可解な蠱惑《こわく》の犠牲となったかということを理解してもらいたい為に、特に以上の話をして置くのである。

いよいよその当日がやって来た時に、わたしは自分が空に飛んで居るか、肩に翼が生えたかと疑われる程、軽快な足取りで教会へ歩いて行った。わたしには自分が天使であるかの様に思われ、わたしの同輩の憂鬱な懸念のありそうな顔付きをして居るのが不思議に感ぜられたのであった。それはその時わたしの同輩も五六人其処に居たからである。

わたしは一夜を祈禱に明かした後だったので、殆んど恍惚たる心持になりかかって居た。年をとった貴い僧正の姿も、わたしには「永遠」に倚って居る神の如くに見えた。わたしは殿堂の穹窿を透《す》かして天国を望むことが出来た。

あの式の個条はお前も知って居るだろう——祓浄式、二つの形式の下に行われる聖餐式、「改宗者の膏《あぶら》」を掌《てのひら》に塗る式、それから最後に僧正と共に恭しく神の前へ犠牲を捧る式、私はそれらのことを茲に書き記したくはない。ああ！　ヨブが「軽忽なる者は、眼を以て聖約を為さざる者なり」といったのは何という真理であろう！　私はふいと、その時迄下を向けて居た頭を挙げて、私の前に居る者を見た。それは私が触れることが出来るかと思われる程近くに居る、——実際は私から可成り離れて、内陣のずっと向こうの欄干のあたりに居たのだけれど、——年の若い、立派なきらびやかな衣裳を纏うた、世にも稀な美貌の女であった。私は恰も私の目から鱗が落ちた様な気がした。私はその時、不意に目が見える様になった盲人の感情を味わったのである。たった今まで、あれ程光彩に溢れて見えた僧正も急に何処かへ消え失せて、金色の燭架の上に燈って居た蠟燭も暁の星の様に色青ざめ、無限の闇が全寺院を包んでしまって、その美しい女の姿がちょうど天使の来迎の様に闇の背景から浮き出て居た。彼女は自ら輝いて居る様に、光を受けて居るというよりは、自分で光を放って居る様に見えたのである。

私は目を閉じた。私は外界の物象の影響を逃れんが為に、再びその目を開くまいと固く決心した。それは、惑乱が次第次第に私の心を残るところなく占領して、私は殆んど自分が何をして居るか分らなくなって来たからである。

一瞬間の後に私は再び目を開いた。なぜかというのにたとえ目を閉じて居ても、私は睫毛の間から、彼女が虹色にきらめきながら、太陽を視詰めて居る時に見える様な紫の半陰影に囲まれて居るのを見たからであった。

ああ何という美しさであろう！　理想の美を天上に求めて、其処からマドンナの貴い肖像を地上へもたらし帰った偉大な画家でも、この驚く可き実物には到底近よることさえ出来ない。詩人の詩でも画家のパレットでも、その観念を与えることは不可能である。彼女はどちらかといえば背の高い方で、女神の様な姿と態度とを備えて居た。柔かいうすくぼかされた彼女の髪は真中から分かれて顳顬《こめかみ》の上へ二筋の黄金の波を流して居た。ちょうど王冠を戴いた女王の様にも思われて、すき透るばかりに青白い額は静かに弓なりの眉毛の上に広がって居る。その眉毛は殆んど真黒で、抑え難い快活と光明とに溢れた海の如く青い瞳の効果を、一層強めて居るのである。ああ何という目であろう！　唯一度の瞬きで、その目は一人の男の運命をも定めることが出来るのである。それは私がこれ迄人間の目の中に見ることの出来なかった生命と、光明と、情熱と、輝やく潤いとを持って居た。その目は矢の様な光を射、そうして私はたしかに、その光が私の心臓へ這入ったのを見た。私はその目に輝やいて居る火が、天上から来たのか地獄から来たのかを知らない。けれどもそれは正しく其の二つの中のどちらからか来たのである。その女は天使か悪魔か、恐らくは又両方であった。彼女は決して、我等の同じき母なるイヴの胎内から生れ出でたるものではあるまい。この上もなく光沢のある真珠の歯が紅い微笑の中にきらめいて、小さな靨《えくぼ》が唇の歪む度毎に、繻子の様な薔薇色の美しい頰に現われる。そうして鼻孔の正しい輪廓にも高貴な生れを示す嫋やかさと誇らしさとが見えて居る。半ば露わした肩の、滑らかな光沢のある皮膚の上には瑪瑙の光がゆらめき、大きな黄味のある真珠を綴った紐は――其色の美しさは殆んど彼女の頸に匹敵する――彼女の胸の上にたれて居る。時々彼女は物に驚いた蛇か孔雀のような、おののくような嬌態を作って、首をもたげる。すると銀の格子細工のように頸を捲いて居る高いレースの襞襟がふるえるように動くのである。

彼女は橙色がかった真紅の天鵞絨の袍を着て居た。その黄鼬の毛皮のついた、広い袖口からは限りなく優しい上品な手が覗いて居る。手は曙《オーロラ》の女神の指のように光を透すかと思われる程清らかなのである。

凡てこれらの事柄を一つ一つ私は昨日の如く思い返すことが出来る。何故といえばその時私はどぎまぎしながらも何一つ、見落すようなことをしなかったからである。ほんの微な陰影でも顋の先の一寸とした黒い点でも、唇の隅の有るか無いかわからない程の生毛でも、額の上にある天鵞絨のような毛でも、頰の上に落ちる睫毛のゆらめく影でも、何でも私は驚く程明瞭な知覚を以て注意することが出来た。

そうして私は凝視を続けながら、私の心の中に今迄鎖されて居た門を私が開いて居るのを感じた。長い間塞がれて居た孔が開けて、内部の見知らない景色を垣間見ることが出来たのである。人生は忽ち全く新奇な光景を私に示してくれた。私は今新しい世界と新しい事物の秩序との中に生れて来るのであった。

すると恐ろしい苦痛が私の心を赤熱した釘抜のように虐《さいな》みはじめた。一分一分が私には一秒であると共に一世紀であるように思われた。其の間に式が進んで、私は間もなく私の新に生れた欲望が烈しく闖入しようとして居た世界から、遠くへ引き離されてしまったのである。恐らく多くの少女が断然父母の定めた夫を拒絶する積りで祭壇へ歩いて行くのにも関わらず、一人としてその目的を果す者の無いのも、こうした訳からに相違ない。そうして多くの憐な新参の僧侶が誓言を述べに呼ばれる時には、ヴェールをずたずたに裂く決心をしながらおめおめとそれを取ってしまうのも亦確かにこうした訳からである。斯くして人は其処に居る凡ての人々に対して大なる誹謗の声を挙げることを敢てしないと共に、又多くの人々の期待を欺く事も敢てしない。凡ての夫れ等の人々の眼、凡ての夫れ等の人々の意志は恰も鉛の如く蔽いかかるように思われるのである。それに規則と云うものが注意深く作られて居て、万事が予め逃げられないように手配《てくば》りされて居るので、個人の意志は事情の重みに屈従して遂には完く破壊されてしまうのである。

式の進むのにつれて其の知らぬ美人の顔も表情が違って来た。彼女の顔色は最初は撫愛するような優しさを示して居たが、今は恰もそれを理解させることが出来ないのを憎み且つ恥ずるような容子に変ったのである。

山をも抜くに足りる意志の力を奮って、私は僧侶などになりたくないと叫ぼうとした。が、どうしてもそれが出来なかった。私には舌が上顎に附着してしまったような気がしたのである。私は否定の綴音を一つでも洩して私の意志を表白することすら出来なかった。私は眼が醒めて居ながら、助けを呼ぼうとして呼ぶ事が出来ずに魘《うな》されて居る人間のような心持がした。

彼女も私の殉教の苦しみを知って居るかの如くに見えた。そうして恰も私を励すように、最も神聖な約束に満ちた眼色をして見せるのである。彼女の眼が詩であるとしたら彼女の一瞥一瞥はまさにその詩の中の一節一節であった。

彼女は私にこう云って居るようだった。あなたが私のものになる御思召しなら、私はあなたを天国に居る神様より仕合せにしてあげます。天使達でさえあなたを嫉むでしょう。あなたを包もうとする経帷子を裂いておしまいなさい。私は『美』です、『若さ』です、『生命』です。私の所へいらっしゃい。エホバはその代りに何をあなたにくれるのでしょう？　私達の命は、夢の様に永久の接吻の中に流れて行きます。その聖杯の葡萄酒を投げすててておしまいなさい。そうすればあなたは自由です。私はあなたを『知られざる島』へつれて行ってあげます。あなたは銀の天幕の下で厚い黄金の床の上で、私の胸にお眠りなさい。私はあなたを愛して居るのですから。あなたの神の前では多勢の尊い心ばえの人たちが愛の血を流します。けれどもその血は神の居る玉座の階《きざはし》にさえとどきません。

これらの語は私の耳に無限の情味に溢れた階律を作って漂って来る様に思われた。そうして彼女の目の声は恰も生きた唇が私の生命の中に声を吹き込んだ様に、私の心臓の奥迄も反響した。私は私自らが神を捨てようとして居るのを感じた。が、私の舌は猶機械的に凡ての形式を満したので、私は私の胸が聖母の剣《つるぎ》よりも鋭い刃に貫かれるような気がせずには居られなかった。

凡てのことが円満に終りを告げた。私は僧侶となったのである。

その時の彼女の顔に現われたもの程、人間の顔に深く苦痛が描かれたことはない。婚約をした悪人が突然己の傍に仆れて死んだのを見た少女、歿なった子供の揺籃に倚懸って居る母親、楽園の門の閾に立て居るエヴ、宝は盗まれて其跡に石の置いてあるのを見た吝嗇な男、偶然其の最も傑れた作の原稿を火の中に取落した詩人——これらの人々もこう迄絶望した、こう迄慰め難い顔附きをすることはないであろう。血と云う血は彼女の愛らしい顔を去って、それが今は大理石よりも白くなって居る。彼女の美しい両腕は恰もその筋肉が急に弛緩したかのように力なく両脇に垂れて居た。彼女は身を支える柱を求めた。それは殆んど手足が彼女の自由にならなくなって居たからである。そうして私も亦教会の戸口の方へよろめいて行った。死のように青ざめて額にはカルヴァリーの（註、キリストの磔殺されたところ）汗よりも血のような汗を流しながら。私はまるで縊り殺されて居るような気がした。そうかと思うと又円天井が私の肩の上へ平になって落ちて来るような気もした。そうしてその円天井の重量を私の頭だけで支えて居る様な心持になったのである。

私が戸口を出ようとすると急に一つの手が私の手を捕えた——女の手だ！ 其の時迄私は一度も女の手に触れたことはなかった。その手はさながら蛇の皮膚のように冷い。しかも其の感触は恰も熱鉄に烙れたように、私の手首を燃やすのである。彼女だ。「不仕合せな方ね。

何ということをなすったの。」彼女は低い声でこう叫ぶと忽ち群集の中に隠れて見えなくなってしまった。

すると老年の僧正が私の傍を通り過ぎた。そうして厳格な不審そうな一瞥を私の上に投げた。私は顔を赤くしたり、青くしたりした。と同輩の一人が私を憐んで、手を執って私を外へ連れ出してくれた。恐らく私が人の扶けを借りずに研究室へ帰るのは到底出来なかったことであろう。所が往来の角で同輩の若い僧侶の注意が一寸他に向いて居る隙を見て、空想的な衣裳を着た黒人の扈従が私の側へやって来た。そうして歩きながら私の手に小さな金縁の手帳を忍ばせると同時に、それを隠せという相図をした。私はそれを袖の中に隠した。そうして私の部屋へ帰って独りになるまでそこに仕舞って置いた。それから私は其の控金《とめがね》を開いた。中には紙が二枚入って居る。その紙にはこう書いてあった。「クラリモンド、コンチニ宮にて」当時私は世間の事に疎かったので、クラリモンドの名さえ有名だったのにも関らず、耳にしたことは一度もなかった。そうして又コンチニの宮が何処にあるかということも一向に分からなかった。そこで私は何処となく推量を逞くして見た。そうして推量を重ねる度に想像は益々方外になったが、実際私は唯もう一度彼女に逢えさえするならば、彼女が貴夫人であろうと娼婦であろうと大して構いもしなかったのである。

私の恋は僅一時間程経つ内に抜け難い根を下してしまった。私は其の恋を思切ろうなどとは夢にも思わなかった。私には其の様な事は全然不可能だとしか信じられなかった。彼女が一目見たばかりに私の性質が一変してしまったのである。彼女は己の意志を私の生命の中に吹き込んだ。そうして私はもう私自身の肉体の中に生活しないで、彼女の肉体の中にしかも彼女の為に生活する様になった。私は私の手に彼女の手の触れた所を接吻した。私は何時間も続けさまに彼女の名を繰り返して呼んで見た。何時でも目さえ閉じれば私には彼女の姿が其処に居る様にはっきりと見えるのである。私は彼女が教会の玄関で私の耳に囁いた語《ことば》を反覆した。「不仕合せな方ね、不仕合せな方ね。何ということをなすったの。」私は遂に私の現状の恐しさを判然と理解する事が出来た。私の今就いた職務の恐る可き厳粛な制限が明かに私の前に曝露された。僧侶になる！――それは独身であるという事だ。決して恋をしないという事だ。性《セックス》とか年齢とかの区別を構わなくなることだ。凡ての美から背き去る事だ。眼を抉りぬいて仕舞う事だ。永久に寺院とか僧院とかの冷い影の中に蹲って隠れて居る事だ。見知らない屍体に番をされて居る事だ。死にかかって居る人間ばかり訪ねて行く事だ。そうしてお前の着物がお前の亡骸を納めた柩の棺布《かけぎぬ》の役に立つのである。私は今更の様に私の生命が丁度地下の湖の様に広がりつつ溢れつつ水嵩を増して来るのを感ずる。私の血は烈しく私の動脈をめぐって躍り上る。私の久しく抑圧して居た青春は千年に一度花の咲く蘆薈の様に生々と萌え出でて迅雷と共に花を開くのだ。

クラリモンドに再び遇う為に私は何をすることが出来るのだろう。私は市《まち》に居る人を一人も知らない。それでどうして研究室を去る口実が得られよう。私は暫くでも此処に止って居られそうもない。唯待ち遠いのは私が今後就任すべき牧師補の辞令ばかりである。私は窓の鉄格子を取去ろうと試みた。けれども窓は地を離れることが遠いので、梯子もなければこうして逃げるなどということを考えるだけ愚だと気がついた。その上私が夜に乗じて其処から逃れる事が出来たとしても、その後どうして錯綜した街路の迷宮を私の思う所へ辿り着くことが出来るだろう。多くの人々には全く無意味に思われるこれらの凡ての事が昨日始めて恋に落ちた経験も無く金も無く美しい着物もない憐れな学僧の私には偉大な事のように思われたのである。私は恋の闇に迷いながらこう呼んだ。「ああ私が僧侶でなかったなら、私は彼女を毎日見ることが出来るのだ、彼女の恋人にも彼女の夫にもなれるのだ。そうしたら此の陰気な法衣に包まれて居る代りに外の美しい騎士のように絹と天鵞絨の袍を着て金の鎖を下げて剣を佩いて美しい鳥の羽毛を着けるようになるだろう。私の髪も短く刈られてしまう代りに、波立ちながら渦を巻いて私の頸の上に垂れるだろう。私の髭にも美しい蠟を引くだろう。

そうして私は一廉《ひとかど》の貴公子になれるのだ。」それを唯祭壇の前で一時間を過した為に忙《せ》わしく口にした五六の語の為に私は永久に生きて居る人間の仲間から追払われて、私自身の墓石に封をするような事になったのだ。

私は窓の所へ行った。空は美しい、木は春の着物を着て居る。私には自然が皮肉の歓喜を飾り立てて居るように見えた。広場には人が一杯居る。行く者もある、来る者もある、若い遊冶郎と若い美人とが二人ずつ、茂みや花園の方へぶらぶら歩いて行くのも見える、——それは悉く私の悲哀と寂莫とに辛い対照を造る愉悦、興奮、生活、活動の画図である。門の階段の上には若い母親が其子供と遊びながら坐って居る。母親は未だ乳の滴が真珠のようについて居る子供の小さな薔薇色の唇に接吻をする。そうして子供をあやす為に唯女親のみが発明する事の出来る神聖な様々のとぼけた事をする。父親は少し離れて佇ずみながらこの愛すべき二人を眺めて微笑を洩して居る。それが両腕を組んだ中に其の喜をずっと胸に抱き締めて居るように見える。私は之を見て居るのに忍びなかった。そこで手荒く窓を鎖して床の上に荒々しく身を横えた。私の心は恐ろしい憎悪と嫉妬とに満ちて居たのである。そうして丁度十日も食を得なかった虎の様に私は私の指を嚙み又私の夜着を嚙んだ。私は私がどれだけこうして居たか知らない。が遂に痙攣的な怒りの発作に襲われて、床の上で身を悶えて居ると急に僧院長《アベ》セラピオンが室の中央に直立して、じっと私を注視して居るのを認めた。私は慚愧に堪えずして頭を胸の上に垂れた。そうして両手で顔を蔽った。「ロミアンよ、私の友達よ、何か恐ろしい事がお前の心の中に起って居るのではないか。」数分の沈黙の後にセラピオンが云った「お前のする事は私には少しも分らない。お前は――何時もあの様に静な、あの様に清浄な、あの様に温和しい――お前が野獣のように部屋の中で怒狂って居るではないか。気をつけるがよい。兄弟よ――悪魔の暗示には耳を傾けぬがよい。悪魔はお前が永久に身を主《しゅ》に捧げたのを憤ってお前のまわりを餌食を探す狼の様に這いまわりながらお前を捕える最後の努力をして居るのだ。征服されるよりは祈禱を胸当てにして苦行を楯にして勇士のように戦うがよい。そうすれば必ずお前は悪魔に勝つことが出来るだろう。徳行は誘惑によって試みられなければならない。黄金は試金者の手を経て一層純な物になる。恐れぬがよい。最も忠実な最も篤信な人々は屢々この様な誘惑を受けるものだ。祈禱をしろ、断食をしろ、黙想に耽れ、そうすれば悪魔は自ら離れるだろう。」

セラピオンの語《ことば》は私を平常の私に帰してくれた。そうして少しは私の気も鎮って来た。彼は又こう云うのである「私はお前がヒーの牧師補を授けられた事を知らせに来たのだ。其処を管理して居た僧侶が死んだので、僧正は直にお前を任命するように私にお命令なすった。それだから明日立てるように準備をするがよい。」私は頭を垂れて之に答えた。そうして僧院長《アベ》は私の部屋を出て行った。私は祈禱の書を開いて祈りの句を読み始めた。が字が霞んで何の事が書いてあるのだか解からない。私の頭脳の中では観念の糸が無暗にもつれ出して、遂には私の気の附かぬ内に祈禱の書は私の手から落ちてしまった。

明日彼女に二度と遇わずに立ってしまうこと、私と彼女との間に置いてある多くの障碍物に更に新しい障碍物を加えるということ、実に奇蹟による外は彼女に遇う一切の望を失ってしまうということ！　ああ彼女に手紙を書くと云うことさえわたしには不可能になるだろう。何故といえば、私は誰に私の手紙を託《あず》けるということも出来ないからである。私は僧侶という神聖な職務に就きながら誰に私の心の中を打ち開けることが出来るだろう。誰に信用を置くことが出来るだろう。

其の時急に私は僧院長《アベ》セラピオンが悪魔の謀略を話した語《ことば》を思出した。今度の事件の不可思議な性質。クラリモンドの人間以上の美しさ、彼女の眼の燐のような光、彼女の手の燃え立つばかりの感触、彼女が私を陥し入れた苦痛、私の心に急激な変化が起ると共に、凡ての私の信心が一瞬の間に消えたこと――これらのことは其の悪魔の仕業なのをよく証拠立てて居るではないか。恐らく繻子の様な手は爪を隠した手袋であるかも知れぬ。これらの想像に悸《おどろか》されて、私は再び私の膝からすべって床の上に落ちて居た祈禱の書を取り上げた。そうして再び祈禱に身を捧げようとしたのである。

翌朝セラピオンは私を伴《つ》れに来た。みすぼらしい私達の鞄を負って騾馬が二頭、門口に待って居る。彼は一頭の騾馬に乗り、私は一頭に跨った。

私達が此の市《まち》の街路を過ぎて行った時に、私はクラリモンドが見えはしないかと思って、凡ての窓、凡ての露台を注意して眺めて行った。が朝が早いので、市《まち》はまだ殆んど其の眼を開かずに居た。私は私達が通り過ぎる、凡ての家々の簾や窓掛を透視することが出来たらばと思った。セラピオンは私のこの好奇心を確に私が建築を賞讃して居るのだと思ったらしい。こういうのは彼が私にあたりを見る時間を与える為に、わざと騾馬の歩みを緩めたからである。遂に私達は市門を過ぎて其の向うにある小山を上り初めた。其の頂に着いた時である。私はクラリモンドが住んで居る土地の最後の一瞥を得ようと思ったので、彼の上に頭をめぐらして眺めると、大きな雲の影が全市街の上に垂れかかって、其の青と赤と反映する屋根の色が一様なその中間の色に沈んで居た。その色の中を其処此処から白い水沫のように今しがた点ぜられた火の煙が上へ上へと昇って行く。と不思議な光の関係でまだ糢糊とした蒸気に掩われて居る近所の建物よりは遥かに高い家が一つ、太陽の寂しい光線で金色に染められながら、うつくしく輝いて聳えて居る――実際は一里半も離れて居るのであるが、其の割には近く見える。そうしてその建築の細《こまか》い点迄が明かに弁別される――多くの小さな塔や高台や窓枠や燕の尾の形をして居る風見迄がはっきりと見えるのである。

「向うに見えるあの日の光をうけた宮殿は何でしょう」と私はセラピオンに尋ねた。彼は指さす方を眺めた。と其の答はこうであった。

「コンチニの王が娼婦クラリモンドに与えた古の宮殿だ。あそこで怖ろしいことをして居るそうな。」

その刹那に私は実際か幻惑かはしらぬが、真白な姿の露台を歩いて居るのが見えた様に思われた。その姿は通りすがりに瞬く間目に輝いたが、忽ち又何処かへ消えてしまった。それがクラリモンドだったのである。おお、彼女は知って居たのであろうか。その時熱を病んだように慌しく――私を彼女から引離してしまう嶮しい山路の上に、ああ、私が再び下ることの出来ない山路の上に、彼女の住んで居る宮殿を望見して居たということを。この主となって此処に来れと私を招くように、嘲笑う日の光に輝きながら、此方へ近づくかと思われた宮殿を望見して居たことを。疑もなく彼女はそれを知って居た。何故といえば彼女の心は私の心と同情に繋がれて居たので、その最も微な情緒の時めきさえ感ずることが出来たからである。その鋭い同情があればこそ、彼女は――寝衣を着て居たけれども――露台の上に登ってくれたのである。

影はその宮殿をも掩って、満目の光景は唯屋根と破風との動かざる海となった。そうしてその中には一つの山のような波動が明に見えて居るのである。セラピオンは騾馬を急がせた。私の馬も同じ歩みを運んで其の後に従った。そうしてその内に路が鋭く曲る所へ来たので、S――市は終に永久に私の眼から隠されてしまった。しかも私は決して其処へ帰ることの出来ない運命を負って居るのである。退屈な三日の旅行の末に陰鬱な田園の間を行き尽して、私は私の管轄すべき寺院の塔上にある風見の鶏が森の上から覗いて居るのを見た。それから茅葺の小家と小さな庭園とに狭まれた曲りくねった路を行くと、やがて多少の壮厳を保った寺院の正面へ出た。五六の塑像で飾られた玄関、荒削りに砂岩を刻んだ円柱、柱と同じ砂岩の控壁のついた瓦葺の屋根――唯これだけである。左手には雑草が背高く生えた墓地があって、その中央には大きな鉄の十字架が聳えて居る。右手には寺院の影になって牧師の住む家がある。家は恐ろしく簡単で、しかも冷酷な清潔が保たれて居る。私達は垣の内へ入った。五六匹の雛っ子が地に撒いてある麦を啄んで居る。見た所では僧侶の黒い法衣にも慣れたように少しも私達を怖わがらない、そうして殆ど私達の歩く道を明けようとさえしそうもない。と嗄れた喘息病みのような犬の声が耳に入った。老いぼれた犬が此方へ駈けて来るのである。それは先住の牧師の犬であった。懶い爛れた眼をして、灰色の毛を垂らして居る。そうして犬の達し得る極度の老年に達したというあらゆる印が現われて居る。私は犬をやさしく叩いてやった。犬は直にいらべからざる満足の容子を示して私達と一緒に歩き初めた。以前の牧師の家庭を処理して居た老婆も亦迎えに出て、私達を小さな後の客間へ案内してから、私が猶引き続いて彼女を傭ってくれるかどうかと尋ねた。私は老婆も犬も雛仔も、先住が死際に譲った其の老婆の一切の家具も、残らず面倒を見てやると答えた。之を聞いて老婆は我を忘れて喜んだ。そうして僧院長《アベ》セラピオンは彼女がその僅な所有物に対して要求した金を即座に払ってやった。

私の就任がすむと間もなく、僧院長《アベ》セラピオンは僧侶学校に帰った。そこで私は助力をして貰うにも、相談相手になって貰うにも、自分より外に誰も居なくなった。そうしてクラリモンドの思い出は再び私の心に浮び始めたのである。私は極力それを打消そうと努めたが、私の黙想には常に彼女の影が伴って来た。

或日暮に私が黄楊《つげ》の木にくぎられた路に沿うて、私の家の小さな庭を散歩して居ると、気のせいか楡《にれ》の木の蔭に私と同じように歩いて居る女の姿が見え、しかも其の楡の葉の間からは、海のような緑色の眼の輝やいて居るのが見えた。しかしそれも幻に過ぎなかったらしく、庭の向う側へまわって見ると唯砂地の路の上に足跡が一つ残って居るばかりであった——がその足跡は子供の足跡かと思われる程小さかった。そのくせ庭は高い塀に囲まれて居るのである。私は庭の隅という隅を探して見たが、誰一人見附からない。私にはこれが不思議に思われてならなかったが、其の後起った奇怪な事に比べると、之などは何でもなかった。

満一年間私は私の職務上の義務を最も厳格な精密さを以て果しながら、祈禱をしたり、断食をしたり、説教をしたり、病人に霊魂の扶《たす》けを与えたり、又屢々私自身が其の日の生活にも差支える位、施しをしたりして暮して居た。しかし私は心の中にはげしい焦立しさを感じて居た。そうして天恵の泉も、私には湧かなくなってしまった様に思われた。私は神聖な使命を充す事から生れる幸福を味うことが出来なかった。私の思想は遠く漂って唯クラリモンドの語《ことば》のみが我知らず繰返えす畳句のように、常に私の唇に上るのである。おお、兄弟よ、よく之を考えて見てくれるがいい。唯一度眼を上げて一人の女を見た為に、一見些細な過失の為に、私は数年間最もみじめな苦痛の犠牲になって居たのだった。そうして私の生活の幸福は永久に失われてしまったのだ。

私は絶えず私の心に繰り返えされた勝利と敗北と、しかも常に一層恐ろしい堕落に私を陥れた勝利と敗北とを此の上話すのを止めようと思う。そうして直に私の物語の事実に話を進めようと思う。或る夜私の戸口の呼鈴が長く荒々しく鳴らされた。家事まかないの老婆が起きて戸を開けると見知らぬ人が立って居る。バルバラ（老婆の名）の角燈の光の中に青銅のような顔をして立派な外国の装いをした男の姿が、帯に短刀をさげて佇んで居るのである。老婆は始め恐ろしい気がした。がその見知らぬ人は彼女が安心する様に用事を告げて、私の奉じて居る神聖な職務に関して至急私に会いたいということを述べた。バルバラは丁度私が引込んだばかりの二階へ其の男を案内した。彼は彼の女主人になる或る貴夫人が今息を引き取るばかりの所で、是非牧師に来て貰いたがって居るということを話した。そこで私は何時でも彼と一緒に行くと答えた。そうして臨終と塗式に必要な神聖な品々を携えて大急ぎで二階を下りた。と門の外には夜のように馬が二匹焦しげに土を蹴って鼻孔から吐く煙のような水蒸気の長い流に胸をかくしながら立って居る。その男は鐙を執って私の馬に乗るのを扶けてくれた。それから彼は唯手を鞍の前輪へかけた許りで、ひらりともう一頭の馬にとび乗ると、膝で馬の横腹を締めて手綱を緩めた。と馬は忽ち矢の如く走り出したのである。件の馬に遅れまいとその男が手綱を執って居た私の馬も宙を飛んで奔馳する。私達はひたすらに途を急いだ。大地は私達の下で青ざめた灰色の長い縞のように後へ後へ流れて行く。木立の黒い影画は打破られた軍隊のように私達の右左を逃げて行くように見える。私達が暗い森を通りぬけた時には、私達の馬の蹄鉄に打たれて石高路から迸る明い火花の雨は私達の後に火光の径の如く輝いて居た。此の真夜中に私達二人を見た人があったら——私の案内者と私と——その人は二人の幽鬼が夢魔に騎して走るのだと思ったに相違ない。狐火は時々路の行く手に明滅して夜鳥も怖しげに彼方の森の奥で啼き叫んで居る。その森には時として山猫の燐火を放つ眼がきらめくのさえ見えるのである。馬の鬣は益々乱れ、汗は太腹に滴って、つく息も急に又苦しげに鼻孔を洩れるが、案内の男は馬の歩みの緩むのを見ると、殆ど人間とは思われぬような不思議な喉音を上げて叱咤する。すると馬は又元のように無二無三に狂奔するのである。遂に旋風のような競争が完った。多くの輝いた点が開いて居る大きな黒い物が急に眼の前に聳えた。私達の馬の蹄は丈夫な木造の刎橋の上に前よりも声高く鳴りひびいて、二人はやがて二つの巨大な塔の間に口を開いた大きな穹窿形の構廓に馬をすすめた。城廓の中は確に一種の大きな興奮に支配されて居た。広庭には松明《たいまつ》を持った従者が縦横に駈け違い、頭の上には又燈火が階段から階段へ上下して居た。私は此の尨大な建築の形を混雑の中に瞥見することが出来たが——丸柱や迫持《せりもち》の廊下や階段や段梯や——それは誠に魔法の国にもふさわしい、堂々とした豪奢の趣致と楚々とした壮麗の風格とを併せ有して居るものであった。すると黒人の扈従が――以前にクラリモンドの手帳を持って来た男である。私はすぐにそれと気が附いた――私の馬から下りるのを手伝いに来た。それから黒天鵞絨の着物を着て首に金鎖をかけた家令も象牙の杖によりながら私に会いに出て来た。見ると大きな涙の滴が眼から落ちて頰と白い髯の上に流れて居る。

「間に合いませんでした。」と彼は悲しそうに首を振りながら叫んだ。「間に合いませんでした。霊魂を救うことは出来ませんでも、せめてどうかいらっしてお通夜をなすって下さいまし。」

彼は私の手を把って死者の室へ案内した。私の泣いたのも決してこの老人に劣らなかったであろう。それは死者がクラリモンドその人、私があの様に深くあの様に烈しく恋して居たクラリモンドその人だった事を知ったからである。寝床の足の方には祈禱机が置いてある。青銅の酒盞に明滅する青い光は室内を朦朧とした神秘な光にみたして、唯暗い中に家具や軒蛇腹の突出した部分を其処此処に明く浮き出さして居る。卓子の上にある彫刻を施した甕の中には一輪の素枯れた白薔薇が生けてある。其の葩は――一つだけ残って居たが――皆香のいい涙のように落ち散って甕の下にこぼれて居る。壊れた黒い面と扇と其の外肘掛椅子の上に置いてある様々な扮装の道具を見ても、「死」が急に何の案内もなく此の華麗を極めた城廓に闖入したことがわかるであろう。私は寝床の上を見るのに忍びないので跪いたまま「死者の為の讃美歌」を誦し始めた。そうして烈しい熱情を以て神が私と彼女の記憶との間に墳墓を造って今後私が祈禱をする時にも彼女の名を永久に「死」によって浄められた名として口にし得るようにして下すったことを感謝した。けれども私の熱情は次第に弱くなって私は思わずある夢幻の中に陥ってしまった。一体其の室は死人の室らしい所を少しも備えて居ない室であった。私が通夜の間に嗅ぎなれた不快な屍体の匂の代りに、ものうい東洋の香料の匂が——私は艶《なまめ》いた女の匂が——どんなものだか知らないのである——柔に生温の空気の中に漂って居る。青ざめた光は屍体の傍に黄色く瞬く通夜の蠟燭の代りと云うよりは、寧ろ淫惑な歓楽の為にわざと作られた薄明りの如く思われる。私はクラリモンドが永久に私から失われた瞬間に再び彼女を見ることが出来た、不思議な運命をつくづくと考えて見た。そうして残惜い懊悩の吐息が私の胸を洩れて出た。其の時私には私の後で誰かが亦吐息をした様に思われた。で振廻わって見たがそれは唯反響に過ぎなかった。けれどもその刹那に私の眼は其の時迄見るのを避けて居た死者の寝床の上に落ちた。刺繡の大きな花で飾られた赤いダマスコの帳《とばり》か黄金の房にくくられて美しい屍体を見せてくれるのである。屍体は長々と横になって手を胸の上に合せて居る、眩ゆいような白いリンネルの襲衣《したぎ》に掩われたのも、掛衣《かけぎぬ》の陰鬱な紫と著しい対照を作って、しかも地合《じあい》のしなやかさが彼女の肉体のやさしい形を何一つ隠す所なく見る人の目を美しい輪廓の曲線に従わしめる――白鳥の首の如くになよやかな――其の輪廓を持って居る豊麗な優しさは「死」すらも奪うことが出来なかったのである。彼女はさながら或る巧妙な彫刻家が女王の墳墓の上に据える為に造り上げた雪花石膏のお像、或は又恐らくは眠って居る乙女の上に声もない雪が一点の汚れもない掛《かけ》衣《ぎぬ》を織りでもしたかの如く思われた。

私はもう力めて祈禱の態度を支えることが出来なくなった。閨房の空気は私を酔わせ、半凋《なかば》んだ薔薇の花の熱を病んだような匂は私の頭脳に滲み込んだ。私は休みなく彼方此方と歩きながら、歩を転ずる毎に、屍体をのせた寝床の前に佇んで其の透いて見えそうな経帷子の下に横たわって居る優しい屍《しかばね》の事を何ということもなく想いはじめた。私の頭脳には熱した空想が徂徠して来るのである。私は彼女が恐らく本当に死んだのではあるまいと思った。唯私を此城へ呼び寄せて其の恋を打明ける為にわざと死を装って居るのだと思った。そうして私は同時に彼女の足が白い掛衣の下で動いて少しく捲いてある経帷子の長い真直な線を乱したとさえ思った。

それから私はこう自問した。「これが本当にクラリモンドであろうか、之が彼女だという何んな証拠があるだろうか。あの黒人の扈従は外の貴夫人に傭われたのではないだろうか。この様に独りで苦しがって居ては屹度私は気が狂うに相違ない」けれども私の心臓ははげしく動悸を打ちながらこう答える。「之が彼女だ。確に彼女だ。」私は再び寝台に近づいた。そうして再び注意して疑わしい死体を凝視した。ああ、私は之も白状しなければならないだろうか。其のすぐれた肉体の形の完全さは「死」の影で浄められて居るとはいえ、常よりも更に淫惑な感じを起さしめた。私は又安息が何人も「死」とは思わぬほど、眠りによく似て居るのである。私は此処へ葬儀を勤めに来たということも忘れてしまった。いや寧ろ花嫁の閨へ入った花婿だと想像した。花嫁はしとやかに美しい顔を隠して羞しさに姿を残る隈なく掩おうとして居るのである。

私は胸も裂けん許りの悲しみを抱きながらしかも物狂わしい希望にそそられて恐怖と快楽におののきながら彼女の眠りを醒ますまいと息をひそめながら其の経帷子を挙げて見た。私の動脈は狂わしく鼓動して蟀谷《こめかみ》のあたりには蛇の声に似た音が聞えるかとさえ疑われる。汗が額から滝の如く滴るのも丁度私が大きな大理石の板を擡げでもしたように思われるのである。そうして其処にはクラリモンドが横わって居た。私の得度《とくど》の日に見たのと寸分も違いなく横わって居た。彼女の姿はその時と変りなく美しい。「死」も彼女にとっては最後の嬌態に過ぎないのである。青ざめた頰、やや色の褪せた唇の肉色、其の白い皮膚に黒い房をうき出させる長い睫毛、其れらの物が皆彼女の悲しい貞淑と内心の苦痛との云うべからざる妖艶な容子を与えて居る。未だ小さな青い花で編んである長い乱れ髪は彼女の頭にまばゆい枕を造って其の房々とした巻き毛に裸身の肩を掩って居る。聖麺よりも清く、朗らかな美しい手は組合わせたまま清浄な安息と無言の祈禱とを捧げるように胸の上にのって居る。未だ真珠の腕輪も外さない。裸身の腕が象牙の様につやつやと円《まど》らかな肉附きを見せて居る艶かしさに――死後さえも猶――之のみが反抗の意を示して居るのである。私は長い間無言の黙想に沈んで居た。すると見て居れば見て居る程私には「生」がこの美しい肉体を永久に去ったということが信じられなくなって来た。所が燈火《ともしび》の光の反射かそれは私にも解からないが、（彼女はずっと動かずには居るけれども）其の命の無い青ざめた皮膚の下では再び血液の循環が始まったように思われた。私は軽く私の手を彼女の腕の上に置いて見た。勿論それは冷たかった。があの寺院の玄関で私の手に触れた時よりも冷たくはないのである。私は再び彼女の上にうつむいて温かな涙の露に彼女の頰を沾した。ああ、私はじっと彼女を見守りながら如何なる絶望、自棄の苦悶に、如何なる不言の懊悩に堪えなければならなかったであろう。私は従に私の生命を一塊の物質に集めてそれを彼女に与えたいと思った。そうして彼女の冷かな肉体に私を虐む情火を吹き入れたいと思った。が夜は次第に更けて行った。私は永別の瞬間が近づくのを感じながらも、猶唯一の恋人なる彼女の唇に接吻を印してゆく最後の悲しい快楽を棄てることが出来なかった——と奇蹟なるかな、かすかな呼吸は私の呼吸に交ってクラリモンドの口は私の熱情に溢れた接吻に応じたのである。彼女の眼は開いて先きの日の輝きを示してくれる。しかも長い吐息をついて組んで居た腕をほどくと溢るるばかりの悦びを顔に現わして私の頸を抱きながら「ああ、あなたね、ロミュアル。」と呟いてくれる。竪琴の最後の響のような懶い美しい声である。「何が悲しいの。余り長い間あなたを待って居たから死んだのだわ。けれど私達はもう結婚の約束をしたのだわね。もうあなたに会いにも行かれるわ。左様なら。ロミュアル左様なら。私はあなたに恋をして居るのよ。あなたに返してあげましょうね。また直にお目にかかってよ。」

彼女の頭は垂れた。腕は猶私を引止めるように私を抱いて居る。その時凄じい旋風が急に窓を打って室の中へ入った。すると白薔薇の最後の一葩《ひとひら》は暫く茎の先で胡蝶の羽の如くふるえて居たが、それから茎を離れてクラリモンドの魂をのせたまま明けはなした窓から外へ飜って行ってしまった。と燈火が消えた。そうして私は美しい死人の胸の上へ気を失って倒れてしまったのである。

正気に帰って見ると私は牧師館の小さな室の中にある寝台の上へ横になって居た。先住の老犬が夜着の外へ垂れた私の手を甞めて居る。バルバラは老年と不安とでふるえながら抽斗をあけたりしめたり杯の中へ粉薬を入れたりして忙わしく室の中を歩きまわって居る。が私が眼を開いたのを見ると彼女が喜びの叫を上げれば、犬も吠え立てて尾を振った。けれども私は未だ疲れて居たので、一口もきくことも出来なければ、身を動かす事も出来なかった。其の後は私は私が微かな呼吸の外は生きて居る様子もなく、其の儘で三日間寝て居たということを知った。其の三日間は私は殆ど何事も記憶して居ない。バルバラは私が牧師館を出た夜に訪ねて来たのと同じ鋼色《あかがねいろ》の顔の男が次の朝戸をしめた輿にのせて私を連れて来て、それから速ぐに行ってしまった。私がきれぎれな考を思合せることが出来るようになった時に、私は其の恐しい夜の凡ての出来事を心の中に思い浮べた。私は始め或る魔術的な幻惑の犠牲になったのだと思出したので、この考を許すことも出来なくなって来た。私は夢を見て居たのだとは信じられない。何故と云えばバルバラも私と同じ様に二頭の黒馬をつれた見知らぬ男を見て、其の男の形なり風彩なりを正確に細い所迄述べることが出来たからである。その癖私がクラリモンドに再会した城の様子に合うような城の此の近所にあることを知って居るものは一人もない。

或る朝私は私の室で僧院長《アベ》セラピオンと会った。バルバラが私の病気だということを告げたので、急いで見舞に来てくれたのである。急いで来てくれたのは彼から云えば私に対する愛情の興味を証拠立てて居るのであるが、其の訪問は当然私の感ずべき愉快さえも与えてくれなかった。僧院長《アベ》セラピオンはその凝視の中に何処となく洞察を恣にするような審問をして居るような様子を備えて居るので、私は非常に間が悪かった。彼と対《むか》いあって居るだけでも、私は当惑と有罪の感じを去る事が出来ないのである。一目見て彼は私の心中の苦痛を察したに違いない。私は実に此の洞察力の為に彼を憎んだのであった。

彼は偽善者の様な調子で私の健康を尋ねながら、絶えず其の獅子の様な黄色い大きな眼を私の上に注いで、測鉛の様に視力を私の霊魂の中に投入れるのである。それから彼は私がどういう方針で此の教会区を管轄するか、ここへ来てから幸福かどうか、教務の余暇をどうして暮すか、此処に住んで居る人々と大勢近附きになったか、何を読むのが一番好きかということを数知れず尋ねた。私はこれらの問いに出来る丈短く答えたが、彼は何時でも私の答を待たずに急いで一つの問題から一つの問題へ移って行ったのである。此の会話は彼が実際云おうとして居ることとは何の関係もないに違いない。遂に彼は何の予告もなく丁度其の時思い出した知らせを忘れずに繰返えしておく様に明晰な声でこう云った。其の声は私の耳に最後の審判の喇叭の様に響いたのである。

「あの名高い娼婦のクラリモンドが五六日前のこと八日八夜続いた饗宴の終にとうとう死んでしまった。大した非道な事であったそうだ。ベルサガアルのレウオパトラの饗宴に行われた罪悪が又犯されたという物だ。神よ、私達は何という末世に生きて居るのであろう。客人達は皆黒人の奴隷に給仕もしてもらったそうだ。其の奴隷共は又何だか分らぬ語を饒舌《しゃべ》る、私の眼には此の世ながらの悪魔だ。其の中の一番卑い者の服でさえ皇帝が祭礼に着る袍の役に立つそうだ。此のクラリモンドには始終妙な噂があった。何でも女性の夜叉だという噂だ。私は確かにビイルゼバッブだと信じて居る。」

彼は話すのを止めて恰も其の話の効果を観察する様に前よりも一層注意深く私を見始めた。私は彼がクラリモンドの名を口にした時に思わず躍り立たずには居られなかった。そうして彼女の死の知らせは私の見た其の夜の光景と符合する為に、私の胸を畏怖と懊悩とに満たしたのである。其の畏怖と懊悩とは私が出来る限り力を尽したにも拘らず、私の顔に現われずには居なかった。セラピオンは心配そうな厳格な眸でじっと私を見たが、やがて云うには「私はお前に忠告をせねばならぬ。お前は足をつまだてて奈落の辺《ふち》に立って居るのだ。落ちぬ様に注意したがよい。悪魔の爪は長い、墓もあてにならぬ物だ。クラリモンドの墓は三重の封印でもせねばなるまい。人の云うのが誠ならあの女の死ぬのは始めてではないそうだ。神がお前を御守り下さればいいがな、ロミュアル。」

こう云って僧院長《アベ》セラピオンは静かに戸口へ歩いて行った。私は其の後二度と彼に遇わなかった。それは彼が殆ど直にS——へ帰ったからである。

私は全く健康も回復すれば、又日頃の職務に服することも出来る様になった。がクラリモンドの記憶と老年の僧院長《アベ》の語とは一刻も私を離れない。けれども格別彼の気味の悪い予言を実現するような大事件も起らなかったので、私は彼の懸念も私の恐怖も誇張されたのにすぎないと信ずるようになった。するとある夜不思議な夢を見た。それは私が眠るか眠らないのに寝床の帳《とばり》の輪が鋭い音を立てて其の輪のかかって居る棒の上をすべったので、私は帳が開いたなとこう思った。そこで素早く肘をついて起き上ると私の前に真直に立って居る女の影がある。私は直にそのクラリモンドなのを知った。彼女は手に墓の中に置くような形をした小さなランプを持って居る。その光に霑された彼女の指は薔薇色にすきとおってそれが又次第に不透明な牛乳のように白い裸身の腕に溶けこんで居る。彼女の着て居るのは末期の床上に横わって居た時に彼女を包んだリンネルの経帷子である。彼女はこの様にみすぼらしい衣服を纏うのを恥じるように其のリンネルの褶に胸をかくそうとしたものの、彼女の小さな手は其の役にたたなかった。彼女は其の経帷子の色がランプの青ざめた光の中で彼女の肉の色と一つになる程白いのである。彼女の肉体のあらゆる輪廓を現わすようなしなやかな織物に包まれた彼女の姿は生きた女というよりも寧ろ美しい古の浴みする女の大理石像のように眺められる。が死んで居るにせよ、生きて居るにせよ、石像にせよ女にせよ、影にせよ肉体にせよ、彼女の美しさは依然として美しい。唯違うのは彼女の眼の緑色の光が前よりも輝かないのと嘗ては燃えたつような真紅の唇が今は其の頬の色のような微かなやさしい薔薇色に染んで居るとの二つである。私が前に気の附いた髪にさしてある小さな青い花も今は見る影もなく枯れ凋んで、殆どのこらず葉を振いつくして居るが、之とて彼女の愛らしさを妨げることはない――――彼女は此の事の性質が不思議なのにも拘らず、又私の室へ入って来た様子が奇怪なのにも拘らず、暫くは私が何等の恐怖をも感じなかった程愛らしく見えたのである。

彼女はランプを卓の上にのせて私の寝床の後に坐った。それから私の上に身をかがめて銀の様に冴えて居るしかも天鵞絨の様にやさしく柔い声でこう云った。其の声は彼女を除いては誰の唇からも聞くことの出来ぬような声である。

「あなたを随分永い間待たせて置いてね。ロミュアル、私があなたのことを忘れてしまったのだと思ったでしょう。でも私は遠い所から来たのよ、それはずっと遠い所なの。其処へ行った者は誰でも帰って来たことがない国なの。そうかといってお日様でもお月様でもないのよ。唯空間と影ばかりある所なの。大きな路も小さな路もない所でね。踏むにも地面のない、飛ぶにも空気のない所なの。それでよく此処へ帰えって来られたでしょう。何故といえば恋が『死』よりも強いからだわ。恋がしまいには『死』を負かさなければならないからだわ。まあ此処へ来る途中で何という悲しい顔や恐しい物を見たでしょう。唯意志の力だけで又此の大地の上へ帰って来て体を見附けて其の中へ入る迄に、私の霊魂は何という苦しい目に遇ったのでしょう。私を掩って置いた重い石の板を擡げる迄に、何という苦労をしなければならなかったでしょう。御覧なさい、私の手の掌《ひら》は傷だらけじゃありませんか。手を接吻して頂戴。そうすれば屹度癒《なお》るわ。」彼女は冷い手の掌《ひら》を代る代る私の口に当てた。私は何度となくそれを接吻した。其の間も彼女は溢るる許りの愛情の微笑をもらして私をじっと見戍って居るのである。

私は恥じながら白状する。此の時私は僧院長《アベ》セラピオンの忠告も私の服して居る神聖な職務も悉く忘れてしまった。私は何の抵抗もせずに一撃されて墜落してしまったのである。クラリモンドの皮膚の冷さは私の皮膚に滲み入って私は淫欲のおののきが全身を通うのを感ぜずには居られなかった。私が後に見た凡ての事があるにも拘らず、私は今も猶彼女が悪魔だとは殆ど信ずることが出来ない。少くとも彼女は何等そうした姿を示さなかった。悪魔がこの様に巧に其の爪と角とを隠したことは嘗てなかったに相違ない。彼女は足をあげて寝床の縁に坐りながらしどけない姿をして時々小さな手を私の髪の中に入れては、どうしたら私の顔に似合うかを見るように私の髪を撚《よ》ったり捲いたりして居るのである。私が罪障の深い悦楽に酔って彼女の手に私の体を任せると、彼女は又其のやさしい戯れと共に楽しげに種々な物語をしてくれる。しかも最も驚く可き事は私が此の様な不思議な出来事に際会しながら何等の驚異をも感じなかったということである。丁度夢の中では人が何の様な空想的な事件でも単なる事実として受入れるように、私にも是れ等の事情は全く自然であるが如く思われたのである。

「あなたに会わないずっと以前から私はあなたを愛して居てよ。可愛いいロミュアル、そうして方々探して歩いて居たのだわ。貴方は私の愛だったのよ。あの時あの教会で始めてお目に懸ったでしょう。私は直に『之があの人だ』っていったわ、それから私の持って居た愛、私の今持って居る、私のこれから先持つと思う、すべての愛を籠《こ》めた眸で見て上げたの――その眼で見ればどんな大僧正でも王様でも家来たちでも皆見て居る前で私の足下に跪いてしまうのよ。けれどあなたは平気でいらしったわね、私より神様の方がいいって。

私ほんとうに神様が憎らしいわ、あなたはあの時も神様が好きだったし、今でも私より好きなのね。

ああ、ああ、私は不仕合せね、私はあなたの心をすっかり私の有《もの》にすることが出来ないのね。あなたが接吻で生かして下すった私――あなたの為に墓の門を崩してあなたを仕合せにしてあげたいばっかりに命をあなたに捧げて居る死んだクラリモンド。」

彼女の話は悉く最も熱情に満ちた撫愛に伴われた。其の撫愛は私の感覚と理性とを悩ませて、私は遂に彼女を慰める為に恐ろしい瀆神の言を放って神を愛する如く彼女を愛すると叫ぶのさえ憚らないようになった。

すると彼女の眼は再び緑玉体の如く輝いた。「ほんとう?――ほんとうに?――神様と同じ位」彼女はその美しい胸に私を抱きながら叫んだ。「それならあなた私と一所にいらっしゃるわね、どこへでも私の好きな所へついていらっしゃるわね、あなたはもうあの醜い黒法衣を投げすてておしまいなさるのよ。あなたは騎士の中で一番偉い一番羨まれる騎士におなりになるのよ、あなたは私の恋人だわ。法王のいう事さえ諾かなかったクラリモンドの晴れの恋人になるのだわ。少しは得意に思うような事じゃなくって。ああ、美しい何ともいえぬ程仕合せな生涯をうるわしい黄金色の生活を二人で楽しむのね。そうして何時立つの。」

「明日、明日」と私は夢中になって叫んだ。

「じゃ明日にするわ。其の間に御化粧をかえることが出来てね。これでは少し薄着だし、旅をするにはおかしいわ。それから私を死んだと思って此の上もなく悲しがって居る友達に知らせを出さなければならないわ。お金に着物に馬車に――皆仕度が出来て居てよ。私今夜と同じ時刻に御尋ねするわ。さよなら。」

彼女は軽く唇を私の額に触れた。ランプは消えて帳が元のように閉されると、凡てが又暗くなった。と鉛の様な夢も見ない眠りが私の上に落ちて次の朝迄私を前後を忘れさせてしまったのである。

私は何時ものように朝遅く目をさました。そうして其の不思議な出来事の回想が終日私を煩わした。私は遂にそれを私の熱した空想が造った靄のようなものだと思い直した。が其の感覚が余りに潑溂として居るので、其の事実でないことを信ずるのは甚しく困難であった。そうして私は来るべき事実に対する多少の予感を抱きながら凡ての妄想を払って清浄な眠りを守り給わんことを神に祈った後に、遂に床に就いたのであった。私は直に深い眠りに落ちた。そうして私の夢も続けられた。帳《とばり》が再び開いて私はクラリモンドの姿を見た。青ざめた経帷子を青ざめた身に纏って頬に「死」の紫を印した前夜とは変わって喜ばしげに活々として緑がかった菫色の派出な旅行服の金のレースで縁をとったのを着て両脇を綻ばせた所から繻子の袴がのぞいて居る。金髪は房々した捲毛をいろいろな形に面白く撚《よ》ってある白い鳥の羽毛をつけた黒い大きな羅紗の帽子の下からこぼして居る彼女は、手に金色の呼笛のついた小さな鞭を持って軽く私を叩きながらこう叫んだ。「さあ、よく寝て居る方や、これがあなたの御仕度なの。私はあなたがもう起きて着物を着ていらっしゃるかと思ったわ。早くお起きなさいよ。愚図愚図しちゃ居られないわ。」

私は直に寝床からとび出した。

「さあ着物を着て頂戴。それから出かけましょう。」彼女は一所に持って来た小さな荷包を指しながら「馬が待ち遠しがって戸口で轡を嚙んで居るわ。今時分はもう此処から三十哩も先きへ行って居る筈だったのよ。」

私は急いで着物を着た。彼女は私に着物を一つ一つ渡してくれた。そうして私がどうかして間違えると着物を教えながら時に私の不器用なのに呆れては吹き出してしまうのである。それもすむとヴェネチアの水晶に銀の細工の縁をとった懐中鏡を私の前へ出して面白そうにこう尋ねる。「どんなに見えて？　私をお附き《ヴツレエドシャムブル》にかかえて下すって？」

私はもう何時《いつ》もの私ではない。そうしてこれが自分とは思われない。いわば今の私が昔の私に似て居ないのは出来上った石像が石の塊に似て居ないのと同じ事なのである。私の昔の顔は鏡に映った今の顔を下手な画工の描き崩した肖像のように思われた。私は美しい。私の虚栄心はこの変化を心からそそられずには居られなかった。美しい刺繍をした袍は私を全く別人にしてしまったのである。私は或る型通りに断《た》ってある五六尺の布が私の上に加えた変化の力を驚嘆して見戍った。私の衣裳の精霊は私の皮膚の中に滲み入って十分たつかたたぬ中に私はどうやら一廉《ひとかど》の豪華の児になってしまった。

此の新衣裳に慣れようと思って私は室の中を五六度歩いて見た。クラリモンドは花の様な快楽を味いでもする様に私を見戍りながら、さも自分の手際に満足するらしく思われた。「さあ、もう遊ぶのは沢山よ、ロミュアル、これから出かけるのよ、私達は遠くへ行かなければならないのだわ。そうして遅れちゃいけないのだわ。」彼女は私の手を執って外へ出た。戸という戸は彼女が手を触れると忽ちに開くのである。私達は犬の眼もさまさずに其の側を通りぬけた。

門口で私は前に私の護衛兵だったあの黒人の扈従のアルゲリトーンを見た。彼は三頭の馬の轡を控えて居る——三頭共私をあの城へ伴《つ》れて行った馬のように黒い。一頭は私の為に、一頭は彼の為、一頭はクラリモンドの為である。これらの馬は西風の神の胎をうけた牝馬が生んだという西班牙馬に相違ない。何故と云えば彼等は風のように疾《はや》いからである。門を出る時に丁度東に上って路上の私達を照した明月は戦車から外れた車輪のように空中を転げまわって、右の方梢から梢へ飛び移りながら、息を切らして私達に伴いて来る。間もなく一行はとある平野に来た。其の処には四頭の大きな馬に曳かせた馬車が一台一叢《ひとむら》の木蔭に待って居る。でそれに乗り移ると今度は馭者が狂者のように馬を走らせる。私は片手をクラリモンドの肩にまわして彼女の片手を私の手に執って居た。彼女の頭は私の肩に靠れて私は半ば露わした彼女の胸が軽く私の腕を圧するのを感ずるのである。私は此の様な熾烈な快楽を味わったことはない、其の間に私は凡てのことを忘れて居た。私が僧侶だったという事を覚えて居るのも、私が母の腹の中に居た事を覚えて居るのと同じ程にしか考えられなかった。此の悪魔が私の上にかけた蠱惑は是れ程大きかったのである。其の夜から私の性質は或る意味に於て二等分されたように思われる。いわば私の内に二人の人が居て、それが互に知らずに居るのである。或る時は私は自分が夜になると紳士になった夢を見る僧侶だと思うが、又或る時は僧侶になった夢を見て居る紳士だと思う事もある。私は夢と現実とを分つことも出来なければ、何処に現実が始まり、何処に夢が終るかさえも見出すことが出来なかった。貴公子の道楽者は僧侶を馬鹿にするし、僧侶は貴公子の放埒を罵るのである。互にもつれ合いながら、しかも互に触れることの出来ない二つの螺線は私の此の二面の生活を遺憾なく示して居る。しかし私は此の状態が此の様な不思議な性質を持って居るにも拘らず、一分でも気違いになる気などは起らなかった。私は常に思い切って潑溂とした心で私の二つの生活を気長く観照して居たのである。が唯一つ私にも説明の出来ない妙なことがあった――即ちそれは同じ個人性の意識が全く性格の背反した二人の人間の中に存在して居たという事である。私が自らC――の寒村の牧師補と思ったか、クラリモンドの肩書附きの恋人、ロムアルドオ閣下と思ったかどうか――これが私の不思議に思う一つの変則なのである。

兎も角も私はヴェニスに住んだ、と信じて居た。私が此の幻怪な事実の中にどれ程の幻想と真実とが含まれて居るかを正確に発見するのは到底不可能である。私達はカナレイオの辺《あたり》の壁画と石像の沢山ある大きな宮殿に住んで居た。それは一国の王宮にしても恥しくないような宮殿で私達は各々ゴンドラの制服を着たパルカロリも、音楽室も、御抱えの詩人も持って居た。殊にクラリモンドは大規模な生活を恣にするのが常であった。彼女の性格にはクレオパトラに似た何物かが潜んで居るのである。私はというと又王子のように宮臣の一列を従えて常に大国の四福音書宣伝師が十二使徒の一人と一家ででもあるような畏敬を以て迎えられて居た。私は大統領《ドオジ》を通すのでさえ道を譲ろうとはしなかった。魔王《サタン》が天国から堕落して以来、私より傲慢不遜な人間がこの世に居たとは信じられぬ。私は又リドットにも行って地獄のものとしか思われぬ運をさえ弄んだ。私はあらゆる社会の最も善良な部分——没落した家の子供達とか女役者とか奸黠な悪人とか佞人とか空威張りをする人間とか——を歓待した。そうして此の様な生活に沈湎しながらも私は常にクラリモンドを忘れなかった。私は実に狂気のように彼女を愛して居たのである。一人のクラリモンドを持つのは二十人の情婦を持つのにも均しい。否、あらゆる女を持つのにも均しい。彼女は其の一身に無数の容貌の変化と無数の清浄な嬌艶とを蔵して居る——真に彼女は彼のカメレオンである。彼女は私の愛を百倍にして返してくれた。彼女の求めるのは唯愛である——彼女自身によって目醒まされた清浄な青春の愛である。しかも其の愛は又最後の熱情でなければならない、かくして私も常に幸福であった。唯不幸なのは毎夜必ず魘《うな》される時だけで、其の時は私が貧しい田舎の牧師補になった夢を見ながら昼間の淫楽を悔いて贖罪と苦行とに一身を捧げて居るのである。私は常に彼女と親しんで居られるのに安んじて、私がクラリモンドを知るようになった不思議な関係を此の上考えて見ようとはしなかった。しかし彼女に関する僧院長《アベ》セラピオンの言葉は屢々私の記憶に現われて私の心に不安を与えずには居なかった。

其の内に暫くの間クラリモンドの健康が平素のように勝れなかった。顔の色も日に増し青ざめる。医師を呼んで診《み》せても病気の質が分からないので、どう治療していいか見当がつかない。彼等は皆役にも立たぬ処方箋を書いて、二度目からは来なくなってしまうのである。けれども彼女の顔色は著しく青ざめて、一日は一日と冷くなる。そうして遂には殆どあの不思議な城の記憶すべき夜のように白く、血の気もなくなってしまった。私は此の様に徐々と死んで行く彼女を見るに堪えないで、云う可からざる苦痛に苛《さいな》まされたが、私の苦悶に動かされたであろう。彼女は丁度死なねばならぬことを知った者の末期の微笑のように悲しく又やさしく私の顔を見てほほ笑んだ。

或る朝私が彼女の寝床の傍にあって直ぐ側《そば》に置いてある小さな食卓で朝飯を喫めて居た。それは私が一分でも彼女の側《そば》を離れたくないと思ったからである。で或る果物を切ろうとした処が、私は誤って稍々深く私の指を傷けた。すると血がすぐに小さな鮮紅の玉になって流れ出したが、其の滴が二滴三滴クラリモンドにかかったと思うと彼女の眼は忽ち輝いて、其の顔にも亦私が嘗て見たことのない様な荒々しい恐ろしい喜びの表情が表われた。彼女は忽ち獣の如く軽快に寝床から躍り出て——丁度猿か猫のように軽快に——私の傷口に飛びつくと、云い難い愉快を感ずるように私の血をすすり始めた。しかも彼女は静かに注意しつつ、恰も鑑定上手《めききじょうず》がセレスやシラキュウズの酒を味うように其の小さな口に何杯となく啜って飽きないのである。と次第に彼女の瞼は垂れ、緑色の眼の瞳は円いというよりは寧ろ楕円になった、そうして私の手に接吻しようとしては、口を離すかと思うと、又更に幾滴かの紅い滴を吸い出そうとして私の傷口に其の唇をあてるのであった。血がもう出ないのを見ると、彼女は水々した光のある眼を輝かしながら五月の朝よりも薔薇色に若やいで身を起した。顔はつやつやと肉附いて手も温かにしめて居る——常よりも一層美しく健康も今は全く恢復して居るのである。

「私もう死なないわ、死なないわ」悦びに半ば狂したように私の首に縋りつきながら彼女はこう叫んだ。「私はまだ長い間あなたを愛してあげることが出来てよ。私の命はあなたの有《もの》だわ。私の中にある物は皆あなたから来たのだわ。あなたの豊な貴い血の滴が世界中のどの不死の薬よりも得難い力のつく薬なの。その血の滴のおかげで私は命を取り返したのだわ。」

この場景は永い間私の記憶に上って来ては、私の胸の中にクラリモンドに関する怪しい疑惑を起させたのである。丁度その夜、睡りが私を牧師館に移した時に、私は僧院長セラピオンが不断よりは一層厳かな一層気づかわしげな顔付をして居るのを見た。彼はじっと私を見詰めながら云った。

「お前は霊魂を失うだけでは飽き足らなくて肉体迄も失おうとして居るのだな。見下げ果てた男だ。何と云う恐ろしい罠《わな》に落ちたのだ！」

彼が此れ等の言葉を云ったその調子は私を深く感銘させた。が、彼の熱心に引換えて、その感銘は直に消え失せて数知れぬ外の心配が私の心からそれを拭い取ってしまった。そうして或る晩私は私の鏡の中に、クラリモンドが食事の後で日頃私にすすめるのを常とした、香味入りの酒の盃へ、或る粉薬を入れて居るのを見たのである。彼女は鏡の置かれてある位置が、彼女の姿を私に裏切って見せようとは気が付かずに居た。私は盃を取上げて、口へ持って行く真似をして、それから、後で飲む積りの様に見せかけて手近にあった家具の上に載せた。そうして彼女が後を向いた隙を窺って酒をテーブルの下へあけると、私はその儘閨へ退いて床に就いた。私は少しも眠らずに、何が起るかを見届けてやろうと充分に決心して居たのである。待つ程もなく、クラリモンドは寛潤な夜の上衣を着て這入って来て寝台の側に跪いた。そうして私が睡って居るのをつくづく確めてから、私の腕をまくって彼女の髪の間から黄金の留針を出した。それから低い声で囁く様に云った。

「一滴《ひとしずく》、小さな紅いほんの一滴、私の留針の先へルビーをほんの一滴！　あなたは未だ私を愛して居るのですから、私は死ぬ訳には行きません。ああ、気の毒な恋人よ。私はこの貴い血潮が、美しい紫の血潮を飲みたいのです。すやすやとお睡りなさい。私のたった一つの宝物。お睡りなさい、私の神、私の子供、私はあなたに害をしようとは思って居ませんわ。私は唯あなたのお命の中から、私の命が滅びないだけのものを戴きたいと思うのですわ。私があなたをこんなに愛して居なかったら、私は外に恋人をこしらえてその人の血を吸ったかも知れません。けれどあなたを知ってからは、あなた以外の世の中は皆嫌《みんな》になってしまったのですもの。ああ！　愛らしい腕！　何という円い腕でしょう！　そうして何という白さでしょう！　どうして私はこの様ないとしい青い血管を傷けることが出来ましょう」。

こう云いながら彼女は泣いて居た。私は彼女が私の腕を握り締めながら其の上へさめざめと流して居る涙を感じた。とうとう彼女は意を決して其の留針で一寸私を刺した。そうして其処からしたたる血を吸い初めた。彼女はほんの二三滴しか飲まなかったが、私を弱らせはしないかと云う怖れに打たれて、やがて小さな繃帯で私の腕を結わいてくれた。それから後で傷口を膏薬でこすってくれたので傷は直に直ってしまった。もう疑いの余地はない。僧院長セラピオンが正しかったのである。しかし、それは確かであったにも拘らず、私はクラリモンドを愛するのを禁ずることが出来なかった。そうして喜んで其の人工の生命を支えるに足る程の血潮を彼女に与えようと思った。のみならず、私はそんなに恐しいとも思わなかった。その女が紛れもない吸血鬼であったことや私が聞いたり見たりしたことは私の心を安らかにさせた。その時分には私の血管には豊かな血が漲って居たのでそんなに容易《たやす》く弱る様な恐れはなかった。私は私の血を一滴ずつ小刻みに与えるよりも、私は自ら腕を出して彼女にこう云ってやりたかった。「お飲み！　そうして私の愛を私の血潮と一緒にお前の体に滲み通らせておくれ！」私は、彼女が私に注いでくれた麻酔の酒の事や、あの留針の出来事については、気をつけて一言も云い及ばない様にした。そうして我々は極めて円満に暮して行ったのである。

けれども私の僧侶らしい優柔は、だんだんと一層私を攻め苛《さいな》んだ。私には、私の肉に懲罰を与える為に、もう新らしい贖罪の方法があろうとは思われなかった。たとえ此れ等の幻は自分が進んで求めたものではなく、私は実際其れに就いて何等の責めを負う可きではなかったにもせよ、私は此の様な淫楽に汚れた心と不浄な手を以って、夢にも事実にもキリストの体に敢て触ろうとはしなかった。私はこの傷ましい幻覚の力に圧えられるのを免れようとして、睡るまいと努めて見た。私は指で瞼《まぶた》を開いて居たり、数時間も壁によって立って居たりして、全力を奮って睡りと戦って見たのである。しかしとうとうとした心持は直に私の目に這入って来て、凡ての抵抗が無駄になったと思うと私は失望と倦怠との中に両腕をだらりと垂らし、流れのまにまに浅ましい睡りの国へ運ばれて行く。

セラピオンは非常に峻烈な訓戒を私に加え、私のだらしのないことと勇猛心の不足なことを厳しく責めたが、遂に或る日のこと、私がいつもより一層心を苦しめて居た時に、私にこう云ってくれたのである。

「この悪魔の強迫から逃れようとするには、たった一つの方法があるばかりだ。それは非常手段ではあるが、しかし我々はそれによるより外に仕方がない。大きな禍を除く為には矢張り非凡な救助策がいる。私はクラリモンドの埋められた処を知って居る。我々はあの女の屍を発《あば》いて、お前の恋する相手がどの様な憐れな有様になって居るかを見なければならぬ。そうすればお前も、蛆に食われた、塵になるばかりの屍の為に、霊魂を苦しめる様な迷いには陥らぬであろう。それを見たらば屹度お前は反省するに違いない」。私としては、この二重生活に疲れ切って居たので、貴公子か僧侶かどちらが幻惑の犠牲であるかを確めたいばかりに其れを承知したのであった。私は私の中に居る二人の男のどちらか一人を、もう一人の利益の為に殺してしまうか、又は二人共殺してしまうか、その一つを選ぶ決心であった。それはそんな恐しい生活は続けることが出来なかったから。

僧院長セラピオンは鶴嘴と挺《てこ》と角燈とを用意してきて真夜中に私達は場所も位置も彼がよく心得て居る――の墓地へ出掛けたのであった。暗い角燈の光をいくらかの墓石の碑銘の方へ差し向けてから、私達は遂に、半ばは丈の高い草にかくされて、又苔と寄生植物とに侵された或る大きな石の前に来た。その石の上に私達は此の様な墓碑銘の起句を読み辿った。

この処にクラリモンド横わる

女人の中にいとも美しきものとして

その生ける日に誉れ高かりし人――

「此処だ」とセラピオンが云った。そうして角燈を地面の上に置くと、石の間へ挺を入れて其れを擡げ始めた。石が除かれると彼は鶴嘴を以て仕事に掛った。私は夜よりも陰鬱に、夜よりも更に黙々として、じっと彼を見戍って居た。その間に彼は其の物凄い仕事に身を屈め、汗に濡れながら喘いで居たその忙《せわ》しない息は末期の人が咽喉を鳴らして居る様であった。その唯ならぬ光景は、若し外から誰でも私達を見て居る人があったら、私達を神の僧侶と思うよりは神を憚らぬ墓場の盗人と思ったであろう。セラピオンの熱心の中には、執拗な野蛮な或る物が潜んで居て、それが彼に天使とか使徒とか云う者よりも却って鬼に近い様な状相を与えて居た。その大きな強《こわ》らしい輪廓が角燈の光で鋭い浮彫を刻んで居る顔つきは、決して私の気を引き立たせはしなかった。私は私の体中に氷の様な冷汗を感じ、頭の髪の毛がぞっと逆立つのを覚えた。私は心の底で苛酷なセラピオンの行いを憎むべき神聖冒瀆の様に感じたので、今にも頭上に油然と流れて居る黒雲の中から炎の三角刑臭が迸り出て彼を焦土と化する様に祈りたかった。糸杉に巣を喰って居た梟は角燈の光に驚かされて、うら悲しい叫びを挙げながら飛んで来ては、黒い翼で重く角燈の硝子を打った。野狐は遠い闇の中に泣き数千の不吉な物の響が沈黙の底から自然と湧いて来た。遂にセラピオンの鶴嘴は柩に打ち当て、その板の響きは、打たれた時に「無」が発する様な恐ろしい深い高い音を、陰々と反響したのである。彼は柩の蓋を引き放した。そうして私はクラリモンドを見た、大理石の像の様に青白く、両手を組んで居るクラリモンドを。彼女の白い経帷子は、頭から足迄唯一つの襞《ひだ》を作って居た。可愛らしい小さな一滴の雫が、彼女の鉛色の唇の隅々、薔薇の様にきらめいて居た。其れを見るや、セラピオンは怒りに燃えて、

「ああ、お前は此処に居たな。悪魔めが、穢わしい売女《ばいた》めが黄金と血とを吸う奴めが！」

そうして彼は聖水を柩の中の肉体に注ぎ、その上に水刷毛で十字を切った。憐れむべきクラリモンドは、聖水がかかるかと思うと、美しい彼女の肉体も忽ち塵土となって、唯形もない怪しい灰燼の一と塊と、半ば腐りただれた骨とばかりが残ったのである。

「お前の情婦を見るがよい、ロミュアル卿よ！」

僧院長は決然として其の悲しい残骸を指しながら叫んだ。

「お前はこれでも、お前の恋人と一緒にリドオやフシナを散歩しようと云う気になるだろうか。」

私は首をうなだれてしまった。偉大なる激変が私の身の上に起った。私は私の牧師館へ帰り、そうしてクラリモンドの恋人たるロミュアル卿は、今迄長い間不思議な交際を続けて居た憐れな僧侶から離れてしまったのである。だが其の次の夜に私はクラリモンドに会った。彼女は、教会の玄関で始めて会った時のように。

「不仕合せな方ね、不仕合せな方ね、あなたは何をなすったの？　なぜあの愚かな牧師の云うことをお聞きになったの？　あなたは仕合せではなかったでしょうか？　私はあなたに墓を発《あば》かれて、私の何もないみじめさを曝されるような悪いことをしたでしょうか？　私達の霊魂と肉体との交通はこれでもうすっかり破られてしまいました。では左様なら！　それでもあなたはきっと私を名残り惜しくお思いになるでしょう」。そうして彼女は煙のように空中へ消えた。私は再び彼女に会わなかった。

ああ、悲しくも彼女の言葉は正しかった。私は一度ならず彼女を惜んだ。そうして今も惜んで居る。私の心の平和は甚だ高い代価で購われたのである。神の愛は彼女の愛を補うに余りある程大きくはない。兄弟よ、これが私の若い時の話なのだ。忘れても女の顔を見るものではない。そうして表を歩く時には、お前は常に眼を地の上へ附けて居るがいい。なぜかと云うにどんなに、お前が純潔で慎しみ深くても、たった一瞬間の過《あやまち》がお前から永遠を奪うのは容易だからである。

（了）

芥川君と私

芥川君と私とはいろいろな点でずいぶん因縁が深いのである。

芥川君は私と同じく東京の下町の生れである。

私の出身中学は府立第一中学であるが、芥川君の母校たる第三中学は元来初めは第一中学の分校であって、或る時代には故勝浦鞆雄先生が両方の校長を勤め、教師にも共通の人が多く、生徒も相互に転校することは容易であった。だから君と私とは中学からして同じようなものである。そしてそれ以来高等学校も大学も同じであった。

私は第二次「新思潮」に拠って文壇に出た。その処女作は平安朝を題材にした戯曲「誕生」

であって、私の文壇への出かたは可なり花々しいものだった。そして芥川君の拠ったのは第三次「新思潮」で、矢張り平安朝を扱った小説「羅生門」が君の出世作であった。君が文壇に出た時の花々しさも甚しく私と相似ていた。

今はそうでもないようだが、当時は西洋文学熱が旺盛で、少くとも青年作家の間には日本や支那の古典を顧る者は稀であった。そう云う方面を面白がるのは頭の古い証拠のように思われていた。芥川君と私とは早くからその風潮に逆行し、東洋の古典を愛する点で頗る趣味を同じゅうした。

最後に私一家の寺はもと深川の猿江《さるえ》にあって、今は染井《そめい》に移転している日蓮宗の慈眼寺であるが、芥川家もまた此の寺の檀越《だんおつ》である。寺には司馬江漢の墓があり、浦里時次郎の比翼塚があって、深川時代には此の比翼塚へ縁結びに参詣する男女が相当にあった。

そして芥川君の亡くなった七月二十四日と云う日は、また私の誕生日なのである。

斯くの如く君と私とは、出生地を同じゅうし、出身学校を同じゅうし、文壇に於ける境遇と党派を同じゅうし、寺までも同じゅうしていた。私の方もそうであったが、君も私に対しては、通り一遍の先輩以上に親しみを感じていたであろう。ただ今になって残念に思うのは、東京の旧家に育った君は都会人の常として昔風の節度を重んじ、親しいうちにも私を遇するに飽く迄先輩の礼を以てしたために、私は君に対しては佐藤春夫に対する如くザックバランになれなかった。なれさえすれば、君もすすんで心の苦しみを打ち明けたかもしれないし、私としても及ばずながら慰める術もあったであろうに、最近の君の様子が甚だ尋常でなかったことは明かであったに拘わらず、そうしてしばしば夜を徹して話し合う機会があったに拘わらず、とうとう其処まではお互いに切り込むことが出来ないでしまった。

「下町っ児は弱気でいけない。」――芥川君は近頃しきりにそう云っていたが、ザックバランになれなかったのは、君も私も東京人の悪い癖である。

兎にも角にも、先輩扱いされながら私は一向頼みがいのない先輩であったことを愧じる。正直に云うが君の自殺にはいろいろ分らない事が多い。ここ一二年を無事に通過してしまえば、それから先は伸び伸びと生きられたように思えてならない。学問と云い頭脳と云い、此の無学なる先輩が却って常に教えを乞うていた立派な後輩を亡くしたことは、私一個の身に取っても何物にも換えがたい損失である。

が、地下の芥川君は、「此れでようよう楽になったよ」と、今頃は好きなマドロスパイプでも咬えて、疲れた体をほっと休めているのではなかろうか。

いたましき人

出来てしまったことをあとになって考えると、ああそうだったかと思いあたる場合が幾らもあって、なぜあの時にそこへ気が付かなかったろうと今更自分を責めるけれども、もうそうなっては取り返しがつかない。わが芥川君の最近の行動も、今にして思えばまことに尋常でないものがあったのに、君がそう云う悲壮な覚悟をしていようとは夢にも知らなかった私は、もっとやさしく慰めでもすることか、いい喧嘩相手を見つけたつもりで柄にない論陣を張ったりしたのが、甚だ友達がいのない話で、故人に対し何とも申訳の言葉もない。

最後に会ったのは此の三月かに改造社の講演で大阪へ来た時であった。尤もその前一二年と云うものは、別に感情の疎隔などがあった訳ではないが、私は関西に居ることだし、つい話し合う機会もなく、それに筆無精だから文通などもめったにしないで、妙にお互いに遠ざかっていた。で、講演の夜は久しぶりで佐藤と一緒に私の家へ泊まり、翌々日は君と佐藤夫婦と私たちの夫婦五人で弁天座の人形芝居を見、その夜佐藤が帰ってからも君は大阪の宿に居残って、「どうです、今夜は僕の宿に泊まって一と晩話して行かないですか」と、なつかしそうに私を引き止めるのであった。いったい此れまで私などに対しては、あたたかい情愛も示さないではなかったけれど、どちらかと云えば理智的な態度を取っていた人で、その晩のようにひどく感傷的に人なつッこい素振りを見せるのは珍しいことだった。然るに君は人生のこと、文学のこと、友達のこと、江戸の下町の昔のこと、果ては家庭の内輪話まで持ち出して、夜の更ける迄それからそれへと語りつづけて、「自分は実に弱い人間に生れたのが不幸だ」と云い、「僕は此の頃精神上のマゾヒストになっていてね、誰か先輩のような人からウンと自分の悪い所をコキ卸してもらいたいんですよ」と云いながら、その眼底には涙をさえ宿していた。

これはよっぽどどうかしている、神経衰弱がひどいんだな。――――私はそうは思ったけれども、しかしちょうどその折は例の「饒舌録」で君に喰ってかかっていた時だったから、いくらか私の鋒先を和らげたいと云う心持ちもあるのだろうと、云う風に取った。すると君はその明くる日も亦《また》私を引き止めて、ちょうど根津さんの奥さんから誘われたのを幸い、私と一緒にダンス場を見に行こうと云うのである。そして私が根津夫人に敬意を表して、タキシードに着換えると、わざわざ立ってタキシードのワイシャツのボタンを嵌めてくれるのである。それはまるで色女のような親切さであった。

ところが親切は此れだけではない。それから間もなく東京へ帰ると、菊版で二冊になっている「即興詩人」を贈って来た。此の本は私が欲しがっていたもので、先日神戸の古本屋で見つけて買おうと思っているうちに買われてしまったと話したのを、「菊版でさえあれば初版でなくってもよござんすかね」と云いながら聞いていたが、それをちゃんと忘れずに、自分の蔵書から割愛してくれたのである。断っておくが従来芥川君は自分の著書以外に品物の贈答などはしない人だった。だから私は、どうして突然此の本をくれたのか全く不思議でならなかった。そうこうするうち今度は又英訳のメリメの「コロムバ」を贈って来た。これも私が「コロムバを読んだことがない」と云ったのを、いつの間にか小耳に挟んでいたのであろう。いよいよ変だと思っていると、更に追っかけて仏蘭西語の印度の仏像集が届いた。そしてそれには御丁寧にも「丸善でゴヤのエッチングの集を買ってお送りしようと思ったのだが、値段が高いから此の本にしました」と云う手紙がついて来たのである。白状するが、私は実にイコジな人間で、親切には感謝したけれども、苟《いやし》くも論戦をしている最中に品物を贈って来られたのが――おまけに今迄ついぞ一度もなかったことなので、――ちょっと気に喰わなかったのである。そしてそのためにツムジを曲げて、もう書く気ではなかったのに、再び「饒舌録」の中で君に喰ってかかったのである。思えば芥川君は論戦なぞを少しも気にしていたのではなかった。死ぬと覚悟をきめてみればさすがに友達がなつかしく、形見分けのつもりでそれとなく送ってくれたものを、誤解した私は何と云うネジケ者であったろう。此の一事、私は今にして故人の霊に合わす顔がない。浅ましきは私のツムジ曲りである。

が、最後にいささか弁解をすれば、芥川君にはそう云う誤解を起させるような、気の弱い如才のない所があった。

聡明で、勤勉で、才気煥発で、而も友情に篤くって、外には何の申し分もない、ただほんとうにもう少し強くさえあってくれたらばこんなことにはならなかったであろうものを。思えばいたましき人ではある。

佐藤春夫と芥川龍之介

五月八日の毎日新聞の「余録」に、芥川龍之介が佐藤春夫の身体の立派なのに参った、という話が出ていた。私は、芥川や佐藤と一緒に、よくふろにはいったことがあるので、この芥川の気持がわかるような気がする。

佐藤と私は、若いころよく一緒に、鵠沼の「あずま屋」という有名な旅館に泊まっていた。芥川もその時分、横須賀の海軍機関学校の教官をつとめ、場所が近いせいか、たびたび鵠沼に遊びにきて、三人でとりとめのないおしゃべりや文学談をやった。

旅館のことだから、三人そろってふろにはいり、お互いのはだかをながめ合う機会も多かった。佐藤は背筋がまっすぐに美しく通っていて胸の筋肉が厚く、芥川とは比べものにならぬほど、りっぱないい身体をしていた。運動こそしなかったが、酒はほとんど飲まないし、父君もたいへんに長寿だったので、芥川はむろんのこと、私だって彼に先立たれるとは、夢にも思わなかった。

それだけに、彼の訃音《ふいん》を聞いた時の驚きは、いっそう大きかった。

三人のうち、私だけが六つ、七つ年上で、芥川と佐藤は、ほぼ同年配だったと思う。二人はいいライバル同士だったが、文壇的には芥川の方が先に有名になった。

佐藤が「田園の憂鬱」で一躍認められたころ、芥川は「羅生門」「鼻」「芋粥」などの作者として、すでに新進作家の地位を築いていた。

しかし私は、佐藤が「田園の憂鬱」の前に書いた「西班牙犬の家」(江口渙の編集した同人雑誌「星座」に掲載された)を読み、そのころからひそかに彼を認めていた。

二人の間の競争意識は、かなり激しかったように思う。私は佐藤から、芥川の作品の悪口を何度か聞いた覚えがあり、とくに「妖婆」という小説の批評は、ずいぶん手きびしかった。

芥川の方では、佐藤を尊敬もし、おそれてもいた。佐藤の「妖婆」評が「新潮」に載ったあと、芥川がえらく、しょげかえっていたのを記憶している。

世間では、よく二人を比較して芥川を上位に置くが、私は必ずしもそうとは思わない。学者として、文学の造詣は芥川の方が上だろうが、作品についていえば、私自身の書くものが佐藤により近いせいか、佐藤の作品の方が好きである。

佐藤は理解の方面が実に広く、本職の詩では和歌、漢詩、英詩などまで鑑賞し、小説でも日本、中国の古典から外国の新しいものまで、よく味読していた。

そして、文学を語ることが大好きで、せっかくの小説の材料を、自分でさきざきしゃべってしまうのだった。

「田園の憂鬱」の内容など、作品を書き上げる前に何度か聞いた。「お絹とその兄弟」もそうであった。

「指紋」は、芥川も一緒に話を聞いたが、芥川が「君は不思議なことを考える人だね」と述懐したのを覚えている。

私は佐藤と全く反対のタイプで、小説の素材を書く前にしゃべってしまうと、もうとても書く気になれない。ところが、佐藤の場合は、作品よりも話の方がおもしろいくらいだった。

「君、そんなにみんなしゃべってしまうと、書けなくなるよ」と私は心配のあまり忠告するのだが、佐藤は話すほど作品がうまくまとまるようだった。

私と佐藤の関係では、私の方が先輩なので、儀礼的にも兄貴扱いしてくれた。しかし、文学上の影響という点では、逆に私の方が影響されたところが多い。

私の「母を恋ふる記」は、佐藤の月の美しさを描いた短編「月かげ」に影響されて、書いたものである。その後、私の最初の妻が佐藤と結婚した。

私は独身生活に戻って、阪急沿線の岡本に住んでいたが、ちょうどこのころ、佐藤が脳溢血をおこし、しばらくぶらぶらした時期があった。果たして本復できるだろうか、と随分心配したが、幸い杞憂にすぎず、また元気に活躍するようになった。

この病気を契機に、若いころは才気煥発で、おそろしいような鋭さを持っていた佐藤が、いくぶん変わったように思う。けんか早く、鋭い気風は薄らぎ、人間的な味わいが深くなった。

私は、離婚後も上京すると佐藤をたずね、関口町の家に泊めてもらったりした。特殊な事件はあったが、そこは文人同士のこととて、こだわりはなかった。また、私の娘が佐藤の甥の竹田に嫁ぐということもあり、交際は続いた。

しかし、そのうち私が再び家庭を持つと、全然疎遠になったわけではないけれども、お互い世間並みの遠慮も持つようになり、昔のようにひんぱんに行き来することはなくなった。

このへんの事情は、私の近作「雪後庵夜話」に詳しいので、これを読んでいただければわかると思う。

たしか、昨年の春、パリのオペラが上野の東京文化会館で上演され、私は久しぶりに上京した。この時が、佐藤と会った最後となった。

佐藤から先輩扱いを受けてきた私だが、こうして彼に先立たれてみると、彼から受けた影響の広く深いことを、しみじみと感じる。（談）

佐藤春夫『病める薔薇』序

友人佐藤春夫君の最初の著作集「病める薔薇」が今度天佑社から出版されることは、予に取っても此の上もない愉快である。予は予の著作が出版されると同様の楽しみを以て、此の著が一日も早く書肆の店頭へ出づることを期待して居る。

佐藤君の芸術の真価に就いては、予は従来幾度か筆に口に賞讃の辞を惜しまなかった。予は予と同君との交際があまり親密であるのを顧慮して、幾分か控え目にして居たのではあるが、それでも猶且《なおかつ》同君を褒めずには居られなかった。そうして、同君の如き稀なる天分を有する作家が、長く文壇から認められずに居たのを私《ひそ》かに慨《なげ》いて居た一人であった。然るに、最近に至って漸く同君は中央文壇に活躍する機会を摑み、次いで此の著作集の出版となった。友人としての予の欣《よろこ》びを想像して貰いたい。

本書に収められたる数種の物語のうち、予は何よりも「指紋」を好む。蓋《けだ》し「指紋」は最もよく同君の特色を発揮したものであろう。その憂鬱な一句一句読者の神経へ喰い入って行くような文字の使い方、一つ一つ顫えて光って居る細い針線のような描写は、悽愴にして怪奇を極めた幻想と相俟って、そぞろに人を阿片喫煙者の悪夢のうちへ迷い込ませる。その他、月夜のように青く、蜘蛛の巣のように微かにおののける情操を以て貫かれた「病める薔薇」と云い、真珠の如く清楚に蜃気楼の如く繊麗な「李太白」と云い、巧緻にして軽快なる「西班牙犬の家」と云い、いずれも同君の豊富なる空想と鋭敏なる感覚との産物ならざるはない。今日の文壇の或る一部――否、寧ろ大部分には、空想を描いた物語を一概に「拵え物」として排斥する傾向がある。しかし、古往今来の詩人文学者にして、嘗て空想を駆使しなかった者があるだろうか。たとえ自然派の作家であっても、空想力に乏しくして果して真実を表現することが出来るだろうか。若し芸術の領域から空想を除いてしまったら、いかにして芸術が成り立つだろうか。予の考えを以てすれば、空想に生きる者のみが芸術家たり得る資格があるのである。芸術家の空想が、いかに自然を離れて居ようとも、それが作家の頭の中に生きて動いて居る力である限り、空想も亦自然界の現象と同じく真実の一つではないか。空想を真実と化し得てこそ、始めて芸術家としての生きがいがあると云うものである。「病める薔薇」の著者の作物が万一「現実に立脚して居ない」という理由の下に批難を蒙ることがあるとすれば、予は著者に代って以上の如く答えんとする者である。

大正七年九月

谷崎潤一郎

本書は『谷崎潤一郎全集』（中央公論新社）を底本とした。

本文表記は原則、新漢字・新仮名づかいを採用した。

一部、今日の観点からみるとふさわしくない語句・表現が用いられているが、作品の時代的背景と文学的価値に鑑み、そのまま掲載することとした。

収録作品初出一覧

人間が猿になった話　「雄辯」大正七年七月号
紀伊国狐憑漆掻語　「改造」昭和六年九月号
白狐の湯　「新潮」大正十二年一月号（「白狐の湯［一幕］——A Fairy Play」として発表）
感銘をうけた作品　「文藝」昭和三十一年八月号
方今文壇の大先達　「改造社文学月報」第十一号・昭和二年十一月
漱石先生／十千萬堂主人——「夏日小品」より　「社会及国家」大正六年七月号
純粋に「日本的」な「鏡花世界」　「図書」昭和十五年三月号
泉先生と私　「文藝春秋」昭和十四年十月号
覚海上人天狗になる事　「古東多万」一九三一年九月号
天狗の骨　「犯罪公論」昭和六年十月号
魚の李太白　「新小説」大正七年九月号
鶴唳　「中央公論」大正十年七月号
支那趣味と云うこと　「中央公論」大正十一年一月号（支那趣味の研究）
人面疽　「新小説」大正七年三月号
映画雑感　「新小説」大正十年三月号
春寒　「新青年」昭和五年四月号
Dream Tales　「読売新聞」明治四十五年二月十一日（日曜附録第二面）
感覚的な「悪」の行為　「演藝画報」大正十一年五月号

収録作品初出一覧

魔術師　「新小説」大正六年一月号
浅草公園　「中央公論」大正七年九月号
アッシャア家の覆滅（ポオ）「社会及国家」大正七年七月号〜八月号
クラリモンド（ゴーチエ／芥川龍之介共訳）「社会及国家」大正八年十月号〜十一月号、大正九年一月号
芥川君と私　「改造」昭和二年九月号
いたましき人　「文藝春秋」昭和二年九月号
佐藤春夫と芥川龍之介　「毎日新聞」昭和三十九年五月十三日夕刊
病める薔薇序　佐藤春夫『病める薔薇』（天佑社）大正七年十一月発行

編者解説

年に一冊という牛の歩みさながら暢気なペースで巻を重ねてきたアンソロジー〈文豪怪異小品集〉シリーズも、本書で七冊目。なんと七年目を迎えた。

その間に「文豪」をめぐる情況が大きく様変わりしたことは、驚くばかりである。

古今東西の文豪たちがキャラクター化されて登場する漫画、アニメ、ゲーム（たとえば、二〇一三年スタートの〈文豪ストレイドッグス〉、二〇一六年スタートの〈文豪とアルケミスト〉など）が、若い世代に熱狂的に受容されたことで、その原典であるリアル文豪たちの人と作品にも、かつてない関心が寄せられるようになった。

国木田独歩『武蔵野』や坂口安吾『堕落論』、谷崎潤一郎『痴人の愛』の文庫本が、アニメのキャラクターを描いた新たなカバー・デザインで書店の平台にずらりと山積みされ、各地の文学館を若い女性たちが連れ立って訪れる……私が本シリーズ(二〇一二〜)や、先行する〈文豪怪談傑作選〉(ちくま文庫、二〇〇六〜)を始めた頃には想像もできなかった事態が、現在進行形で展開されつつあるのだ。

しょせんは一過性のブーム? いやいやどうして、自分が全力で推すキャラクター(略して「推しキャラ」と称される)のことならば、一から十まで知りたいと願うファンたちの熱意と探究心を侮ってはいけない。大きな声では云えないが、文学研究にせよ文芸批評にせよ、そもそもの動機は、惚れた弱みではなかったか。

ちなみに、本シリーズですでに採りあげた文豪たちのうち——泉鏡花、宮沢賢治、佐藤春夫、江戸川乱歩、夢野久作、そして本巻の谷崎潤一郎と、百鬼園先生を除く全員が、〈文スト〉や〈文アル〉のキャラクターとなって、虚構世界で活躍中である。鏡花先生に至っては〈文スト〉では「鏡花ちゃん」の愛称で呼ばれる和服姿の美少女キャラに設定されており、母の形見の携帯電話(兎のマスコット付き)で「夜叉白雪」と呼ばれる必殺の仕込杖を携えた異形を召喚して、敵と戦うのだった。

泉下の鏡花先生もさぞや吃驚《びっくり》だろうが、案外これは鏡花文学の本質に迫るキャラクタライズなのではあるまいか。思えば鏡花自身が、珠玉の名品「幼い頃の記憶」(『文豪ノ怪談ジュニア・セレクション〈恋〉』所収)の中で、鏡花ちゃんを思わせる美少女を鮮烈に描き出し、あまつさえ「私は十年後か、二十年後か、それは分らないけれども、とにかくその女にもう一度、どこかで会うような気がしている。確かに会えると信じている」とまで、妙に確信に満ちた口調で記しているのだから。

一方、本巻の主役である谷崎潤一郎は、一見チャラい風貌の兄《あん》ちゃんとして〈文スト〉に登場する。ヴァンプな妹キャラである女子高生のナオミ付きで。彼の異能力「細雪」は、昔でいえば忍者の「隠形《おんぎょう》の術」——自分の周囲に発生させた雪を銀幕のように用いて(活動写真好きの潤一郎にふさわしいではないか!)幻影を映し出し、そこに変幻自在なカメレオンのごとく紛れて諜報・潜入などの活動をする能力である。これまた案外、作家の本質を……などと云うと叱られそうだが、少なくともこうしたメタモルフォーシス(変形/変身)のモチーフが、豊沃なる谷崎文学の幻怪な側面において、その根幹に関わるものであることは間違いないだろう。

論より証拠。「怪異小品」という視点に拘《こだわ》って(とはいえ長篇型の書き手である潤一郎の場合、純然たる小品は数が少なく、いきおい通常の巻よりも短篇小説や戯曲、翻訳などの割合が増えていることをお断りしておく）編纂したアンソロジーである本書の収録作品を通覧されれば、文豪中の文豪というべき大谷崎《おお》が、その長期にわたる作家人生の折々にあって、いかにメタモルフォーシスというテーマに魅せられていたかが歴然である。
そこでは作中人物たちがいとも容易《たやす》く、猿や狐や鯛や、さらには天狗や牧羊神や人面疽などといった異形へと、その身を変えてしまうのである。恍惚と懊悩がせめぎあう、どこか官能的な表情すら浮かべながら……。

メタモルフォーシス幻想に寄せる作者の偏愛の源泉は、奈辺にあるのか。
その手がかりを与えてくれる一節が、戯曲「白狐の湯」の中に見いだされる。

狐　私が恐い眼をしました？　そんな事がありました？
角太郎　ええ、――それから後も二度ばかりありましたよ。その時は水兵のような人じゃなくって、ケリー商会の旦那と二人で、ローザさんはお酒を飲んでおいででしたね。あの時も僕はあなたに叱られました。「今お客さまがあるんだよ、用があるなら後におしよ」ッて、そう云って、――僕はローザさんに叱られたのが悲しかったもんだから、今でも忘れずにいるんですよ。

神戸の洋服屋に丁稚奉公していた角太郎は、得意先の異人館に住む白人美女ローザに、少年らしい思慕の念を抱いている。いつもは優しいローザだが、部屋に男の客がいるときだけは、柳眉を逆立て叱責されたというのだ。注目すべきはローザの「今お客さまがあるんだよ、用があるなら後におしよ」という台詞だろう。


(まあ、女がこんなお転婆をいたしまして、川へ落《おつ》こちたらどうしましょう、川下へ流れて出ましたら、村里の者が何といって見ましょうね)

(白桃の花だと思います) とふと心付いて何の気もなしにいうと、顔が合うた。

(略)

私《わし》はそのまま目を外《そ》らしたが、その一段の婦人《おんな》の姿が月を浴びて、薄い煙に包まれながら向う岸の瀲《しぶき》に濡れて黒い、滑《なめら》かな大きな石へ蒼味《あおみ》を帯びて透通って映るように見えた。

するとね、夜目で判然《はっきり》とは目に入《い》らなんだが地体《じたい》何でも洞穴《ほらあな》があるとみえる。ひらひらと、此方《こちら》からもひらひらと、ものの鳥ほどはあろうという大蝙蝠《おおこうもり》が目を遮《さえぎ》った。

（あれ、不可《いけな》いよ、お客様があるじゃないかね）

不意を打たれたように叫んで身悶えをしたのは婦人《おんな》。


御存知の向きも多いことだろう。泉鏡花の代表作のひとつ「高野聖」（一九〇〇）の名場面——飛騨山中の孤家《ひとつや》に一夜の宿を求めた旅の若僧が、謎めいた美貌の女主人と共に谷川で水浴をする艶冶なシーンである。美女にまとわりついて叱責される大蝙蝠は、実は女の色香に迷って、その身を禽獣に変えられた男たちの成れの果てであった。

地体並《じたいなみ》のものならば、嬢様の手が触ってあの水を振舞われて、今まで人間でいよう筈はない。

牛か、馬か、猿か、蟇《ひき》か、蝙蝠《こうもり》か、何にせい飛んだか跳ねたかせねばならぬ。

孤家の女は、慕い寄る男たちを禽獣に変える魔女だったのだ。

右に続く夜更けの場面でも、孤家を取り巻く魑魅魍魎の気配に向けて、女が寝床の中から

「今夜はお客様があるよ」「お客様があるじゃないか」と叫ぶくだりがある。

「白狐の湯」には他にも「高野聖」を想起させる点があった。「或る山奥の渓流のほとり」という特徴的な舞台設定である。その水辺に建つ温泉小屋も含めて、「高野聖」における水浴の場を、そのまま踏襲しているかのような趣ではないか。

もっとも「白狐の湯」では、獣と変ずるのは女の側であり（というか、そもそも狐が人間に化けているわけだが）、しかもそれが妖艶な白人女性である点が、いかにも潤一郎らしいといえよう。慈愛と酷薄さの両面を兼ね備えた妖女に弄《もてあそ》ばれ、我が身を畜生の姿に変えられてもなお、女体に慕い寄るという「高野聖」のシチュエーションが、「痴人の愛」の作家の嗜癖《しへき》に叶ったものであろうことは、わざわざ指摘するまでもあるまい。云うことをきかない馬（元は行商人の男）をなだめるために、孤家の女が裸身で馬の腹を潜り抜ける際どいシーンなど、さぞかし悶絶ものだったのではなかろうか。仔狐たちに抱えられて恍惚と運び去られる角太郎のシーンには、その余韻が揺曳《ようえい》しているように感じられる。

本書の巻頭に据えた知られざる名品「人間が猿になった話」の末尾にも、「白狐の湯」や

「高野聖」とよく似たロケーション（ちなみにそれは柳田國男が『遠野物語』などで紹介した山人山女譚にも共通するものだ）が登場しているのは興味深い。実は「高野聖」にも、先に引用した大蝙蝠の場面に続いて、次のようなくだりが出てくるのである。

その時小犬ほどな鼠色の小坊主が、ちょこちょことやって来て、あなやと思うと、崖《がけ》から横に宙をひょいと、背後《うしろ》から婦人《おんな》の脊中へぴったり。

裸体《はだか》の立姿は腰から消えたようになって、抱《だき》ついたものがある。

（畜生、お客様が見えないかい）

と声に怒を帯びたが、

（お前達は生意気だよ）と激しくいいさま、腋の下から覗こうとした件《くだん》の動物の天窓《あたま》を振返りさまにくらわしたで。

キッキッというて奇声を放った、件の小坊主はそのまま後《うしろ》飛びに又宙を飛んで、今まで法衣《ころも》をかけて置いた、枝の尖《さき》へ長い手で釣《つる》し下ったと思うと、くるりと釣瓶覆《つるべがえし》に上へ乗って、それなりさらさらと木登をしたのは、何と猿じゃあるまいか。

鏡花は「化鳥」（一八九七）や「朱日記」（一九一一）でも、邪悪さをひそめた不穏な獣としての小猿を登場させているが、潤一郎の本篇も正しくその延長線上に位置づけられる作品といえよう。ちなみに、特定の人物に執念《しゅうね》くつきまとう小猿の怪談といえば、シェリダン・レ・ファニュの「緑茶 Green Tea」（一八六九）があまりにも有名であり、魅入られた相手が精神的に追いつめられてゆくあたりの書きぶりにも一脈通ずるものが認められるのだが、管見の及ぶかぎり、作者が同篇を読んでいたか否かは定かでない（とはいえ後述するように、盟友であった芥川龍之介や佐藤春夫も、時期を同じくして泰西怪奇小説や幻想絵画を熱心に渉猟し、互いに情報交換しているので、あながち可能性が皆無でもなかろうと思われる。謹んで識者の御教示を待ちたい）。

なお「人間が猿になった話」は、猿の怪談であると同時に厠《かわや》の怪談でもあって、これは後年の名著『陰翳礼讃』（一九三九）まで水脈《みお》をひくと考えられるのだが、この点については汐文社版『文豪ノ怪談ジュニア・セレクション〈厠〉』の解説で詳述する予定である。

ところで鏡花と潤一郎、龍之介、春夫といえば想起されるのが、本シリーズの『たそがれの人間――佐藤春夫怪異小品集』に収録した「山の日記から」（一九二八）だ。鏡花、潤一郎との会食の後、山間《やまあい》の旅宿で春夫が見た夢の中に、前年に自殺した龍之介が顕れるという薄気味の悪い小品だが、二〇一七年の暮れから翌春にかけて金沢の泉鏡花記念館で開催された企画展「1927——昭和2年の鏡花」には偶然にも、このときの会食に鏡花を招待する潤一郎の書簡（鮮やかな紅色の便箋に流麗な筆致でしたためられた逸品である）が展示公開されていて一驚を喫した。それと同時に、文壇における最大の理解者というべき存在だった龍之介の自死に意気消沈する鏡花（そのあたりの経緯は、ちくま文庫版『河童のお弟子』解説を参照されたい）を、潤一郎と春夫がそれとなく気遣う様子が文面から伝わってきて、感慨を新たにさせられたものだ。

潤一郎・春夫と鏡花との交流は、これ以降も続き、昭和六年（一九三一）に春夫が文芸雑誌「古東多万」を創刊した際には、鏡花は「貝の穴に河童が居る」、潤一郎は「覚海上人天狗になる事」と仲良く肩を並べて、おばけ趣味が横溢する新作を寄せている。このときの逸話を、鏡花の『斧琴菊《よきこときく》』例言」（一九三四）から引く。

昭和六年九月中旬、残暑盛夏を凌ぐ夕《ゆうべ》、佐藤春夫氏、氏が愛誌古東多万の名苑に一茎《ひとくき》の野草《のぐさ》を添えんがため、溽暑《じょくしょ》を厭わず、番町の借家を訪《と》わる。兼約《けんやく》なり。其の日薄暮、草稿成る。貝の穴に――河童、河童、河童わずかに化けたり。河童が居る……事、此の、事というを、題に加うべきか、否か、打案《うちあん》ずることやや久しゅうして、やがて記さんとせし其の折なりけり、佐藤氏の車を見たるは。立迎《たちむか》え、座に請ずるとともに、

「谷崎さんのは出来ましたか。」

「いましがた届きました。岡本から、」と言わる。

「題は。」と問う。

「覚海上人天狗になる事。」

や、名将の「事」の字かいたる旗、颯爽として迅《はや》く城頭《じょうとう》に飜《ひるがえ》れるなり。後馳《おくれば》せに同色《どうしょく》の旗をひらめかすを恥じて、座の佐藤氏にも言わでやみにき。いま一字を添えて題としたるは、すこしく我が思《おもい》を徹して、且《か》つひとり其の執着を嘲《あざ》けるのみ。

鏡花晩年の傑作「貝の穴に河童の居る事」命名秘話である。同臭の後輩作家たちと競作する老大家の、どこか浮き立つような心境が伝わってくるではないか。

ここでも潤一郎は、人間が天狗になるという変身のモチーフに主眼を置いているわけだが、同篇や「紀伊国狐憑漆掻語」といった『今昔物語集』風の、ややアナクロニズムなタイトル

は春夫の好むところでもあって、「私の父が狸と格闘をした話」「熊野灘の漁夫人魚を捕えし話」（共に『たそがれの人間』所収）といった作品を手がけている（後者は「古東多万」掲載作）。

小説とは「もともと民衆に面白い話をして聞かせる」（谷崎潤一郎「饒舌録」）ことに発するものだという潤一郎の持論とも関わることだが、明治の露伴や鏡花に発して、大正の龍之介、潤一郎、春夫トリオへと受け継がれた「説話風文豪怪談」の系譜については、新たな視点からの跡づけが望まれるところだろう。その意味でも「感銘をうけた作品」ほかで、潤一郎が露伴の「対髑髏」を極めて高く評価し推奨していることは注目に価する。

さて、本書には小説やエッセイに加えて、作者が手がけた珍しい翻訳作品二篇を収載している。谷崎文学に少なからぬ影響を及ぼしたとされるエドガー・アラン・ポオの代表作「アッシャア家の覆滅 The Fall of the House of Usher」（一八三九）と、女吸血鬼ものの名作として世評高いテオフィル・ゴーチエの「クラリモンド La Morte Amoureuse」（一八三六）だ。しかも後者は、なんと芥川龍之介との共訳である。

両篇ともに掲載誌は、一匡社発行の「社会及国家」。同誌は潤一郎自身の言葉を借りると

「普く社会の各方面に亘っての研究やら批評やらを発表するには違いないが、主として政治趣味を中心として居る」(「帳中鬼語・一」) 論説雑誌であった。とはいえ中期以降は、主要寄稿者のひとり圓地與四松（圓地文子の夫でジャーナリスト）が「ビアズレイの生涯と芸術」を寄稿したり、「怪談五個」(筆者名は奈加志麻) という連作怪談が載るなど、文芸寄りの記事も掲載されるようになる。潤一郎や春夫の翻訳掲載も、その一環であろう。

「アッシャア家の覆滅」は惜しくも冒頭のみで中絶となったが、『文豪の翻訳力』(二〇一一) の著者・井上健は、その訳文を仔細に検討して「後に『文章読本』で提唱することになる、欧文の重層的構造を取りこんだがゆえの日本文の混乱を解消するような姿勢に、語りの文体にメリハリと精彩を付与せんとする方向に、終始貫かれた訳文」と評価している。後にポオ翻訳のエキスパートとなる実弟で作家の谷崎精二による同篇の訳文とは、まったく趣を異にする訳しぶりであることを付言しておこう。

一方の「クラリモンド」は、中央公論新社の最新版『谷崎潤一郎全集』第六巻に「参考作品」として初めて復刻されたもので、同巻の解説を担当した生方智子によると、久米正雄訳として刊行されたゴーチエ『クレオパトラの一夜』(新潮文庫) 所収の芥川龍之介訳「クラリモンド」を下敷きにして、「谷崎がフランス語版 〝La Morte Amoureuse〟 とラフカディオ・ハーンの英訳〝Clarimonde〟を参照しながら手を入れ、芥川との共訳としたもの」と判断されるとのこと。ちなみに龍之介の単独訳「クラリモンド」は以前、ちくま文庫版『怪奇小説精華』に収録したので、読み較べてごらんになるのも一興だろう（同書には龍膽寺旻訳「アッシャア家の崩没」も収録）。

二〇一八年五月

東　雅夫

[著者]
谷崎潤一郎（たにざき じゅんいちろう）
1886年、東京・日本橋生まれ。
旧制一高卒業後、東京帝国大学国文科に進むがやがて中退。在学中、同人雑誌である第二次「新思潮」を創刊し、同誌に発表した「刺青」などが高く評価され、作家の道を歩みはじめる。当初は反自然主義的な作風を好み、また大正モダニズムの影響を受けた作品も発表、さらに探偵小説や映画にまで関心を広げていた。1923年の関東大震災を機に関西へ移住、やがて『春琴抄』のような日本の伝統美に根ざした作品を多く生み出していく。1949年、文化勲章受章。主な作品に『痴人の愛』『卍』『細雪』『陰翳礼讃』などがある。1965年没。

[編者]
東雅夫（ひがし まさお）
1958年、神奈川県横須賀市生まれ。
早稲田大学文学部卒業。「幻想文学」編集長を経て、アンソロジスト、文芸評論家となる。現在「幽」編集顧問。著書に『遠野物語と怪談の時代』（角川選書、第64回日本推理作家協会賞受賞）、『百物語の怪談史』（角川ソフィア文庫）など、編纂書に『文豪ノ怪談 ジュニア・セレクション』（汐文社）、『文豪てのひら怪談』（ポプラ文庫）ほかがある。また近年は『怪談えほん』シリーズ（岩崎書店）、『絵本 化鳥』（国書刊行会、中川学＝画）など、児童書の監修も手がけ、ますます活躍の場を広げている。

平凡社ライブラリー 869
変身綺譚集成《へんしんきたんしゅうせい》 谷崎潤一郎怪異小品集

発行日…………2018年7月10日 初版第1刷

著者……………谷崎潤一郎
編者……………東雅夫
発行者…………下中美都
発行所…………株式会社平凡社
〒101-0051 東京都千代田区神田神保町3-29
電話 (03)3230-6579[編集]
(03)3230-6573[営業]
振替 00180-0-29639

印刷・製本……藤原印刷株式会社
DTP…………藤原印刷株式会社
装幀……………中垣信夫

ISBN978-4-582-76869-5
NDC分類番号913.6 B6変型判(16.0cm) 総ページ376

平凡社ホームページ http://www.heibonsha.co.jp/

落丁・乱丁本のお取り替えは小社読者サービス係まで
直接お送りください(送料、小社負担)。

平凡社ライブラリー　既刊より